KB078521

멱운 장편 소설
FUSION FANTASTIC STORY

전공 삼국지 11

멱운 장편 소설

초판 1쇄 찍은 날 § 2016년 3월 10일
초판 1쇄 펴낸 날 § 2016년 3월 17일

지은이 § 멱운
펴낸이 § 서경석

편집책임 § 한준만

펴낸곳 § 도서출판 청어람
등록번호 § 제387-1999-000006호
등록일자 § 1999. 5. 31
어람번호 § 제1-2375호

주소 § 경기도 부천시 원미구 부일로 483번길 40 서경B/D 3F (우) 14640
전화 § 032-656-4452 팩스 § 032-656-4453
http://www.chungeoram.com
E-mail § chungeorambook@daum.net

ISBN 979-11-04-90691-6 04810
ISBN 979-11-04-90353-3 (세트)

11

멱운 장편 소설
FUSION FANTASTIC STORY

三國志

퓐쿵
삼국지

도서출판 청어람

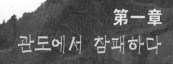

第一章
관도에서 참패하다

만취한 원소가 깨어났을 때는 이미 오경이 지난 뒤였다. 저수가 무려 세 시진 전부터 깨웠지만 술과 잠에 취해 있던 원소는 그제야 눈을 비비며 일어났다. 저수는 원소의 상태도 확인하지 않고 다짜고짜 소리를 질렀다.

"주공, 오소가 적의 습격을 받아 오소 방향에서 치솟는 화광이 20리 밖에서도 똑똑히 보인다고 합니다!"

원소는 비몽사몽간에 저수의 말을 듣고 웬 뚱딴지같은 소리라는 양 만사가 귀찮은 투로 대꾸했다.

"제대로 올라온 보고가 맞소? 오소는 아군 후방 40리 밖에 있는데 무슨 적의 습격을 당한단 말이오?"

사안이 중대하고도 다급한지라 저수는 무례를 무릅쓰고 원소의 소매를 끌며 대영으로 가자고 청했다.

원소도 조금은 걱정이 됐는지 마지못한 척 막사 밖으로 나왔다. 저수는 대영으로 향하는 길에 자신이 아는 대로 일의 전후 과정을 대략적으로 설명했다. 그러자 원소는 술기운이 싹 사라지고 크게 놀라 이마에 땀방울이 송골송골 맺히기 시작했다.

원소의 놀란 표정을 본 저수가 다급히 권했다.

"주공, 당장 군대를 보내 오소를 구해야 합니다!"

원소는 아무 대꾸도 없이 성큼성큼 대영으로 발길을 옮긴 뒤 속히 문무 관원을 대영으로 소집하라고 명했다.

하지만 어젯밤 연회 탓에 원담, 곽도, 순심, 장합, 고람 등 일부 관원만이 대영으로 달려왔을 뿐, 나머지는 아직까지 꿈속을 헤매고 있었다. 원소가 발연대로해 당장 오지 않는 자는 군법으로 다스리겠다며 날뛰자, 저수가 원소를 달래며 간했다.

"주공, 저들에 대한 처벌은 천천히 논의하시고 지금은 속히 오소에 구원병을 보내야 하지 않겠습니까? 장합, 고람 두 장수에게 경기병을 이끌고 가 오소를 구하게 하십시오."

장합과 고람도 앞으로 나와 출전을 자원했다. 그런데 이때 곽도가 다급히 달려 나와 말했다.

"주공, 조조군이 오소를 습격했다면 필시 조조가 친히 갔을 것입니다. 조조가 자리를 비워 관도 영채는 텅 비어 있을 터이니, 지금이야말로 조조군 영채를 공격할 절호의 기회입니다. 조조가 이 소식을 듣고 급히 회군한다면 오소의 포위도 저절로 풀리게 됩니다."

이 말에 저수는 크게 노호해 소리쳤다.

"그걸 지금 말이라고 하시오! 조조가 오소를 기습한 건 궁지에 몰린 현 상황을 타개하고 역전의 전기를 마련하기 위함이오. 그런데 이 틈을 타 관도 대영을 공격하든, 허도로 쳐들어가든 조조가 오소 공격을 포기할 것 같소?"

장합도 저수의 말을 거들었다.

"조조는 꾀가 많아 밖으로 출전하면서 필시 모든 준비를 갖춰놓았을 것입니다. 게다가 관도는 견고하기 이를 데 없어 일순간에 무너뜨리기 어렵습니다. 하여 오소 구원에 전력을 다하는 것이 상책이라 사료됩니다."

곽도도 노한 목소리로 맞받아쳤다.

"헛소리는 광평이 지껄이고 있지 않소? 관도는 조조의 근거지라 아군이 이 틈을 타 관도를 공파한다면 오소 습격에 나선 조조군은 돌아갈 곳이 없어 격파하기가 여반장과 같소. 또 관도 영채가 아무리 견고하다 하나 지금 조조가 주력군을 이끌고 출동한 터라 관도에는 병사가 얼마 없을 것이므로 관도를 공략하기 이보다 더 좋은 기회가 없소이다!"

원담도 자기 모사의 견해에 맞장구쳤다.

"부친, 공칙의 말이 일리가 있습니다. 오소의 순우경에게 3만 군사가 있어서 조조의 기습쯤은 능히 막아낼 수 있습니다. 아군은 응당 이 기회를 이용해 관도 공격에 전력을 다해야 합니다."

첨예한 양측의 의견 대립에 원소는 자기도 모르게 신음성을 흘렸다. 우유부단한 원소는 쉽사리 결정을 내리지 못하고 주저하다가, 마침 곁에서 침묵으로 일관하고 있는 순심을 보고 다급히 물었다.

"우약의 생각은 어떠하오?"

순심은 내심 저수의 의견에 찬동해 막 오소를 구원하러 가야 한다고 말하려는데, 원담이 음산하고 차가운 시선으로 자신을 노려보고 있자 하는 수 없이 생각을 바꿔 진언했다.

"주공, 군대를 두 길로 나누는 것도 좋은 방법입니다. 보병으로는 관도를 공격하고, 기병은 오소로 보내 만일의 사태에 대비하십시오."

원소는 옳거니 하며 손뼉을 치더니 장합과 고람에게 명했다.

"너희들은 속히 보병 1만을 거느리고 관도를 공격하라. 오소 쪽에는 경기병을 보내겠다!"

장합과 고람은 하는 수 없이 명을 받고 군사를 집결하러 총총히 대영을 빠져나갔다. 원담은 본래 자신이 오소를 구하러 가고자 했다. 그런데 이때 곽도가 슬쩍 원담을 제지하고는 원소에게 말했다.

"주공, 문추 장군이 기병 통솔에 능하고 한맹 장군은 오소 상황에 밝으니 이 두 장군에게 기병을 이끌고 오소를 구하게 하십시오."

원소도 크게 만족한 표정을 짓고 속히 문추와 한맹에게 대영으로 와 명을 받도록 했다. 곽도는 회의가 끝난 후 원담에게 설명했다.

"오소에 화광이 충천해 많든 적든 아군의 양초는 틀림없이 손실을 입었을 겁니다. 이 마당에 공자가 오소로 간다면 후에 주공의 문책을 면하기 어려워집니다. 이 누명은 공자나 우리 사람이 아닌 다른 자가 써야 하지 않겠습니까?"

원담은 이 말을 듣고 크게 기뻐하고는 곽도의 주도면밀함과 높은 식견에 연신 찬탄했다.

문추와 한맹은 원소의 명을 받고 즉각 오소를 구하러 출병했다. 이때는 이미 묘시도 절반이 지나 날이 훤히 밝았다. 그제야 마음이 놓인 원소는 저수에게 어젯밤 일에 대해 소상히 물었다. 조운이 맨 처음 이상한 낌새를 눈치채고 재빨리 오소로 달려간 경위를 저수가 자세히 고하자 원소는 계속 고개를 끄덕이며 말했다.

"역시 자룡은 지용을 겸비한 대장이로다. 그가 오소를 구하러 갔으니 베개를 높이 베고 잘 수 있겠구나."

이때 원담이 슬쩍 앞으로 나와 공수하고 말했다.

"부친, 조운에 관해 잠시 아뢸 말씀이 있습니다. 소자가 듣기로 조운은 어젯밤 해시 전에 정체불명의 아군 기병이 오소로 가는 것을 목격했다고 합니다. 그런데 무슨 이유에선지 즉각 이를 부친께 아뢰지 않고, 부친께서 대취하신 후에야 저수에게 이 사실을 알렸습니다. 그 의도가 무엇인지 자세히 따져 봐야 합니다."

이 말에 원소는 낯빛이 바뀌며 저수에게 소리쳤다.

"정말 그런 일이 있었소?"

저수는 원소의 얼굴에 노기가 드러난 것을 보고 조심스럽게 대답했다.

"그렇습니다. 하지만 주공, 대공자의 말은 사실과 조금 다릅니다. 저들의 대오가 아군 기치를 내건 데다 조운의 사졸이 순찰을 돌고 돌아온 뒤 이를 알렸기 때문에 제때 주공께 아뢰지 못한 것입니다."

저수의 설명에 원소의 표정이 다시 누그러졌을 때, 원담이 기다렸다는 듯 날카롭게 다그쳤다.

"오, 그렇소이까? 그런데 아군으로 변장한 적의 대오가 오소로 가는 영채를 지날 때 야간 통행 구령을 정확히 댔다던데요?

대체 이를 누가 누설했을까요?"

"그건 현재 저도 조사 중입니다. 진상이 드러나는 대로 주공과 대공자에게 아뢰겠습니다."

그러자 이번에는 곽도가 음흉한 미소를 지으며 앞으로 나섰다.

"그럼 조운을 먼저 조사해 봐야 하지 않겠소?"

저수가 신경질적으로 대꾸했다.

"뭐요? 자룡은 수상한 낌새를 채고 누구보다 먼저 오소로 달려간 장본인이오. 이 때문에 주공께 문죄당할 위험까지 무릅썼는데 그를 조사하라니요?"

"바로 그거요. 그가 가장 먼저 이를 발견하고 오소로 달려갔으므로 혐의가 가장 짙은 것이오!"

곽도는 큰소리로 대꾸한 후 다시 원소에게 몸을 돌려 공수하고 말했다.

"주공, 혹시 이상한 점을 느끼시지 못했습니까? 어젯밤 주공께서 조운을 연회에 부르셨는데, 조운은 몸이 좋지 않다는 핑계로 술 한 잔만 받고 연석을 나갔습니다. 그런 다음 적의 대오를 가장 먼저 발견하고 또 오소로 가장 먼저 달려갔다니, 마치 사전에 미리 준비해 둔 것처럼 너무 공교롭지 않습니까?"

원소의 얼굴에도 의심의 빛이 드러나기 시작하자 저수가 다급히 외쳤다.

"자룡은 주공과 뭇 장수들이 술에 취해 방어 태세가 소홀해질까 걱정되어 잠시 평계를 대고 나와 영지 방어를 책임진 것입니다!"

"오, 그럼 조운이 거짓말을 한 건 확실하구려!"

원담은 짐짓 놀라 소리치더니 급히 원소를 향해 공수하고 말했다.

"우연도 이런 우연이 있을까요? 조운이 부친의 연회를 거절한 뒤 공교롭게도 가장 먼저 이상한 낌새를 채고, 또 가장 먼저 오소로 달려가다니요? 오소를 구하면 다행이지만 만약 오소에 변고가 생긴다면⋯ 어찌 더 공교로운 일이 아니겠습니까?"

원담의 말도 안 되는 소리에 저수는 화가 머리끝까지 치밀어 입에서 나오는 대로 소리쳤다.

"직무를 다한 자룡에게 도리어 죄를 덮어씌우다니. 대난이 닥쳤는지도 모르고 취생몽사하던 그대들이 자룡을 의심할 자격이 있다고 생각하시오?"

이 말에 원소의 눈꼬리가 꿈틀거리며 저수를 매섭게 노려보았다. 아차 싶었던 저수는 황망히 허리를 굽히고 말했다.

"용서하십시오. 제가 잠시 흥분해 실언을 했습니다. 하지만 주공에 대한 자룡의 충심만은 진심이오니 시비를 분명히 가려 절대 충신의 마음을 다치게 하지 마십시오."

원소는 흥 하고 코웃음을 친 뒤 냉랭한 어조로 대꾸했다.

"자룡이 오소를 구한다면 내 당연히 큰 상을 내리겠지만 만약 오소에 변고가 생긴다면… 홍!"

저수는 감히 아무 대답도 하지 못하고 그저 고개만 숙인 채몰래 중얼거렸다.

"하늘이시여, 오소를 보우하시고 자룡을 보우하시고 그리고… 우리 기주 30만 장사를 보우하소서!"

저수의 간절한 기도에도 불구하고 비보가 잇달아 원소군 대영으로 날아들었다.

장합과 고람은 소조군 영채를 공격하다가 불시에 매복을 만나 패하고 대영에 급히 구원을 요청했다. 크게 노한 원소는 장합과 고람에게 군사를 증원하는 동시에 관도를 취하지 못하면 군법으로 다스리겠다고 을렀다. 이어 오소의 불길이 계속 번지고 있다는 소식이 들어오자 깜짝 놀란 원소는 다시 오소에 1만 군사를 증파했다.

기회가 왔다고 여긴 원담 일당은 재빨리 여상이 조운의 창에 찔려 죽은 일을 보고했다.

사실 이는 이미 여상의 수하를 통해 전해 들었지만 결정적인 순간에 터뜨릴 목적으로 감추어두고 있었던 것이다. 원소는 이를 듣고 대로해 당장 여상 영채에서 보낸 전령을 불러들이라고 명했다.

미리 원담과 입을 맞춘 여상의 전령은 조운의 대오가 인화물을 신고 지나가기에 여상이 이를 막고 이유를 묻자 조운이 다짜고짜 여상을 찔러 죽였다고 진술했다.

원소가 화를 낼 겨를도 없이 조운에게 치명적인 일격을 가하는 순우경의 보고가 들어왔다. 순우경은 책임을 회피하고 죄과를 경감하기 위해 선수를 쳐 친병을 원소에게 보내 거짓으로 고했다.

자신이 오소 영중에서 목숨을 걸고 조조군과 싸우고 있을 때, 조운은 구원을 왔으면서도 도와주기는커녕 남쪽 5리 밖에 진세를 펼치고 꿈쩍도 하지 않는 것이 꼭 조조군을 위해 퇴로를 차단하고 있는 것처럼 보였다는 것이다.

이 보고에 분노가 폭발한 원소는 사람을 보내 진상을 정확히 조사해 보자는 저수의 권유를 들은 체도 않고, 그 자리에서 순우경이 보낸 전령의 목을 베더니 노호성을 터뜨렸다.

"조사는 필요 없다. 만약 오소를 잃는다면 순우경과 조운을 같은 죄로 다스리리다!"

원소의 성격을 잘 아는 저수는 얼굴이 창백하게 변해 속으로 조운이 목숨을 부지하기 어렵게 됐다며 발을 동동 굴렀다.

원소 등이 안절부절못하고 초조하게 기다리는 사이, 오소로 출격한 문추, 한맹의 쾌마가 달려와 급보를 전했다.

그들의 경기병 대오가 오소에 당도했을 때는 이미 식량 창고
는 남김없이 불타버렸고 조조군은 어디로 갔는지 행방을 알 수
없다는 것이었다. 이 소식을 듣고 원소는 그만 외마디 비명을
지르며 그 자리에서 까무러치고 말았다.

좌우의 부축을 받아 겨우 정신을 차린 원소는 힘겹게 입을
떼 말하려다가, 이번에는 그만 피를 왈칵 쏟았다.

저수와 곽도 등은 깜짝 놀라 비명을 지르며 달려가 원소를
부축했다. 얼굴이 백지장처럼 하얘진 원소는 곽도의 손을 잡고
떨리는 목소리로 명을 내렸다.

"관도에 군사를 증원하고 장합, 고람에게 명해 관도를 공파해
오소의 원수를 갚지 못한다면 참형에 처할 것이라고 전하시오!"

그러고는 머리를 떨구고 그대로 혼절해 버렸다.

"주공! 주공!"

저수는 원소를 마구 흔들어 깨우며 울면서 소리쳤다.

"주공, 어찌 그런 명령을 내린단 말입니까? 장합과 고람이 이
미 사력을 다하고 있는데, 이들을 핍박하시면······."

이때 원담이 저수를 밀치며 신경질적인 반응을 보였다.

"지금 주공을 시해할 셈이오? 그렇게 흔들어 깨우다가 잘못
되시면 어쩌려고 그러시오!"

원담은 정신을 잃고 쓰러진 원소를 부축하며 큰소리로 외쳤
다.

"부친의 병환이 깊으니 지금부터는 장자인 내가 군기 대사를 주재하겠소! 관도에 2만 군사를 증파하고 장합, 고람에게 반드시 영채를 무너뜨리라고 전하시오. 오늘 내로 관도를 접수하지 못할 시 둘의 목을 베겠소!"

원소의 무사들은 한참 동안 주저하며 머뭇거리다가 종내 들쭉날쭉 공수하고 명을 따랐다. 이를 본 원담은 자신이 꼭 군주의 자리에 오른 것 같아 얼굴 가득 득의양양한 표정을 감추지 못했다. 이어 그는 잽싸게 곽도에게 눈짓을 보냈고, 곽도도 무슨 뜻인지 알겠다는 듯 고개를 끄덕였다.

하지만 이들의 신호 교환은 저수의 눈을 피할 수 없었다. 저수는 이를 보고 저들이 무슨 꿍꿍이를 꾸미고 있는 게 틀림없다고 의심했다.

지금 원담의 머릿속은 불순한 생각으로 가득 차 있었다.

철천지원수나 다름없는 아우와 시종 자신을 무시하며 후사를 원상에게 물려주려는 부친에게 드디어 복수할 기회가 왔다고 여겼다. 이에 그는 혼절한 원소를 막사로 옮긴 후 곽도에게 자신의 생각을 밝히고 의견을 구했다.

원담이 아무리 막돼먹은 종자라 해도 부친을 시해하고 자리를 빼앗겠다는 말을 직접적으로 꺼낼 수는 없었기에 에둘러 이렇게 가정했다. 만약 원소가 불행히 선서(仙逝)하거나 영원히 깨어나지 못한다면 자신이 장자의 신분으로 30만 대군을 지휘해 기주 주인 자리에 오를 수 있을까?

하지만 곽도는 원담의 의도를 이해하지 못해 자못 불만 섞인 목소리로 말했다.

"공자, 너무 멀리 나가지 마십시오. 주공께서는 마음의 병으로 잠시 의식을 잃은 것뿐이어서 생명에는 지장이 없습니다. 이번 기회에 먼저 대오 안에 있는 원상 무리를 제거하는 데 힘을 다하십시오."

"하지만 부친께서 병으로 일어나시지 못한다면? 혹은 부친의 병환이 갑자기 위중해져… 돌아가신다면 내가 기주의 주인이 될 수 있지 않겠소?"

"불가합……."

고개를 반쯤 젓던 곽도는 마침내 원담의 의도를 알아채고 놀라 얼굴색이 돌변하며 낮은 목소리로 외쳤다.

"공자, 설마……."

원담이 아무 대꾸도 하지 않고 음습한 눈으로 그저 곽도를 응시하자, 곽도는 더욱 황망해져 급히 원담을 원소의 막사에서 멀리 떨어진 곳으로 끌고 가 소리를 낮춰 다그쳤다.

"공자, 제정신입니까? 아무리 그래도 공자의 부친입니다!"

원담은 음흉한 미소를 흘리며 말했다.

"옛날 한 왕자는 왕위를 차지하기 위해 자신의 부친을 죽였을 뿐 아니라 왕성 입구 현무문에서 형제자매까지 모두 죽였다고 했소. 하지만 왕위에 오른 그는 이후 일대 명군이 되었소!"

원담은 도웅에게서 들은 현무문의 변을 아전인수 격으로 변형해 곽도에게 전했다. 이 말에 곽도는 온몸이 떨리고 식은땀이 흘러 아무 대꾸도 할 수 없었다.

원담은 곽도의 답답한 모습에 짜증이 밀려와 이를 앙다물고 화를 냈다.

"아직 손도 쓰지 않았는데 뭐가 그리 두려우시오? 다시 한 번 묻겠소. 부친께서 병으로 쓰러져 내가 30만 대군의 지휘권을 계승한다면 기주의 주인이 될 수 있겠소?"

"그건 어렵습니다."

곽도는 종내 입을 뗀 후 간곡하게 권했다.

"대공자, 절대 성급하게 성공을 바라지 마십시오. 공자의 위신이 아직 서지 않은 상황에서 주공 없이 홀로 섰다간 사람들이 불복할까 두렵습니다. 지금 상황만 놓고 봐도 공자에게 결코 유리하지 않습니다. 조조라는 대적이 앞에 있고 오소의 양초가 모두 불탄 이때, 설상가상으로 주공께 변고가 생긴다면 군심이 크게 흩어져 필시 조조군에게 참패할 것입니다. 따라서 공자가 주공의 자리를 대신하는 것이 아무 의미가 없을뿐더러 오히려 다른 이에게 반격의 기회를 주게 됩니다."

원담은 곽도의 설명을 듣고 음침한 얼굴이 더욱 음침해졌다.

원담의 성격을 누구보다 잘 아는 곽도는 혹여 그가 허튼 생각을 할까 두려워 다급히 말했다.

"지금 가장 중요한 건 조조의 관도 대영을 공파하는 것입니다. 이 일만 성공한다면 아군의 모든 난제는 저절로 풀릴 수 있습니다. 이를 통해 공자도 위신을 세울 수 있어서 어떤 일을 하든 거칠 것이 없어집니다."

깊은 고민에 잠겼던 원담은 곽도의 충고를 받아들이고 고개를 끄덕였다.

"공칙의 말이 옳소. 지금으로서는 관도를 공파하는 것이 최선이오. 영내의 일은 내가 알아서 처리할 터이니 관도 대영은 그대가 맡아주시오."

원담이 자신의 권유를 듣지 않으면 어쩌나 걱정하던 곽도는 안도의 한숨을 내쉬었다. 하지만 여전히 마음이 놓이지 않았는지 원담에게 거듭 당부했다.

"공자, 서두르지 마십시오. 민감한 사안은 특별히 조심해야 합니다. 주공의 병환이 깊지 않아 언제든지 깨어나실 수 있는 상황에서 너무 앞서 나가다간 대사를 그르칠 수도 있습니다."

원담은 귀찮다는 듯 손을 휘저으며 알았다고 대답하고는 역시나 곽도에게 당부했다.

"이 기회에 가능한 한 원상 무리를 없애는 데 신경을 써주시오."

둘은 속삭이듯 몇 마디 더 의논한 후, 각자 자신의 일을 처리하러 자리를 떴다. 그런데 둘이 흩어진 지 얼마 지나지 않아 멀지 않은 장막 뒤에서 기주 감군 저수가 모습을 드러냈다. 저수는 대영으로 총총히 달려가는 곽도와 원소 막사로 성큼성큼 걸어가는 원담을 번갈아 바라보고는 이를 악물고 주먹을 불끈 쥐었다.

곽도는 대영으로 돌아온 즉시 마연, 장의 등 원상의 도당과 평소 자신들에게 협조하지 않은 장수들을 차출해 선봉대를 구원하라고 명했다. 또한 어떤 대가를 치르더라도 반드시 조조군 대영을 손에 넣으라고 요구하고, 실패할 경우 군법으로 다스리겠다고 위협했다.

이어 장합과 고람에게도 전령을 보내 유시까지 반드시 조조군 영채를 공파해야지, 그렇지 않으면 목을 베겠다고 협박했다.

장합과 고람은 조조군의 매복을 만나 수많은 사상자를 낸 후에야 겨우 포위를 벗어났다. 이들은 다시 전열을 정비해 관도 영채 공격에 나섰지만 워낙 견고한 울타리와 보루 때문에 공략이 쉽지 않았다.

원소군이 어찌할 바를 몰라 답답해하고 있을 때, 조조군 영채 안에서 갑자기 하후돈이 5백 결사대를 이끌고 튀어나와 원소군을 향해 돌격해 들어갔다.

놀란 원소군은 진용이 크게 어지러워져 결국 5리 밖으로 물러나 영채를 차리고 조조군과 대치했다. 구원병이 오기만을 기다리는 그들에게 곽도가 보낸 전령이 당도했다.

"유시까지 조조군 영채를 공파하라고? 고작 한 시진밖에 남지 않았는데 어떻게 적을 무너뜨린단 말이냐?"

성질이 불같은 고람은 버럭 화를 내며 전령에게 고함을 질렀다. 전령이 벌벌 떨며 자신은 그저 명을 전달하러 왔을 뿐이라고 말했지만 말도 안 되는 공격을 감행하라는 명에 화가 머리 꼭대기까지 난 고람은 단창에 전령을 찔러 죽였다.

곁에 있던 장합이 깜짝 놀라 대체 이게 무슨 짓이냐며 따지려 할 때, 고람이 화를 억제하지 못하고 고래고래 소리쳤다.

"30만 대군이 두 달 동안 격파하지 못한 조조군 대영을 우리더러 한 시진 만에 손에 넣으라니, 이건 우리 수급을 내놓으라는 말과 뭐가 다르오! 이처럼 장사를 아끼지 않는 원소 놈에게 목숨을 바칠 이유가 없잖소? 앉아서 죽음을 기다리느니 나는 차라리 조조에게 투항해 조정의 봉작을 받으리다!"

장합은 한동안 굳은 얼굴로 아무 말도 없더니 갑자기 창을 들고 병사들에게 외쳤다.

"제군들, 원소는 이간질하는 말을 곧이듣고 자신과 가까운 사람만 등용하며 상벌이 불명하고 은혜를 베푸는 데 인색한 자다. 지금 오소마저 함락돼 우리가 계속 원소를 따르다간 조만간 불귀의 객이 되고 말 것이다. 나를 따라 조조에게 투항하려는 자는 우리와 함께 가고, 원하지 않는 자는 이곳에 남아라!"

주장이 투항을 결정하자 이미 자신들을 사지로 내몬 데 대해 불만이 많았던 사졸들은 일제히 환호성을 지르며 장합과 고람의 뒤를 따랐다.

마침 선봉대를 구원하러 달려온 마연과 장의는 장합과 고람의 대오가 백기를 들고 조조군 영채를 향해 달려가는 것을 보고 어안이 벙벙해져 저들의 뒤를 추살하는 것도 잊은 채 멍하니 뒷모습만 바라보고 있었다.

이로 인해 오소 창고가 불탄 일로 이미 어지러워지기 시작한 원소군의 사기와 군심은 더욱 크게 저하되고 말았다.

이 소식이 원소군 대영에 전해지자 머릿속이 온통 부친의 자리를 차지할 생각으로 가득하던 원담의 얼굴이 창백하게 변했다. 곽도 역시 난처한 기색이 역력한 가운데, 저수가 침착하게 원담에게 건의했다.

"대공자, 사태가 이미 이 지경에 이르렀으니 후회해도 소용없습니다. 지금으로서는 두 가지 대책을 준비해야 합니다. 첫째는 속히 각 영채에 사람을 보내 후속 양초가 불일간에 도착할 것이라고 알리십시오."

원담이 의아한 얼굴로 반문했다.

"후속 양초가 곧 도착한다고? 난 그런 소식을 들은 적이 없소이다."

"오소가 불타 군심이 곧 붕괴할 수도 있기 때문에 잠시 장사들을 속이는 것입니다."

저수는 냉랭하게 대답한 후 말을 이었다.

"다음으로는 속히 도응이 보낸 사신을 막사 밖에 대기시키고 주공께서 깨어나시는 대로 접견하게 하십시오. 어떻게든 도응과 연락을 취하고 도움을 청해야 합니다."

"그는 여기에 없소. 어제 오후 부친께서 그를 쫓아버리고 도응에게 절교의 뜻을 전했소. 그때 그대는 장중에 없어서 이 사실을 몰랐겠구려."

이 말에 저수는 낯빛이 변하며 답답한 마음에 연신 탄식을 내뱉었다. 하지만 원담은 전혀 절망하는 기색 없이 마음속으로 이리저리 주판알을 굴렸다.

'지금 상황으로는 관도의 형세를 역전시킬 길이 없겠어. 최선은 조조에게 연락을 취해 정전 협상을 벌인 다음 대오를 이끌고 기주로 돌아가 원상 놈과 자리를 다투는 것인데, 조조가 과연 이에 응할지 모르겠단 말이야……'

　　　　*　　　　　　*　　　　　　*

　도웅은 조조의 오소 기습을 도운 후 즉시 철수하지 않고 오소에서 동쪽으로 30리 떨어진 복수 일대에 잠복하며 인내심 있게 오소 전투의 결과를 기다렸다.

　도웅이 도기와 작전을 의논하고 있을 때, 척후병으로부터 조운의 원군이 오소에 당도했다는 보고가 들어왔다.

　조운이라는 말에 도웅은 귀가 솔깃했지만 지금처럼 급박한 상황에서 그를 꾀기는 불가능하다고 여겼다. 이에 조운을 다치게 할 수 없어 전투에 참여하지 않고 척후병을 보내 오소의 동정을 면밀히 감시하라고 일렀다.

　조조군은 악전고투 끝에 조운의 원군을 물리친 뒤, 신속히 원소군 군복으로 갈아입고 산골 소로를 통해 관도로 철수했다. 이 사실을 확인한 도웅은 주저 없이 명을 내렸다.

　"전군은 당장 창읍으로 철수한다!"

　도기는 명을 받고 병마를 점검하다가 고개를 갸웃하며 도웅에게 물었다.

　"형님, 지금 그냥 철군했다가 만일 조조군이 원소군에게 저지당하면 어찌합니까?"

　도웅은 고개를 가로저으며 대답했다.

　"그건 내 소관 밖의 일인 데다 오소를 불살랐으니 그의 대오가 어찌 되든 신경 쓸 필요 없다. 어쨌든 조조가 관도 대영으로 무사히 돌아간다면 이번 전쟁은 그의 승리로 끝날 것이다. 이제는 조조가 문제가 아니라 원소가 더 걱정이다. 혹여 그가 난군 중에 변고라도 당한다면 우리로서는 더 골치가 아파진다."

도기는 이해가 가지 않는다는 표정으로 다시 물었다.

"언제는 기주군이 너무 막강해 어떤 대가를 치르더라도 반드시 조조를 도와야 한다고 했다가, 지금은 원소 걱정을 하다니요?"

"그거야 당연히 원소군의 전력이 급속히 약화되면 반대급부로 조조군의 실력이 팽창하기 때문 아니겠느냐? 아군이 잠시 조조와 손을 잡고 원소에 대항한다지만 머지않아 우리는 그들과 생사를 놓고 결전을 치러야 한다. 그런데 관도 대전으로 조조가 많은 이익을 얻고 군사력이 크게 증강한다면 아군에게 불리해지지 않겠느냐?"

도응은 잠깐 숨을 고른 후 계속 설명을 이어갔다.

"아군과 원소군 간에도 이익을 두고 충돌이 벌어지긴 하지만 우리에겐 공동의 적인 조조가 있어서 언제든지 손을 잡을 기회가 있다. 따라서 우리는 조조를 도와 원소군의 실력을 약화시켜 저들이 아군과 조조를 동시에 공격하지 못할 정도로 세력 균형을 유지하는 것이 중요하다. 그런데 원소군의 전력이 너무 약화되면 조조를 도와주는 꼴이 되고, 또 원소가 혹여 변고라도 당한다면 원담과 원상 간에 권력 다툼이 더욱 격화돼 우리가 원상과 동맹을 체결하더라도 원담 역시 조조와 연합할 것이므로… 헉!"

장광설을 늘어놓던 도옹이 갑자기 괴성을 지르자 도기가 급히 이유를 물었다. 도옹은 대답인지 혼잣말인지 모를 말을 중얼거렸다.

"내가 한 가지 가능성을 염두에 두지 못했어. 이번 남정에서 원담만 원소를 따라갔단 말이지. 후계 다툼에 눈이 먼 원담이 전세가 불리해진 틈을 악용해 조조와 손을 잡고 군권을 장악하려 든다면… 그는 부친마저 안중에 두지 않을 놈이라고! 큰일이군. 그가 만약 원소를 제거하고 원상과 맞설 계획을 세웠다면 아군에게 상황이 크게 불리해져."

이어 도옹은 붓과 비단을 가져오라고 명한 후 하얀 비단 위에 '원담' 두 글자를 쓰고 심복 무사에게 분부했다.

"너는 일반 백성으로 변장해 이 서신을 들고 곧장 관도로 가라. 조조군이 관도 대영으로 돌아온 것을 확인하면 즉각 이를 조조에게 전하기만 하면 된다."

무사가 명을 받고 나가자 도기는 도대체 무슨 영문인지 모르겠다는 듯 궁금해서 물었다.

"원담의 이름을 쓴 편지를 조조에게 주는 건 무슨 의도입니까?"

"조조와 원담은 예전부터 몰래 왕래가 있어서 내가 굳이 원담의 이름을 거론할 필요는 없다. 그런데도 일부러 사족처럼 원담의 이름을 쓴 이유는 조조의 의심 많은 성격 때문이다. 그는 이 편지를 보고 필시 내가 그와 원담이 손잡고 원소를 제거하길 바란다고 의심해 오히려 반대로 행동할 것이다."

도기는 무슨 뜻인지 제대로 이해하기 어려웠지만 도응이 절대 실수를 범할 리 없다는 생각에 더는 아무것도 묻지 않았다. 그는 묵묵히 병마를 정돈한 후 도응과 함께 군자군을 이끌고 창읍으로 돌아갔다.

조조는 오소를 불사른 후 원소군 패잔병으로 변장해 관도 대영으로 향했다. 도중에 원소군에게 들킬까 염려해 40~50리 길을 더 돌아간 탓에 날이 어두워져서야 관도 대영에 도착했다.

하루 종일 마음 졸이며 기다리던 관도의 조조군은 조조의 무사 귀환에 일제히 환호성을 터뜨렸고, 군 전체가 승리에 대한 자신감으로 충만해졌다.

자신이 자리를 비운 사이에 하북의 맹장 장합과 고람이 투항하고 전농중랑장 임준이 급히 필요로 했던 양초를 보내오자 조조는 기뻐 어쩔 줄 몰랐다.

비록 반 달치에 불과한 양초였지만 조조는 전혀 걱정하지 않았다. 장합과 고람으로부터 원소군 각 영채는 오소에서 이틀에

한 번씩 양초를 공급받는데, 오소가 모두 불탄 관계로 양초가 하루치밖에 남지 않았다는 기밀을 들었기 때문이다. 이제는 어떻게 원소군을 공격할지 즐거운 고민을 할 시간이었다.

그런데 그날 밤 삼경이 지났을 즈음에 원담의 심복 유순(劉詢)이 불쑥 조조를 찾아왔다. 조조는 원담의 사자가 찾아온 뜻을 이미 알아채고 박장대소하며 즉각 유순을 영채 안으로 불러들였다.

원담이 곽도와 신평마저 속인 채 비밀리에 조초와 연락을 취한 목적은 잠시 전쟁을 멈추고 원소군이 무사히 기주로 돌아가게 해달라고 요청하기 위해서였다. 조조는 이 말을 듣고 속으로 크게 기뻐하면서도 짐짓 웃음을 지으며 유순에게 물었다.

"유 장군, 원 공이 있는데 대공자가 무슨 자격으로 내게 화친을 청한단 말이오?"

"우리 주공은 병으로 쓰러져 지금까지 깨어나지 못하고 있습니다."

유순은 적에게 알려서는 안 되는 기밀까지 누설한 후 의기양양하게 말했다.

"현재 기주 대군은 우리 대공자가 잠시 관장하고 있고, 심배가 기주로 돌아가 군사 직책도 곽도가 인계받은 관계로 대공자가 주공을 대신해 결정권을 가지고 있습니다."

원소가 쓰러졌다는 말에 조조는 뛸 듯이 기뻤지만 일부러 태연한 척하며 말했다.

"그래 봤자 잠깐 아니오? 원 공이 깨어나 우리의 교섭을 거부하고 기어이 아군과 교전하려 든다면 어찌한단 말이오?"

유순은 난처한 표정을 지으며 곽가, 순유 등을 힐끔힐끔 쳐다보았다. 조조에게 사람들을 잠시 물려달라는 뜻이었다. 하지만 조조는 이를 거부하고 말했다.

"다들 내 친신, 심복이어서 털어놓고 얘기해도 상관없소."

유순은 하는 수 없이 고개를 끄덕이고 목소리를 낮춰 말했다.

"대공자의 말을 그대로 전하면, 승상이 만약 공자의 화친 요청에 응하기만 한다면 우리 주공은 영원히 깨어나지 않을 수도 있다고 했습니다."

순간 조조의 삼각눈이 번쩍 빛나며 유순을 매섭게 노려보았다. 조조의 시선에 크게 당황한 유순은 다급히 말을 이었다.

"승상이 화친에 동의하고 대공자가 기주 주인 자리에 오르는 데 협조한다면 양군이 영원히 동맹을 맺고 승상이 서주를 침공해 살부의 원수를 갚는 데 전력으로 돕겠습니다!"

원담이 이렇게 담이 큰지 몰랐던 조조는 몰래 찬탄하고 좌우의 모사들을 돌아보았다. 순유, 곽가, 정욱 등은 만면에 희색을 띠고 고개를 까닥이며 원담의 요청을 받아들이라고 신호했다.

이유야 당연히 현재의 국세(局勢) 때문이었다.

오소 창고가 불타고 일부 원소군이 투항했다 하나 아직도 앞에는 20만이 넘는 대군이 진을 치고 있어서 적은 군사로 적을 섬멸하기란 쉬운 일이 아니었다. 또 원소가 이번 전쟁을 포기하고 물러간다 해도 그에게는 여전히 기주 등에 수십만 대군이 있기 때문에 언제든지 이들을 휘몰아 다시 침공해 올 수 있었다.

그러나 원담이 원소를 제거한다면 상황이 백팔십도 달라진다.

우선 원담과 원상이 기주 등 4주의 병마를 다시 정비해 쳐들어온다 해도 그들의 능력과 위신이 원소에 미치지 못하기 때문에 조조로서는 작전을 펼치기 수월해진다는 점이다. 또한 그에 앞서 철천지원수나 다름없는 원담 형제 사이에 치열한 권력 다툼이 벌어질 것이 불 보듯 빤하므로 내부 분란이 일어나 자멸을 기대할 수도 있었다.

만 걸음 양보해 원담이 원소 시해에 실패한다 해도 조조로서는 전혀 손실이 없을뿐더러 원소 부자가 반목하는 기회를 노려 반격의 기회를 잡을 수 있었다.

이 점을 분명히 알고 있었기 때문에 조조의 모사들은 계속 조조에게 눈짓을 보낸 것이었고, 조조도 마음이 크게 동해 다급히 유순에게 물었다.

"원담이 언제 원 공을 영원히 잠재울 것이라고 말했소?"

"승상이 맹약서만 써준다면 제가 돌아가는 대로 정전에 승인하고 오늘 밤 거사를 치르겠다고 했습니다."

유순의 대답에 조조는 눈 한 번 깜빡이지 않고 필묵을 대령하라고 명한 후 속으로 몰래 미소를 지었다.

'멍청한 놈, 이깟 맹약서가 무슨 효력이 있다고…… 원소만 제거한다면 네놈들은 이제 끝장이다.'

유순은 물론 조조의 모사들도 동상이몽으로 흐뭇한 미소를 짓고 있을 때, 전위가 홀연 막사 밖에서 뛰어 들어와 조조에게 편지를 바치며 귓속말로 도응이 보낸 것이라고 알렸다. 그런데 편지를 펼쳐 본 조조는 갑자기 얼굴이 굳어지고 눈에는 의혹의 빛이 가득 드러났다.

자신이 원담과 우호 관계를 유지하고 비밀리에 연락을 주고받는다는 것쯤은 도응도 다 아는 사실인데, 왜 굳이 사람까지 보내 주의를 환기시켰을까?

한참 동안 골똘히 생각에 잠겨 있던 조조가 갑자기 책상을 치고 유순을 가리키며 소리쳤다.

"여봐라, 저자를 끌어내 목을 베고 수급을 원문에 걸어라!"

마른하늘에 날벼락이 따로 없었던 유순은 혼비백산이 돼 멱따는 소리로 비명을 질렀다.

"승상, 소인이 무슨 죄가 있다고 이러십니까? 승상, 제발 살려주십시오!"

조조의 모사들도 깜짝 놀라 무슨 일인지 물었지만 조조는 아무 대답도 하지 않았다. 그저 전위에게 유순을 끌어내 목을 베라고 손짓하는 한편, 도응이 보낸 편지를 곽가 등에게 건넸다. 곽가는 편지를 본 후 잠시 생각에 잠겼다가 고했다.

"승상, 이는 도응의 속임수일 가능성이 높습니다. 아군과 원담이 손을 잡고 협력하는 것이 두려워 일부러 이런 편지를 보내 이 일을 미리 알고 대비가 돼 있다는 양 아군을 을러 원담과 연합하지 못하게 하려는 수작입니다."

조조가 음침한 표정으로 대꾸했다.

"그 점은 나도 당연히 알고 있네. 하지만 기주의 원상과 친밀한 도응이 원담의 일을 미리 알고 후속 수단을 준비해 두었다면 원담이 원소를 제거하기 어려울뿐더러 도응과 원상에게 어부지리를 안겨줄 가능성이 높네. 게다가 현재 아군의 힘으로 일거에 원소군을 멸할 수 없는 상황에서 도응의 간계에 떨어졌다간 원상이 힘들이지 않고 원소의 자리를 대신해 우리 계획은 어그러지고 말 것이야."

"그렇다면 군이 원담의 사신을 죽일 필요 없이 그냥 돌려보내는 게 낫지 않겠습니까? 그래야 훗날 원담과 일을 도모하는 데 도움이 될 테니까요."

조조는 쓴웃음을 지으며 대답했다.

"두 가지 이유가 있네. 하나는 원담에게 부친을 시해하고 자리를 빼앗는 데 단호히 반대한다는 뜻을 알리려는 것이네. 그래야 욕심에 눈이 멀어 미련한 짓을 벌였다간 원상과 도응에게 좋은 일만 시켜준다는 사실을 알 것 아닌가. 또 하나는 원담 곁의 소인배를 죽여 원소에게 주변 인물을 조심하라는 일종의 경고를 보내는 것이지."

＊　　　　＊　　　　＊

원소는 오소 전투가 끝난 다음 날 정오에야 의식을 회복했다. 원소는 깨어나자마자 곁에서 자신을 돌보던 저수에게 전황에 대해 물었다. 저수가 우물쭈물하며 대답하지 못하는 것을 보고 상황을 대충 짐작한 원소는 한숨을 내쉬고 말했다.

"마음의 준비는 돼 있으니 어서 말해보시오. 나쁜 소식이어도 상관없소."

저수는 주저주저하다가 조심스럽게 장합, 고람이 투항한 일과 조조가 무사히 관도 대영으로 귀환한 일을 대략적으로 설명했다. 다행히 원소는 다시 쓰러지지 않았고, 두 주먹을 불끈 쥔 채 한동안 분을 삭이고서야 조용히 물었다.

"대영이 크게 어지러워졌겠구려. 담이는 군심을 어찌 진정시켰소?"

"처음에 그러긴 했지만 지금은 많이 안정되었습니다. 군사들에게도 후속 양초가 곧 이를 것이라고 잠시 속인 상태입니다."

저수는 고개를 끄덕여 대답하고는 의심스러운 투로 말을 꺼냈다.

"그런데 한 가지 이상한 일이 있습니다. 대공자의 심복인 유순의 수급이 조조 원문에 걸린 것이 심히 수상합니다. 자세히 조사해 보시기 바랍니다."

"적장의 목을 베는 일이야 다반산데, 그깟 일이 무슨 대수라고. 그건 그대가 알아서 처리하시오."

조조가 보낸 선의의 경고를 전혀 눈치채지 못하고 원소가 이 일을 대충 넘어가려 하자, 저수는 원소가 쓰러졌을 때 원담이 보인 수상한 행동들을 아뢰려고 했다. 그런데 이때 원담과 곽도 등이 득달같이 막사 안으로 들이닥쳤다.

제 발 저린 원담은 조마조마해하며 원소에게 안부를 물었고, 곽도는 저수가 입을 열 틈도 주지 않고 재빨리 말했다.

"주공, 장합과 고람이 뜻밖에 은혜도 모르고 조적에게 투항했습니다. 이 두 역적을 단죄해야 하니 속히 진공 명령을 내려주십시오."

하지만 원소는 불같이 화를 내며 소리쳤다.

"오소의 양초가 모두 불탔는데 무슨 진공이란 말이오? 속히 기주로 철군할 준비나 하시오. 기주로 돌아가 병마를 정돈한 뒤 조조와 끝장을 보러 다시 올 것이오!"

원소의 분노에 곽도는 머쓱해하며 입을 다물었다. 그러자 저수가 강력히 만류했다.

"주공, 퇴병은 절대 불가합니다. 20만이 넘는 대군이 단시간에 황하를 건널 수 없을뿐더러 군심이 어지러워진 아군이 철수 소리를 듣는다면 수습하기 어려울 정도로 전선이 붕괴될 것입니다. 지금은 영채를 굳게 지키는 것이 상책입니다."

"굳게 지킨다고? 양초도 없는데 어떻게 지킨단 말이오?"

원소가 더욱 분노해 고함을 지르자 저수가 단호하게 대답했다.

"말을 죽여 먹으면 됩니다. 아군은 전마가 많아 말을 잡아먹는다면 스무 날은 충분히 버티고, 아껴 먹으면 한 달도 가능해 후속 양초가 이를 시간을 벌 수 있습니다. 조조가 비록 오소를 불태웠다고 하나 이미 힘이 다한지라 계속 소모전을 벌이며 대치하면 아군이 필승의 위치에 설 수 있습니다."

곽도가 앞으로 나와 저수의 말에 반박했다.

"광평의 말은 틀렸소. 말을 잡아먹으면 발등의 불은 끌 수 있겠지만 장사들이 이를 보고 군심이 더욱 흐트러지고 사기가 떨어질 텐데 어떻게 호랑 같은 조조군을 대적한단 말이오? 지금은 전력을 다해 조조군 영채를 공격하거나 아니면 주공의 명대로 철군하는 것이 최선이오."

저수는 참지 못하고 고함을 질렀다.

"공칙, 제정신이오? 군심이 크게 어지러워진 지금 철군하는 건 자살과 같소이다! 장수든 사졸이든 서로 먼저 도망치려고 싸우고 밟을 텐데 수습이 가능하다고 보시오?"

"입 닥치시오!"

원소는 큰소리로 이들의 쟁론을 저지했다. 그러나 우유부단한 원소는 쉽사리 결정을 내리지 못하고 한참 동안 주저하다가 원담에게 고개를 돌려 물었다.

"담이의 생각은 어떠하냐? 뭘 그리 곰곰이 생각하길래 아무 말도 없는 게냐?"

"저, 그게……."

정신이 온통 딴 데 팔려 있던 원담은 갑작스러운 원소의 질문에 말을 더듬었다. 원소가 짜증 섞인 투로 다시 한 번 묻자 원담은 그제야 정신을 차리고 대답했다.

"공칙과 광평의 말이 모두 일리가 있습니다. 그러니 두 안을 절충해 잠시 백마로 물러나 조조군과 대치하며 후속 양초를 기다리는 겁니다. 양초가 제때 전선에 이르면 즉각 반공을 가하면 되고, 제때 이르지 않는다면 기주로 철수하면 됩니다."

"뭐? 지금 배수진을 치겠다고?"

저수는 얼토당토않은 원담의 계책에 하마터면 뒷목을 잡고 쓰러질 뻔했다. 하지만 원소는 책상을 치며 원담의 말에 동의했다.

"담이의 말이 내 뜻과 꼭 부합한다. 전군에 내일까지 백마로 철수하라고 명하고, 문추에게 후방을 맡기도록 하라."

저수가 다급한 마음에 이를 극력 만류했다.

"주공, 절대 불가합니다. 아군의 군심이 이미 크게 꺾여 철군 명령을 내리면 20만 대군은 곧 붕괴하고 말 것입니다. 명을 재고해 주십시오!"

귀 얇은 원소가 이 말에 다시 주저하는 빛을 띠자 원담이 즉각 이를 눈치채고 진언했다.

"부친, 관도에서 백마까지는 30리 거리라 하루도 안 돼 당도할 수 있습니다. 백마로 철수하지 않았다가 변고가 생기면 뒷일을 감당하기 어려워질지도 모릅니다. 그러니 우선 백마로 철수해 여양의 양초 보급을 기다리며 대책을 강구하는 것이 상책입니다."

곽도 역시 부화해 철군을 강력하게 권하자 생각에 잠겨 있던 원소는 결심이 섰다는 듯 벌떡 일어나 말했다.

"아들의 말이 옳다. 저수, 그렇게 굳게 지키고 싶다면 문추를 따라 후군에 자리해 주력군의 철군을 엄호하시오. 내 뜻은 이미 결정됐으니 더는 권하지 마시오."

저수는 어쩔 수 없이 원소의 명을 받아들이고 마음속으로 몰래 기도했다.

'문추의 대오가 단번에 붕괴하지 않고 끝까지 버텨줘야 할 텐

데…… 그렇지 않으면 우리 기주 30만 대군은 한 명도 하북으로 돌아가지 못하겠구나!'

전군이 철군하겠다는 명이 떨어지자 이미 동요하던 원소군의 군심은 붕괴 직전에 이르렀다. 사병들은 앞다퉈 짐을 꾸려 철군 준비를 서둘렀고, 장수들은 누가 후군에 배치될지 알아보고 다니며 자신만은 운수 사나운 일을 당하지 않길 바랐다.

이처럼 위아래가 모두 벌벌 떨며 원소의 철군 명령만 기다릴 뿐, 조조군의 추격을 막으려는 자는 아무도 없었다.

한편 문추는 후군에 서라는 원소의 명을 받고 조금도 당황하지 않고 저수와 대책을 논의했다. 저수는 군대를 두 길로 나눠 일군은 조조군을 유인하고, 다른 일군은 측면에 매복하고 있다가 조조군을 기습하자고 제의했다.

문추는 흔쾌히 저수의 계책을 받아들여 자신이 직접 조조군 추격병을 막고, 저수에게는 외진 곳에 매복하고 있다가 조조군을 기습하게 했다.

하지만 저수의 계략도 무색하게 하늘은 원소군의 편이 아니었다. 원소가 제양의 국의에게 보낸 전령이 불행히도 도중에 조조군 순라대에게 붙잡히고 만 것이다.

백마로 철수해 주력군과 회합하라는 원소의 친필 편지는 신속히 조조 앞에 보내졌다. 이 편지와 함께 원소군 대영의 정황을 살펴본 조조는 원소군이 철수를 결정했다고 확신하고, 야음을 틈타 원소군 대영을 급습해 일거에 적을 궤멸하기로 결정했다.

그날 밤 이경, 조조군은 전 병력을 여덟 길로 나눠 일제히 원소군 대영으로 돌격했다.

원소군 진영에 밝은 장합과 고람이 선봉에 서서 쇄도해 들어가자, 이미 싸울 마음을 잃은 원소군은 누구랄 것도 없이 먼저 북쪽으로 달아나기 바빴다. 마병과 보병이 뒤엉키고 서로 자기편 발에 밟고 밟히며 무기는 바닥에 널브러졌다.

병석에서 막 일어난 원소가 사력을 다해 대오를 단속했지만 군심이 어지러워진 장사들은 사방으로 뿔뿔이 흩어져 원소로서도 전황을 되돌리기 어려웠다.

중군 영채마저 도망치는 자기 군사들에 의해 무너지자 원소는 하는 수 없이 말에 올라 영채를 버리고 달아났다. 조조군이 이 틈을 타 파죽지세로 원소군 진영을 대파해 시체가 산처럼 쌓이고 피가 도랑으로 가득 흘렀다.

한편 문추와 저수가 거느린 대오는 그나마 적의 기습에 침착하게 대응해 이전이 이끄는 일로군을 격퇴했다. 하지만 적이 사방에서 쉴 새 없이 몰려들자 더는 이를 막아내지 못하고 점점 뒤로 밀리기 시작했다.

문추는 더 이상 버티기 어렵다는 판단하에 나머지 패잔병을 이끌고서 원소의 뒤를 따라갔고, 저수도 30여 기를 거느리고 불바다가 된 진영을 뚫고 나와 원소와 문추를 급히 쫓았다.

하지만 가장 후미에 처진 저수는 적의 끈질긴 추격을 받아 그를 따르는 병사의 수는 갈수록 줄어들었다.

이대로 가다간 적에게 포위될지도 모른다고 생각한 저수는 나머지 10여 기를 이끌고 조조군이 비교적 적은 동쪽으로 도망쳤다. 그러나 조조군은 그의 뒤를 끝까지 추격했고, 앞에서도 조조군이 갑자기 튀어나와 그의 길을 막았다.

저수가 악전고투 끝에 가까스로 폐허가 된 영지를 빠져나왔을 때, 그의 곁에는 병사가 둘밖에 남지 않았다.

"저기 기주 대관(大官)이 있다. 어서 잡아라!"

이때 다시 고함 소리가 울려 퍼지며 조조군 대장 안명(晏明)이 군사들을 이끌고 저수에게 달려들었다. 크게 놀란 저수는 급히 말을 몰아 동쪽으로 계속 달아났다. 하지만 조조군은 금세 그의 뒤를 바짝 따라붙었고, 안명은 삼첨양인도(三尖兩刃刀)로 저수를 호위하던 병사 둘을 죽이고 소리쳤다.

"필부는 달아나지 마라. 얼른 말에서 내려 포박을 받아라!"

안명이 저수를 거의 따라잡아 그를 낚아채려는 순간, 뒤에서 새로운 고함 소리가 천지를 진동했다.

안명이 그 소리에 놀라 뒤를 돌아봤을 때, 이미 그의 눈앞으로 흰색 그림자가 번뜩하더니 은색 창이 그대로 그의 목을 뚫고 지나갔다. 저수는 이를 보고 크게 기뻐 '자룡 장군'을 연발했다.

안명이 외마디 비명을 지르며 말에서 고꾸라지자 단기필마의 조운은 안명의 군사들을 모두 벤 후 저수를 호위해 속히 전장에서 멀리 달아났다.

추격하는 적의 모습이 보이지 않자 저수는 한숨을 돌리고 조운에게 이곳에 오게 된 연유를 물었다. 조운이 대답했다.

"전날 운은 선생의 경고 편지를 받은 후 감히 대영으로 돌아가지 못했습니다. 그렇다고 누명을 쓴 채 달아나고 싶지도 않아 산속에 숨어서 소식을 탐문하며 주공께 죄를 청하고 억울함을 해명할 기회를 노리고 있었습니다. 그런데 갑자기 대영에서 함성 소리가 들리는 것을 보고 달려왔다가 조조군에게 쫓기는 선생을 만나게 된 것입니다."

"자룡 장군은 진정한 충의지사요!"

저수의 눈에서는 자기도 모르게 눈물이 흘렀다. 이는 다행히 조운을 만나 목숨을 건진 기쁨의 눈물이자 눈뜬장님이나 다름없는 원소를 원망하는 눈물이었다. 조운처럼 충용을 겸비한 장수를 중용하지 않고, 아첨이나 떨고 사리사욕에 눈이 먼 데다 식견이 좁은 무리를 좋아하는 원소가 한없이 원망스러웠다.

저수는 겨우 눈물을 거두고 조운에게 요 이틀간 벌어진 일을 대략적으로 설명한 후 함께 원소를 찾아가자고 권했다. 조운도 이를 거절하지 않고 저수를 호위해 즉각 북쪽으로 말 머리를 돌렸다.

저수와 조운이 북쪽으로 20리쯤 달려갔을 때, 조조군이 다시 갑자기 나타나 그들의 길을 가로막았다. 선두에 선 대장은 다른 사람이 아니라 어제 조조에게 투항한 고람이었다.

조운의 무용을 잘 아는 고람은 감히 앞으로 나서지 못하고 병사들에게 화살만 계속 쏘라고 명을 내렸다.

조운이 조조군을 뚫고 나가려고 몇 차례 시도했지만 화살이 비 오듯 쏟아지는 데다 저수까지 보호해야 했기에 앞으로 좀처럼 나가기 어려웠다.

결국 조운은 싸울 마음을 잃고 급히 저수를 호위해 동쪽으로 달아났다. 그런데 동쪽으로 채 5리도 달아나기 전에 뒤쪽에서 커다란 함성 소리가 들리며 기병 백여 명이 쫓아왔다. 선두에 선 대장은 바로 조조군 제일의 맹장 전위였다.

고람이 사람을 보내 조운과 저수를 발견했다고 보고하자, 인재를 목숨처럼 아끼는 조조는 즉각 전위를 보내 반드시 이 둘을 사로잡아오라고 명한 것이다!

한 고비를 넘겼다 싶었는데 뒤에서 다시 쌍극을 든 전위가 고함을 지르며 추격해 오자 조운은 난처한 표정을 지으며 저수에게 말했다.

"지금 우리를 쫓고 있는 자는 전위입니다. 일대일로 붙는다면 수백 합을 겨뤄서라도 승부를 내겠지만 뒤따르는 군사들이 문제입니다."

저수는 주저 없이 결단을 내렸다.

"동남쪽으로 갑시다! 어제 주공께서 제양에 있는 국의 장군에게 사람을 보내 백마로 퇴각하라고 명했지만 길이 멀어 아직 출발하지는 못했을 거요. 우리가 먼저 제양으로 달려가 국의 장군과 회합한 뒤 기주로 돌아갈 방법을 논의해 봅시다."

저수는 당연히 기주군 전령이 조조군에게 발각된 사실을 모르고 있었다. 조운은 이 말을 듣자마자 저수와 함께 방향을 돌려 제양으로 질풍처럼 내달렸다. 전위는 군사를 휘몰아 맹렬하게 뒤를 바싹 쫓고 있었는데, 뜻밖에 조운이 달리는 말에서 고개를 돌려 쏜 화살이 전위의 투구를 살짝 비껴갔다. 전위는 예상치 못했던 공격에 놀라 가슴을 쓸어내리고는 자기도 모르게 크게 소리를 질렀다.

"방금 달리는 말에서 몸을 돌려 화살을 날린 거야? 군자군의 절기를 조운이 언제 배웠지?"

"휴, 위험했어."

조운 역시 가슴을 쓸어내리기는 마찬가지였다. 전에 본 군자군의 전술을 따라 했다지만 등자와 앞뒤로 솟은 안장 같은 장비를 갖추지 않고서 화살을 쐈다가 하마터면 몸의 균형을 잃고 말에서 떨어질 뻔했기 때문이다.

여하튼 조운의 공격은 효과를 보았다.

전에 군자군에게 된통 당한 적 있는 전위는 언제 화살이 또 날아올지 몰라 조심하느라 추격 속도가 눈에 띄게 느려졌다. 조운과 저수는 이 틈을 타 쏜살같이 내달려 전위 추격군의 사정권에서 벗어났다.

전위는 30여 리를 뒤쫓았지만 조운과 저수의 모습이 점점 더 멀어지자 하는 수 없이 군사를 거두어 본영으로 돌아왔다. 조조는 전위를 통해 조운과 저수가 달아난 방향을 확인하고는 웃음을 지으며 말했다.

"저들은 국의에게 달려간 것이 분명하오. 원소가 국의에게 보낸 전령을 중간에 사로잡아 아직 저들은 관도 상황을 모를 터이니 당장 제양을 포위해 국의 등을 고립시켜야겠소."

곁에 있던 순유가 건의를 올렸다.

"먼저 일군을 평구로 보내 국의의 대오가 기주로 돌아가는 길을 끊으십시오. 그런 다음 국의군을 고립시킨 뒤 높은 벼슬과 후한 봉록으로 투항을 권유한다면 강군을 얻을 수 있습니다."

조조도 입가에 흐뭇한 미소를 드러내며 대꾸했다.

"여부가 있겠소? 국의 휘하의 선등영은 하북 제일의 강병이자 군자군과는 상극이오. 이런 웅병을 얻는 데 당연히 최선을 다해야지요."

조조는 크게 웃음을 터뜨리고는 먼저 하후돈에게 1만 군사를 이끌고 평구에 주둔하며 국의의 퇴로를 차단하라고 명했다. 이어 전력을 집중해 원소군 패잔병을 추살하여 막대한 전과를 올렸다.

관도 대전을 통해 조조군에게 죽임을 당하거나 포로로 잡힌 원소군 병사는 총 8만 명이 넘었고, 정예 부대 역시 대부분 궤멸되었다.

이 전투로 양군의 전세가 역전된 건 아니지만 조조 입장에서는 일단 북쪽 전선이 안정되고, 무엇보다 두려운 존재로만 여겼던 원소군과 대적할 만하다는 자신감을 얻은 것이 중요했다.

이에 조조는 황하를 건너 적을 계속 추살하지 않고 하후연에게 일군을 거느리고서 강기슭을 방어하라고 명했다. 그러고는 즉각 국의의 대오를 포섭하러 주력군을 이끌고 제양으로 남하했다.

第二章
국의는 어디로?

　관도 대전이 끝난 지 나흘째 되는 날, 서주군 세작은 마침내 관도 대전의 결과를 가지고 도응에게 돌아왔다.

　원소군이 참패했다는 소식에 반년여 동안 연주에 머물던 서주 문무 관원들은 환호성을 지르며 도응에게 잇달아 축하의 인사를 건넸다. 이때 유엽이 다급하게 건의했다.

　"주공, 장패와 손관 장군의 대오가 청주 변경에서 기다린 지 이미 오래입니다. 지금이야말로 청주를 손에 넣을 적기입니다."

　하지만 도응은 차분하게 대답했다.

　"너무 서두르지 마시오. 원소의 상황을 확인한 후 손을 써도 늦지 않소. 이미 반년 넘게 기다렸는데 며칠이 대수겠소?"

그러더니 소매에서 백포(白布)를 꺼내 미소를 짓고 말했다.

"지금 더 급한 일이 생겼소. 제양에 잠복한 아군 세작이 전서
구를 보내왔는데, 어제 오후까지도 국의 부대가 꼼짝 않고 있
다고 하는구려. 아무래도 곧 고립무원에 빠질 것이오."

가후가 무표정하게 물었다.

"국의 대오의 동향에 이토록 관심을 보이는 것이 저들의 투항
을 이끌어내려는 것인지요?"

"바로 그렇소. 백마의종을 섬멸한 국의는 공로를 믿고 안하무
인하다가 원소에게 미움을 샀다는구려. 원소가 기왕 국의를 싫
어한다고 하니 내 사위로서 장인의 부담을 덜어줘야 하지 않겠
소? 높은 벼슬과 후한 봉록 등 뭐든 아끼지 않고 그를 내 편으
로 만들 생각이오."

그러자 유엽이 자진해서 앞으로 나섰다.

"주공, 원컨대 엽이 제양으로 가 국의에게 투항을 권유하겠습
니다."

도응이 크게 기뻐 고개를 끄덕이려는데 가후가 가만히 공수
하고 진언했다.

"후는 중명을 추천합니다. 중명이라면 훨씬 쉽게 일을 성사시
킬 수 있습니다."

유엽과 도응 등이 고개를 돌려 이유를 묻자 가후가 엷은 미

소를 띠고 대답했다.

"국의의 성격이 오만방자하고 무례한지라 보통 사람은 그와 교류하기 쉽지 않습니다. 하지만 중명은 눈치가 빠르고 언변이 좋아 국의 같은 사람과 쉽게 사귈 수 있습니다. 따라서 자양보다 중명을 보내야 국의를 회유할 가능성이 훨씬 높아집니다."

가후의 설명에 다들 수긍한다는 표정으로 고개를 끄덕였고, 도웅은 즉각 양굉에게 제양으로 가 국의를 설득하라고 명했다.

어쨌든 이곳은 조조의 영토였기 때문에 양굉은 군자군의 호위를 받아 서쪽으로 향했다.

이들이 정도에 이르렀을 때, 조조군 대장 유대는 군자군의 위명을 잘 알고 있었기에 감히 성을 나오지 못한 채 저들이 지나가는 것을 빤히 눈뜨고 바라보기만 했다. 서쪽으로 계속 진군해 전란으로 이미 폐허가 된 원구(冤句)에 이르러서야 군자군은 창읍으로 돌아갔고, 양굉 일행은 이제 50리 남은 제양을 향해 빠른 속도로 말을 달렸다.

그런데 이들이 5리쯤 달려갔을 때 북쪽에서 희미하게 말발굽 소리가 들려왔다. 이상한 낌새를 챈 양굉은 일행을 이끌고 재빨리 주변 토산에 올라가 북쪽의 상황을 살폈다. 그 순간 양굉의 얼굴은 하얗게 질리고 말았다.

정북쪽 제수 건너편에서 부교를 설치하고 강을 건너려는 대규모 군대에서 조조의 깃발이 펄럭이고 있었기 때문이다.

마음이 다급해진 양굉은 즉시 산을 내려와 제양으로 달려갔다. 얼마 가지 않았을 무렵, 이번에도 역시나 한 장수가 그를 가로막았다. 하지만 다행히 은창을 든 그 장수는 원소군 복장을 입고 있었다. 양굉은 자기소개를 할 겨를도 없이 다급한 목소리로 외쳤다.

"동쪽 15리쯤에 조조군이 출현했습니다. 수만 군대가 지금 부교를 설치하고 제수를 건너려 하고 있습니다."

은창을 든 장수는 다름 아닌 조운이었다. 이 말에 조운은 대경실색해 다시 한 번 사실을 확인한 뒤 주위의 병사들을 보고 명했다.

"당장 신호를 보내 주변 대오를 소집하라. 그리고 쾌마를 제양성으로 보내 조조가 제수를 건너 사방으로 아군을 협공하려 한다고 알리고, 속히 원병을 보내달라고 요청해라!"

조운의 병사들은 일사불란하게 움직여 일기는 나는 듯이 제양으로 달려갔고, 병사 하나는 호각을 불어 주변의 대오에게 긴급 소집 신호를 보냈다. 원군을 기다리는 가운데 양굉이 고개를 갸웃하며 조운에게 물었다.

"장군, 지금 긴장한 표정이 역력한데 무슨 일이 났습니까?"

"선생은 모르겠지만 아군은 북쪽과 서쪽 길이 모두 끊겨 기주로 돌아가지 못하고 있습니다. 설상가상으로 반 시진 전에는 남쪽에서 조인이 북상 중이라는 소식을 들었습니다. 그런데 지금 유일한 출구인 동쪽 제수 하류에서 조조군이 몰려온다니 당황하지 않을 수 있겠습니까? 제때 이 사실을 알려주셔서 감사합니다."

양굉은 그제야 상황을 알아채고 고개를 끄덕거렸다. 그러더니 갑자기 손뼉을 치며 말했다.

"장군, 그러면 빨리 손을 쓰십시오. 조조군에게 배가 몇 척 없고 부교도 아직 다 설치하지 않은지라 지금 공격을 가한다면 틀림없이 대승을 거둘 수 있습니다."

조운 역시 양굉의 말뜻을 깨닫고 주변에서 소집한 군사들을 즉각 집결시켰다. 조조군이 혹여 강을 다 건넜을지도 모른다는 생각에 조운은 겨우 3백여 군사를 거느리고 총망히 제수로 달려갔다.

마침 조조군은 제수를 건너는 중이었는데 조운의 군사가 너무 적어 적의 도강을 완전히 저지하지는 못하고 도강 속도를 늦추는 정도에 그쳤다. 양군이 접전을 벌이며 약 한 시진이 지났을 때, 국의가 친히 거느린 3천 기주 철기가 제수에 이르면서 상황은 급변했다.

기주 철기가 돌진해 들어가자 강을 건너던 조조군은 급작스럽게 혼란에 빠졌다. 도강을 지휘하던 장료가 북쪽 기슭에서 계속 강을 건너라고 명했지만 이미 도하한 조조군이 적의 공격에 놀라 다시 되돌아가면서 한데 뒤엉키는 바람에 서로의 발에 밟히고 물에 떨어져 죽는 자가 부지기수였다.

제수 남쪽에 남은 군사들 역시 국의와 조운의 협공에 미처 손을 쓰지 못하고 궤멸되었다. 이로써 원소군은 소소하게나마 관도 대전에서 당한 수모를 갚았다.

저녁 무렵, 제수에서의 참패 소식이 군사를 이끌고 제양으로 남하 중이던 조조에게 전해졌다. 조조는 자신의 귀를 의심하고 는 책상을 치며 노발대발했다.

"어찌 이것이 가능하단 말이냐? 국의 척후병의 정탐 거리가 멀어야 30리로 확인됐는데, 어떻게 50리 떨어진 제수에서 도강 하는 것이 발각됐단 말이냐? 공들여 준비한 사면 포위 압박이 마지막 순간에 물거품으로 돌아가 버리다니!"

그러자 곽가가 기침을 하며 진언했다.

"승상, 속히 투항을 권유해야 합니다. 제수를 통한 도강에 실 패해 국의와 저수는 필시 제수 감시를 강화하고 동쪽으로 달아 나려 할 것입니다. 마침 동쪽의 정도는 아군 포위망의 유일한 약점인지라 즉각 손을 쓰지 않으면 적을 놓칠 수 있습니다."

조조도 곽가의 의견에 동의하고 즉시 명을 내렸다.

"장합과 고람은 당장 제양으로 출격하라. 지금 막 초경이 지 났으니 쉬지 않고 달리면 내일 아침 일찍 제양성 아래에 이를 수 있다. 당도하는 즉시 국의에게 투항을 권유하라."

이때 곽가가 한마디 더 덧붙였다.

"장합과 고람이 국의의 옛 동료이긴 하나 둘은 무장이라 언변에 능하지 않습니다. 그러니 구변이 좋은 문사 하나를 같이 보내는 것이 상책입니다."

몇몇 조조의 모사가 저들과 함께 가겠다고 청했지만 조조는 들은 척도 않고 잠시 생각에 잠겨 있다가 갑자기 책상을 치며 소리쳤다.

"내가 직접 가겠다! 내 친히 3천 경기병을 이끌고 밤새 남하해 국의에게 투항을 청하리다!"

＊　　　　＊　　　　＊

국의 진영에서는 양굉을 호의적으로 대했다.

현재 관도의 주력군이 참패하고 조조군에게 삼면으로 포위된 상황에서 만에 하나 기주로 돌아가지 못할 경우 유일하게 남은 길은 서주밖에 없었기 때문이다. 양굉 역시 이를 잘 알고 속으로 흐뭇한 미소를 지으며 국의 회유는 성공한 것이나 다름없다고 여겼다.

국의가 제수에서 악전고투를 치르고 돌아온 탓에 양굉은 다음 날 도옹의 말을 전하기로 하고 우선 원소군이 마련해 준 막사로 돌아갔다. 그런데 날이 채 밝지 않아 양굉이 단잠에 빠져 있을 무렵, 수종 고랑이 숨을 헐떡이며 들어와 양굉을 흔들어 깨웠다.

"대인, 얼른 일어나십시오. 조조군이 왔습니다. 조조가 친히 군사를 거느리고 왔다고요!"

이 말에 양굉은 잠이 저만치 달아나 벌떡 자리에서 일어나더니 괴성을 질렀다.

"헉, 조조가 직접 왔다고? 군대를 얼마나 끌고 왔느냐? 현재 성을 공격 중이냐?"

"아직 공격을 개시하지 않았고, 군대가 얼마나 되는지도 모릅니다. 국 장군은 지금 대오를 집결해 출정을 준비 중입니다."

양굉이 가만히 귀를 기울여 보니 막사 밖에서는 정말 구령 소리와 발자국 소리가 어지럽게 들리고 있었다. 양굉은 다급히 밖으로 나가 지나가는 한 장수에게 현재 상황을 물었다. 그 장수가 대답했다.

"조조가 경기병 2, 3천 정도만 끌고 왔다고 하오. 성을 공격하기는 어려울 듯하니 안심하시오."

그 장수는 이렇게 대답하고 바삐 걸음을 옮겼다. 양굉이 안도의 한숨을 내쉬고 막사 안으로 들어왔는데, 고랑이 고개를 갸웃거리며 말했다.

"대인, 좀 이상하지 않습니까? 제양에 족히 3만이나 되는 기주군이 있는데 조조는 왜 병력을 그것밖에 끌고 오지 않았을까요? 그 병력으로는 영채든 성지든 절대 공격할 수 없습니다요."

마음을 놓고 있던 양굉은 고람의 말에 문득 깨닫는 바가 있어 머리를 이리저리 굴리더니 몰래 중얼거렸다.

"고람의 말이 맞아. 조조가 고작 그 병력만 끌고 온 목적이 뭘까? 기습은 아니고, 정면 공격은 더더욱 아닐 테고. 협상을 벌이러 온 건가… 협상? 협상이라. 설마 조조도 나처럼 국의에게 항복을 권유하러 왔단 말인가?"

여기까지 생각이 미치자 양굉의 얼굴은 하얗게 질리고 말았다. 그는 지체할 틈이 없어 곧장 중군 대영으로 달려갔다. 하지만 국의와 저수는 이미 군사를 거느리고 영채를 나간 뒤였다. 이에 양굉이 재빨리 양군이 대치한 현장으로 달려갔을 때, 조조와 국의는 마침 스무 걸음을 사이에 두고 대화를 나누는 중이었다. 거기에는 저수, 고람도 함께 보였다.

때마침 조운이 양굉 곁으로 다가와 무슨 일로 이곳까지 왔느냐고 묻자 양굉은 반갑게 인사를 건네고 물었다.

"장군, 지금 무슨 일입니까? 귀군은 왜 조조군과 교전하지 않고 중간에서 조조와 이야기를 나누는 것입니까?"

조운은 잠시 주저하다가 방금 전 벌어진 일에 대해 설명했다. 국의가 군사를 이끌고 영채를 나간 후 아직 대열을 정비하지도 않았는데, 조조군 쪽에서 사자를 보내 국의와 조조의 일대일

면담을 요청했다는 것이다.

국의가 저수의 강력한 만류에도 불구하고 조조의 요청을 받아들여 단기로 출진하자 저수도 마음이 놓이지 않아 따라나섰고, 조조도 원소군 항장 장합과 고람을 데리고 진영을 나와 현재까지 이야기를 나누는 중이었다.

양굉은 조운의 설명을 모두 듣고 다급하게 다시 물었다.

"지금 뭘 논의 중이랍니까?"

"국 장군, 조조의 말에 현혹돼서는 안 됩니다! 오랫동안 원씨의 대은을 입은 우리가 어찌 주공을 배반하고 영화를 좇아 천고에 오명을 남긴단 말입니까!"

조운의 대답을 기다릴 필요도 없이 진영 중간에서 저수의 노호성이 울려 퍼졌다. 이어서 조조의 쾌활한 웃음소리가 들려왔다.

"광평, 상황이 이 지경에 이르렀는데 어찌 그리 고집을 부리시오? 본초는 지모가 없고 그대의 말을 경청하지도 않는데 끝까지 그를 따라야겠소? 그대와 국 장군이 함께 내게 의탁한다면 천하의 근심이 사라질 것이오!"

"맞습니다. 승상께서는 인재를 갈구하고 어진 이를 우대하시니 두 분이 승상께 몸을 의탁한다면 함께 승상을 도와 대업을 이루고 부귀를 누릴 수……."

장합과 고람이 이구동성으로 투항을 권유하고 있을 때, 원소군 진영에서 갑자기 양굉의 고함 소리가 터져 나왔다.

"조아만, 기세도명(欺世盜名)하는 간적 무리는 교언영색(巧言令色)을 멈추어라! 네가 어떤 사람인지 남들은 몰라도 나는 똑똑히 알고 있다!"

이어 양굉은 말을 몰아 곧장 진영 가운데로 달려가며 외쳤다.

"국의 장군, 저수 선생, 조조의 말을 절대 듣지 마십시오. 조조에게 투항한다면 스스로 화를 취하게 돼 후회해도 때가 늦을 것입니다!"

"양굉?"

조조는 종내 양굉을 알아보고 크게 노호했다.

"네놈이 여기가 어떤 자리인지 알고 끼어드느냐!"

"물론이오. 내 국의 장군과 저수 선생을 구하러 왔소이다."

소리를 지르며 진영 가운데에 이른 양굉은 재빨리 국의와 저수에게 공수하고 말했다.

"굉은 외부인이라 조조가 두 분께 투항을 권유하는 일에 끼어들어 반대할 생각은 없습니다. 다만 결정을 내리기 전에 제가 들려드리는 얘기 하나만 들어주십시오."

국의와 저수는 궁금한 표정으로 무슨 얘기인지 물었다.

"바로 '내가 천하를 저버릴지언정 천하가 나를 저버리게 하지는 않겠다'는 것에 관한 이야기입니다."

양굉이 이 말을 꺼내자 조조의 낯빛이 순간 돌변했다. 양굉은 조조의 표정을 아랑곳하지 않고 미소를 띠며 말했다.

"지금으로부터 10년 전, 한 간적이 낙양에서 죄를 범해 지명수배령이 내려졌습니다. 그는 낙양을 탈출해 중모(中牟)로 달아났다가 중모 현령에게 붙잡혔습니다. 그런데 이 간적은 교묘한 말로 중모 현령을 속여 죽음을 면했을 뿐 아니라 그를 꾀어 함께 달아나기까지 했습니다."

양굉은 슬쩍 조조를 쳐다보고 음흉하게 웃더니 말을 이었다.

"이어 그 간적은 중모 현령을 데리고 자기 부친의 결의형제 집으로 갔습니다. 술이 떨어지자 이 어른은 술을 사러 나갔고 가솔들은 돼지를 잡아 손님을 접대하려고 했습니다. 그런데 칼 가는 소리를 들은 간적은 자신을 죽이려 한다고 여겨 먼저 손을 써 가족을 몰살해 버렸습니다. 그 간적은 중모 현령과 함께 급히 집을 나와 달아나다가 길에서 술을 사가지고 돌아오던 그 어른과 마주쳤습니다. 자신의 행방이 탄로 날까 두려워한 그 간적은 자기 부친의 결의형제마저 서슴없이 찔러 죽였습니다. 중모 현령이 무고한 사람을 함부로 죽이지 말라고 꾸짖자 그 간적이 바로 이렇게 말했습니다. '내가 천하를 저버릴지언정 천하가 나를 저버리게 하지는 않겠다'라고 말입니다. 제 얘기는 여기까지입니다."

양굉의 말이 끝나자 조조의 검은 얼굴은 아예 철색으로 굳어 당장이라도 잡아먹을 듯 양괵을 매섭게 노려보았다.

국의와 장합, 고람은 이 이야기의 주인공이 누군지, 또 이 이야기가 무엇을 의미하는지 몰라 눈만 멀뚱멀뚱 뜨고 있었다. 오직 저수만이 기억을 더듬으며 골똘히 생각에 잠겼다가 갑자기 손뼉을 치며 외쳤다.

"10년 전에 관직을 버리고 달아난 중모 현령이라면… 혹시 진궁이 아니오?"

"역시 고명하십니다. 바로 그렇습니다."

양괵은 고개를 끄덕이고는 한마디 더 덧붙였다.

"참, 깜빡할 뻔했군요. 그 중모 현령은 자기가 구해준 그 간적 손에 죽임을 당했습니다."

저수가 크게 웃음을 터뜨리자 조조는 더 이상 참지 못하고 허리춤에서 칼을 빼 들었다. 양괵은 깜짝 놀라 급히 뒤로 물러난 뒤 말했다.

"조 공의 이름을 거론하지도 않았는데 설마 스스로 자백하는 것입니까?"

그제야 국의도 무슨 말인지 알아챈 듯 고개를 갸웃거렸다.

"배은망덕하고 무자비한 그 간적이 설마……"

국의 역시 조조의 이름을 꺼내지는 않았지만 시선은 이미 꼿꼿이 조조를 향해 있었다. 저수가 다시 큰소리로 웃으며 조조를 비꼬았다.

"조 공, 이렇게 아름다운 일을 했는지는 몰랐습니다. 정말 존경스럽습니다!"

"그건 진궁이 나를 모함하려 꾸민 유언비어요! 여백사(呂伯奢)의 아들이 날 도모하려 해 어쩔 수 없이 죽였던 것이오!"

조조는 제 발이 저려 크게 소리쳤지만 어쨌든 양평 이야기의 주인공이 바로 자신이란 사실을 시인한 셈이 돼버렸다.

저수는 세 번째로 크게 웃음을 터뜨린 뒤 국의에게 말했다.

"장군, 천고에 오명이 남는 건 차치하고 무릎을 꿇은 후 당장 목숨부터 걱정해야겠습니다그려. 시비곡직을 불문하고 윗사람의 가솔에게까지 손을 쓴 자에게 투항했다간 어떤 결말을 맞을지 보지 않아도 알겠습니다."

국의가 아무 말도 없자 조조는 끓어오르는 분노를 가까스로 억제하고 말했다.

"국의 장군, 쓸데없는 소리는 다 집어치우고 내 솔직히 말하리다. 지금 귀군의 상황이 어떤지 장군도 분명히 알 것이오. 원소의 주력군이 아군에게 섬멸되고 장군도 겹겹이 포위로 둘러싸여 날개도 있어도 절대 빠져나갈 수가 없소. 원소는 인재를 알아보지 못하고 상벌이 불명하니……."

이때 양평이 조조의 말을 가로채며 재빨리 말했다.

"조 공의 말이 모두 옳습니다. 고립된 성을 사수하는 장군은 양초가 적고 원군마저 끊긴 상황에서 호랑 같은 조 공의 군대를 어찌 막아낼 수 있겠습니까? 그러니 하루 빨리 군사를 이끌고 동진해 창읍에 있는 우리 주공 서주 도 사군에게 몸을 의탁하십시오. 우리 주공은 어진 이를 갈구하고 능력 있는 자를 등용하는 분이라 장군이 귀순한다면 필시 신발을 거꾸로 신고 달려 나와 장군을 맞이할 것입니다."

"양굉, 입 닥쳐라!"

조조는 대갈일성을 지른 뒤 크게 소리쳤다.

"관도 전투는 내가 치렀는데 도응 놈이 무슨 자격으로 국의의 대오를 회유한단 말이냐?"

양굉이 짐짓 거드름을 피우며 대꾸했다.

"조 공의 말은 틀렸습니다. 우리 주공은 줄곧 국의 장군과 저수 선생을 흠모해 왔는데 회유라니요? 저를 제양으로 보내 곤경에 빠진 두 분을 서주로 초청한 것입니다."

"초청이라고?"

조조는 화가 극에 달하자 헛웃음이 나왔다. 이어 크게 소리를 질렀다.

"나는 한의 승상이다. 국의 장군과 저수 선생이 내게 투항한다면 폐하께서 정식으로 관직을 내리시고 원하는 것은 무엇이든 얻을 수가 있다. 도응이 과연 이런 것들을 줄 수 있단 말이냐?"

그러자 돌연 양굉이 박수를 치고 손을 뻗는 시늉을 하며 말했다.

"조 승상, 말씀 한 번 잘하셨습니다. 그럼 얼른 내놓으시지요."

"뭘 말이냐?"

"제게 빚진 봉록과 봉지(封地) 말입니다. 벌써 잊으셨습니까? 건안 원년, 천자께서 조서를 내려 제게 벼슬과 함께 녹봉 5백 석을 하사하셨는데 네 해가 지난 지금까지 전 녹미(祿米) 한 톨도 받지 못했습니다. 승상이 조정 대사를 주관하니 조정에서 제게 빚진 녹봉 2천 석과 누정(樓亭) 봉지를 당장 주시지요."

조조는 꿀 먹은 벙어리가 돼 아무 대꾸도 못하다가 궁여지책으로 입을 뗐다.

"나를 따라 허도로 간다면 녹미 2천 석을 한 톨도 모자라지 않게 주겠노라."

"승상의 호의는 감사합니다만 제가 담이 작아 감히 가지 못하겠습니다."

양굉은 실실 웃으며 대답한 뒤 국의에게 몸을 돌려 공수하고 말했다.

"장군은 영용무쌍하여 어디를 가도 반드시 중용될 수 있습니다. 그건 조조의 휘하도 예외가 아닙니다. 하지만 이것 하나만은 분명히 기억하십시오. 연주는 군사력이 막강하여 장군이 조조에게 투항한다 해도 단지 비단 위에 꽃 하나를 얹는 격일 뿐입니다. 조조가 어찌 친신과 숙장(宿將)을 마다하고 장군을 먼저 등용하겠습니까? 하지만 장군이 서주로 오는 것은 설중송탄(雪中送炭)과 같아서 우리 주공은 반드시 장군과 장군의 대오를 중용할 것입니다. 소의 꼬리가 될지, 닭의 머리가 될지 장군이 깊이 살피시기 바랍니다."

조금 전까지만 해도 조조의 설득에 마음이 움직였던 국의는 양광의 언변에 저도 모르게 고개가 끄덕여졌다.

조조는 세력이 막강하여 자신이 투항한다 해도 좋은 자리가 난다는 보장이 없지만 도응에게 몸을 의탁하면 그 반대가 아닌가. 이런 생각이 들자 국의는 마침내 마음이 흔들리기 시작했다.

국의의 마음이 동한 것을 확인한 양광은 속으로 쾌재를 부르며 재빨리 말을 이었다.

"이것 외에 한 가지 이유가 더 있습니다. 관도 전투로 원소, 조조 양 진영은 이미 불구대천의 원수가 되었습니다. 이때 장군이 조조에게 투항한다면 기주에 남은 가솔들은 필시 해를 당할 것입니다. 하지만 서주에 몸을 의탁한다면 사정은 달라집니다. 원 공은 이를 듣고 장군이 궁지에 몰린 상황에서도 적에게 항복하지 않고 서주로 간 충심을 높이 사 장군의 가솔들을 더욱 후대할 것입니다."

양광은 내친 김에 말 머리를 돌리고 후방의 기주군을 향해 크게 외쳤다.

"기주 장사들 역시 마찬가지입니다. 만약 조조에게 투항한다면 기주에 있는 그대들의 처자와 부모형제가 이에 연루돼 고초를 겪겠지만 서주 도 사군에게 간다면 가솔들이 아무 탈 없이 무사할 수 있습니다! 그대들의 가솔을 생각하십시오. 그대들의 부모를 생각하십시오! 저기 조조 곁에 선 장합, 고람을 절대 따라서는 안 됩니다. 부끄러움을 모르는 저들의 행동 때문에 부모와 처자가 영문도 모르고 해를 당해서야 되겠습니까!"

"네 이놈, 어디서 망발을 지껄이느냐!"

양굉의 말에 정곡을 찔린 고람은 피가 거꾸로 솟아 창을 꼬나들고 곧장 양굉에게 달려들었다. 양굉은 화들짝 놀라 황급히 후방으로 말을 몰아 달아났다. 다행히 말 머리를 뒤쪽으로 향하고 있었던 덕에 불의의 일격을 피할 수는 있었지만 고람은 눈이 뻘겋게 충혈돼 단창에 양굉을 찔러 죽일 기세로 뒤를 바짝 추격해 들어갔다.

일촉즉발의 위기의 순간에 새로운 고함 소리가 사방에 진동했다.

"필부는 창을 거두어라!"

노호성을 터뜨리며 달려 나온 장수는 바로 백마에 올라 은창을 비껴든 조운이었다. 조운이 번개처럼 고람을 향해 돌진하자 잠시 움찔하던 고람도 조운에게 창을 휘둘렀다.

조운은 슬쩍 몸을 돌려 공격을 피한 후 은창을 고람의 가슴에 그대로 박아 넣었다. 창에 가슴을 꿰뚫린 고람은 외마디 비명을 지르고 말에서 떨어져 즉사하고 말았다.

조운은 피로 물든 은창을 높이 들고 큰소리로 외쳤다.

"조조는 잔악무도하고 기군망상하여 내 차라리 죽을지언정 그에게 항복하지 않겠다! 나는 어질고 덕이 많은 도 사군에게 갈 것이다!"

조운의 외침에 기주 장사들도 일제히 호응했다.

"우리들도 도 사군에게 항복하겠습니다! 기주에 있는 가족을 위해서라도 절대 조조에게 투항하지 않겠습니다! 자, 모두 도 사군에게 갑시다! 와!"

기주군이 이구동성으로 환호성을 지르며 도 사군을 연호하자 저수도 국의에게 정중히 말했다.

"사태가 이렇게까지 번졌으니 장군이 도웅에게 투항한다 해도 반대하지 않고 따라가겠습니다. 전 일단 서주로 갔다가 기주로 돌아갈 생각입니다."

국의는 고개를 끄덕이고는 천천히 칼을 들고 마침내 명을 내렸다.

"영중에 지금 즉시 이동 준비를 하라고 명하라! 우리는 도 사군에게 갈 것이다!"

열렬한 환성이 터져 나오는 가운데 국의는 다시 조조에게 몸을 돌려 당당하게 말했다.

"조 공에게는 두 가지 선택이 있습니다. 스스로 군대를 거둬
물러나겠습니까 아니면 제가 군사를 몰아 쫓아드릴까요?"

조조는 입술을 부들부들 떨며 어금니를 꽉 깨물었다. 잠시
자리에 미동도 하지 않고 앉아 있던 그는 종내 말을 몰아 자신
의 대오로 돌아온 뒤 3천 경기병을 이끌고 북쪽으로 철수했다.
국의 대오에서 울려 퍼지는 우레와 같은 함성에 고개를 돌린
조조는 환한 표정으로 웃고 있는 양굉의 모습에 삼각눈이 치켜
떠지고 입술에서는 선혈이 새어 나왔다.

"내 맹세코 양굉 놈을 꼭 죽이고 말리다!"

*   *   *

희소식을 알리는 양굉의 편지에 도응은 친히 2만 대군을 이
끌고 서쪽으로 달려갔다. 국의 등에게 예의를 갖추려는 뜻도 있
었지만 실은 정도에 주둔한 유대의 도발이나 혹시 모를 조조의
추격에 대비하기 위함이었다.

유대야 물론 성문을 꽁꽁 걸어 잠그고 나오지 않았지만 조
조는 양굉에게 당한 치욕을 갚기 위해 당장 군사를 소집하고
국의의 뒤를 추살하고자 했다. 심지어는 이 기회에 서주군과 일
전을 불사할 마음까지 먹었다. 이에 조조는 모사들을 소집해

자신의 군대와 서주군과의 승부가 어찌 될지 물었다.

그러자 모사들은 일제히 조조의 계획에 반대를 표명했다. 현재 조조군의 사기가 왕성하다고 하나 관도 대전으로 군사들이 피로에 지쳐 있는 데다 양초까지 심각하게 부족해 전쟁을 발동했다간 장기간 역량을 축적하며 이일대로(以逸待勞)한 서주군에게 필패할 것이라고 극력 경고했다.

모사들의 잇단 간언에 조조는 마침내 이성을 되찾고 천천히 고개를 끄덕거렸다. 그는 즉각 생각을 바꿔 단지 국의의 뒤만 추격하고 도응을 자극하지 않기로 결정했다. 그런데 조조가 출병 준비를 서두르고 있을 때, 사례와 남양을 지키는 조조군 대장 조홍으로부터 급보가 날아들었다.

유비가 조조군의 북상으로 허도가 빈 틈을 타 형주 막빈 제갈현과 결탁해 유표를 꼬드겨 허도를 기습하러 출병했다는 것이다.

유비와 장수가 두 길로 나눠 허도로 북상 중인데, 조홍이 주력군을 이끌고 완성에서 장수를 견제하는 사이에 유비가 파죽지세로 수비군을 격퇴하고 현재 도양(堵陽)에 이르렀다는 것이다. 도양에서 허도까지는 채 3백 리가 되지 않았다.

"귀 큰 도적놈이 간덩이가 부었구나! 유비 놈은 아직 아군의 대승 소식을 듣지 못한 게 분명하다. 그렇지 않다면 감히 군사를 이끌고 북상했을 리 없다!"

조조의 분노에 순유가 다급한 목소리로 건의했다.

"승상, 지금은 국의 추격이 문제가 아닙니다. 서둘러 허도로 돌아가야 합니다. 허도가 하루라도 비어 있으면 유비는 절대 퇴병하지 않을 것입니다."

잠시 고민에 빠져 있던 조조는 이내 고개를 들고 출격을 기다리던 군사들에게 방향을 돌려 허도로 향하라고 명했다. 이어 하후연에게는 정도에 주둔하며 연주 남쪽 전선을 책임지라는 명과 함께 섣불리 서주군과 개전하지 말라는 당부의 말을 전했다. 또한 모개를 창읍의 도응에게 보내 관도 전투 전에 한 약속에 따라 즉시 연주에서 물러나고 변경 시장을 다시 열어달라고 요구했다.

*   *   *

국의의 대오는 순조롭게 정도 일대에 이르러 도응과 회합했다. 도응은 말에서 내려 국의, 저수, 조운 등을 반갑게 맞이하고 그대들이 내게 투항한 것은 미자(微子)가 은(殷)나라를 버리고 한신이 한나라에 귀순한 것과 같다고 치켜세웠다.

국의가 겸허하고 예의바른 도응의 태도에 감격해 휘하를 거느리고 도응 앞에 꿇어 엎드리자 도응은 친히 이들을 일으켜 세우고 국의에게 황금 쇄자갑(鎖子甲)을 상으로 내렸다.

또 조운에게는 양굉을 구해준 은혜에 대한 보답으로 자신이 입고 있던 은빛 피풍(披風)을 끌러 조운의 몸에 직접 걸쳐 주었다. 도응은 명장을 얻은 기쁨에 당장에라도 그를 끌어안고 형제의 의를 나누고 싶은 마음이 간절했다. 하지만 국의가 이를 보고 서운하게 생각할까 우려해 잠시 감정을 억누른 채 흐뭇한 표정으로 조운을 바라볼 뿐이었다.

한편 저수는 도응의 상을 단호히 거부하고 단도직입적으로 말했다.

"양해하십시오, 사군. 제가 국의 장군을 따라 이리로 온 것은 사군에게 몸을 의탁하려는 게 아니라 길을 빌려 기주로 돌아가기 위함입니다. 부디 제게 길을 열어주십시오."

도응은 이미 알고 있었다는 듯 미소를 띠고 담담하게 말했다.

"걱정 마십시오. 저야 선생이 서주에 남길 바라지만 군자는 남에게 난처한 일을 강요하지 않는 법입니다. 선생이 원한다면 언제든지 떠나도 좋습니다."

이어 도응이 한마디 더 덧붙였다.

"하지만 오늘 밤은 절대 안 됩니다. 웅이 베푸는 연회에 반드시 참석해야 하는 것이 첫째 이유요, 둘째는 선생 편에 악부께 드릴 서신이 있어서입니다."

저수는 시원시원한 도응의 대답에 웃음으로 화답하고 도응을 따라 창읍으로 향했다.

　창읍으로 돌아온 지 이틀째 되는 날, 북방에서 새로운 소식
이 전해졌다. 원소가 무사히 여양으로 도망쳐 기주군 대장 장의
거(蔣義渠)의 대오와 회합했고, 대량의 원소군도 별 탈 없이 황
하를 건너 북방으로 달아났다는 것이다.

　이 소식을 확인한 저수는 크게 기쁜 나머지 즉각 도응에게
작별 인사를 고했다. 동시에 3만 원소군 항병 중 만 명에 가까
운 인원도 기주에 있는 가족이 그리워 저수와 함께 기주로 돌
려보내 달라고 요청했다.

　도응은 흔쾌히 이에 응하고 밀봉한 서신을 저수에게 건넨
뒤, 유엽에게 저들이 태산군 길을 통해 기주로 돌아가도록 안내
하라고 명했다.

　이어 태산군의 장패와 손관에게도 긴급한 명령을 하달했으
니, 저수의 대오가 서주군 관할 지역을 벗어나는 즉시 군대를
두 길로 나누어 청주의 제국과 북해를 공격하라는 것이었다. 출
병 명분은 바로 원소가 서주의 사신을 참한 데 대한 보복이었
다!

　저수의 대오가 떠난 지 얼마 안 돼 이번에는 조조의 사신 모
개가 도응을 찾아왔다. 도응은 모개가 찾아온 이유를 모두 듣
고 말했다.

"당연히 창읍성을 돌려드려야지요. 하지만 당분간 시간을 좀 주시오. 이 밖에 여기서 태산군으로 직접 통하는 임성과 노국 길을 빌려주었으면 하오. 우리 대오가 이 길을 완전히 지나면 내 즉시 군대를 거둬 서주로 돌아가리다. 아군이 이 길을 빌리려는 이유는 굳이 말하지 않아도 알 거라 믿소."

모개는 도응이 언급한 몇몇 지명을 듣고 도응이 청주에 손을 쓰려 한다는 사실을 금세 알아차렸다.

이에 모개는 즉각 정도로 돌아가 하후연에게 이를 전하겠다고 말한 다음 변경 시장을 다시 개방해 달라고 요청했다. 하지만 도응은 차후 조조군에게 어떤 태도를 취해야 할지 아직 결정하지 않은지라 거절도 수락도 하지 않은 채 좀 더 시간이 지난 뒤 이 문제를 논의하자고 얘기했다.

모개는 여전히 양다리를 걸치려는 도응의 빤한 속셈을 알았지만 더는 권할 방법이 없어 잠시 참고 기다리는 데 동의했다.

20여 일이 지난 8월 초열흘날, 저수의 대오가 태산군을 떠나 기주 경내로 들어서자 이미 도응의 밀명을 받고 기다리던 서주군 대장 장패는 이를 확인한 즉시 원소가 서주군 사신을 죽였다는 명분으로 태산군 치소인 봉고에서 2만 군사를 이끌고 청주 제국으로 쳐들어갔다.

이틀 후 서주의 낭야태수 손관도 거현에서 1만 5천 군사를 거느리고 북상해 청주 북해군으로 진격했다.

한편 도응은 8월 초닷새에 이미 대장 진도와 후성, 도기에게 2만 보병과 군자군을 이끌고 노국과 임성을 통해 태산으로 가 장패의 군대와 회합하라고 명했다. 또한 이전에 저수 대오의 호송 임무를 맡은 유엽에게는 참모가 되어 장패의 청주 공격을 보좌하라고 명한 터였다.

진도 등이 순조롭게 노국과 임성을 통과했다는 보고가 들어오자, 도응은 8월 스물셋째 날 반년 넘게 주둔하던 창읍에서 마침내 군사를 물려 서주 회군 길에 올랐다.

도응은 소패에 도착한 날 저녁 장패가 쾌마로 보낸 서신을 받았다. 편지에는 원소가 진진을 사신으로 보내 서주에 전마 천 필을 선물하고 도응과 우호 관계를 회복하려 한다는 내용과 함께 자신이 현재 진진을 억류하고 있으니 어찌 처리할지 명을 내려달라고 요청했다.

"흥, 이제야 이 사위가 생각났나 보군. 하지만 이미 때는 늦었다고."

도응은 코웃음을 친 뒤 진응에게 분부했다.

"장선고에게 보낼 회신을 써주시오. 진진을 당장 쫓아낸 다음 원소가 다시 사신을 보내면 예물과 편지를 건드리지도 말고 그대로 돌려보내라고 하시오. 원소가 세 번째로 사신을 보내 연락을 취했을 때, 그 사신을 서주로 보내라고 이르시오."

도응은 장패에게 서신을 통해 명을 내린 후 속히 팽성으로
출발했다.

                    *   *   *

청주 전투는 도응의 예상처럼 수월하게 진행되지는 않았다.

서주군이 두 길로 나눠 청주로 진격하자, 청주를 지키는 원희
는 병사를 나눠 영격하지 않고 장패를 막는 데 주력해 스스로
제국군 창국현으로 나아가 장패군을 맞이했다. 손관 대오에 대
해서는 방어 전술을 채택했다.

청주별가 왕수(王修)와 북해상 견엄(甄儼)에게 서주군이 쳐들
어오는 성마다 전력으로 방어하여 가능한 한 적의 전진 속도를
늦추라고 명했다.

백면서생으로만 알았던 원희가 서주군의 침략에 요령 있게
맞대응하자 속전속결로 전투를 마무리 지으려던 서주군의 희
망은 사라지고 말았다.

손관의 대오는 험준한 지세에 의지해 굳게 지키는 왕수군에
게 발이 묶여 쉽사리 북해를 뚫지 못했다. 장패의 주력군도 창
국에서 원희군과 몇 차례 교전을 벌여 승리를 취했지만 원희가
패배 후 더 이상 야전에 응하지 않고 요해처를 굳게 지키는 바

람에 공성이 쉽지 않았다. 원희는 장패군의 북상을 꽁꽁 틀어막는 동시에 기주에 빨리 구원병을 보내달라고 요청했다.

청주의 전황이 서주로 전해지자 진등과 진응은 원소의 지원군이 당도하기 전에 청주로 증원군을 파견해 원희를 공파하라고 권했다. 하지만 도응은 고개를 가로저으며 대답했다.

"아군이 우세를 점하고 있는데 굳이 증원군을 보낼 필요는 없소이다. 그리고 이는 장선고의 자존심을 건드리는 일이 될 것이오."

진등은 그래도 걱정이 돼 다시 한 번 청했다.

"그랬다가 원소가 직접 대군을 이끌고 청주를 증원하면 어찌합니까? 원소가 관도에서 참패했다고 하나 그에게는 여전히 수십만 대군이 건재합니다. 전체적인 실력이 우리 서주보다 월등히 앞선 상황에서 원소가 친정에 나서면 장 장군의 병력으로는 절대 막아낼 수 없습니다."

도응은 여전히 웃는 낯으로 대꾸했다.

"정말 그런 상황이 벌어진다면 그때 가서 대책을 논의해도 늦지 않을 것이오. 어쨌든 지금으로서는 절대 그런 일이 일어날 리 없소이다. 원소의 손에 든 떡을 너무 크게 베어 물면 조조의 손에 든 떡을 먹을 기회가 사라질 수도 있소."

진등이 무슨 말인지 몰라 고개를 갸웃하자 곁에 있던 가후가 미소를 띠고 설명했다.

"원룡, 주공에게 다 생각이 있을 터이니 너무 걱정 마시오. 어찌 됐든 지금은 청주에 증원군을 보낼 때가 아니오. 너무 서둘렀다간 주도권을 잃을 뿐 아니라 자칫하다 원소의 침공을 부를 수도 있소. 그러니 청주 공격은 장패 장군에게 맡겨놓읍시다."

이 말에 진등은 도응과 가후에게 다 계산이 서 있다고 여겨 더는 간하지 않고 조용히 물러나왔다.

며칠 후, 남양 쪽에서도 소식이 들려왔다. 조조가 이미 유비군을 격파해 유비는 천 명도 안 되는 패잔병을 이끌고 신야로 도망쳤고, 상황이 불리해진 장수도 속히 찬현으로 군대를 물렸다는 것이다. 조조는 이참에 유비를 손봐주고 싶은 마음이 간절했지만 원소가 여전히 북쪽 전선을 위협하고 있는 상황인지라 하는 수 없이 군사를 돌려 주력군을 북방에 배치했다.

도응은 이 소식을 듣고 흡족한 미소를 지으며 청주를 장패에게 맡기기로 한 결심을 더욱 굳혔다. 그는 군사적 압력이 줄어든 상황에서 연주 북쪽 전선을 면밀히 주시하며 인내심 있게 정세 변화를 기다렸다.

한편 도응은 잠시 숨 돌릴 틈이 생기자 16만 명으로 확대 편제된 서주군에 일부 조정을 가했다. 그중 가장 큰 변화는 기병대오에서 일어났다. 9천 명에 이르는 기병을 두 부대로 나누어

4천여 명인 한 부대는 서황에게, 또 하나의 5천 기병은 새로 투항한 조운에게 각각 맡기고 이들을 강병으로 조련하라고 명했다.

그런데 모든 일이 순조롭기만 한 도응에게도 고민거리가 있었다. 그것은 바로 조조가 연주로 회군한 이후 한 번도 사신을 보내 연락을 취하지 않은 데다 원소마저도 진진이 장패에게 쫓겨난 후 다시 사자를 보내지 않았기 때문이다.

이에 화가 나기도 하고 걱정이 되기도 한 도응은 군대를 재편성한 뒤 시간을 내 가후를 따로 불렀다. 그는 가후에게 마음속 시름을 털어놓고 조언을 부탁했다.

가후가 도응을 위로하며 말했다.

"주공, 아군이 단독으로 원소군에 대항하는 일은 벌어지지 않을 터이니 너무 염려 마십시오. 관도 대전 이후 원소와 조조는 이미 철천지원수가 돼 우호 관계를 회복하기 불가능해졌습니다. 저들은 서로를 견제하고 서로의 기습에 대비하고 있어서 원소가 친히 4주의 대군을 이끌고 청주로 출격하는 일은 없을 것입니다."

도응도 고개를 끄덕이며 대답했다.

"그건 나도 알고 있소. 그런데 조조와 원소 누구 하나 내게 사신을 보내 연락을 취하지 않는 이유를 모르겠소. 아군이 조조의 남쪽 전선을 위협하고 있고, 원소의 측면을 공격 중인 데다 조조에게는 서주의 식량이 절실히 필요한 상태요. 이치대로라면 조조라도 아군에게 변경 시장 개설 문제를 논의해야 정상 아니오?"

"제 예상이 틀리지 않다면 조조의 이 조치에는 두 가지 이유가 있습니다. 첫째로 주공에게 식량을 요구하든 동맹을 청하든 괜히 약점을 잡혀 기주 공격을 강요당할까 걱정하기 때문입니다. 조조가 관도에서 대승을 거뒀다고 하나 아직 기주를 침공할 실력에는 미치지 못하는 관계로 아군에게 구걸하지 않고 아예 자체적으로 내부 문제를 해결하려는 것입니다."

가후는 잠시 숨을 고른 후 미소를 짓고 말을 이었다.

"둘째로 조조는 일부러 아군과 거리를 유지하려는 심산입니다. 아군이 이미 청주를 침공해 원소 주력군과 결전을 벌일 가능성이 존재하기 때문에 짐짓 먼 산을 바라보며 원소에게 자신은 서주군과 동맹 관계가 아님을 알리고 청주 분병을 유도하려는 뜻이 담겨 있습니다. 이리하여 아군과 원소군이 청주에서 혈전을 벌이면 그 틈을 타 어부지리를 노리려는 것이죠."

가후의 설명에 도응은 흥 하고 코웃음을 쳤다.

"이런 꿍꿍이를 속 안에 숨기고 있었다니. 과연 간적의 이름에 부끄럽지 않구나!"

가후가 다시 간략하게 설명을 이었다.

"원소에게도 역시 두 가지 이유가 있습니다. 첫째, 우유부단한 원소는 아군과 조조군 모두와 개전할지 아니면 아군과 손을 잡고 조조를 멸할지 아직 결정을 내리지 못한 것이 분명합니다. 둘째는 당연히 체면 때문입니다. 어찌 됐든 원소는 주공의 장인 이자 사세삼공 가문의 거물입니다. 이런 그가 체면을 내려놓고 주공에게 동맹을 구걸하기란 말처럼 쉬운 일이 아닙니다."

"하하, 그대의 말을 듣는 것이 십년공부보다 훨씬 낫구려!"

도웅은 크게 웃음을 터뜨리고 가후의 식견에 찬탄한 후 다시 질문을 던졌다.

"그렇다면 내가 먼저 원소에게 접촉을 시도해 악부의 체면을 세워주고 동시에 조조의 기반을 약화시키면 어떻겠소?"

가후는 고개를 절레절레 흔들며 설명했다.

"물론 가능합니다만 지금은 때가 아닙니다. 장패 장군이 원희 와 대치하며 우세를 점하고 있지만 아직 승리를 취하지 못했고, 원소의 주력군도 아무런 움직임이 없는 상황에서 먼저 접촉을 시도하면 스스로 약세를 드러내는 것과 같아 아군의 후속 행동 에 불리하게 작용합니다. 따라서 아군이 자발적으로 원소와 접 촉을 시도하는 시점은 반드시 장패 장군이 청주에서 결정적인 승리를 거두었을 때라야 합니다. 먼저 전쟁에서 승리한 다음 접 촉을 시도해야 협상에서 주도권을 쥘 수 있습니다."

도웅이 알겠다는 듯 천천히 고개를 끄덕이자 가후가 다시 건 의를 올렸다.

"주공, 아군과 원희가 창국에서 대치한 지도 한 달 가까이 돼 갑니다. 이때 장패 장군에게 편지를 보내 증원군이 필요한지 물어 사기를 북돋우는 것도 좋은 방법입니다. 자양이 함께 있으므로 장패 장군의 성정을 무마하기는 어렵지 않습니다."

도응은 또다시 크게 웃음을 터뜨리고 가후의 말에 따라 당장 장패에게 줄 편지를 써서 격장지계를 실행했다.

*   *   *

도응과 가후의 예상대로 도응의 편지를 받은 장패는 노기등등해 증원군을 단호히 거부하는 동시에 전군을 동원해 창국 공격에 나섰다. 하지만 스스로 실력을 아는 원희가 성문을 꽁꽁 걸어 잠그고 성을 사수하는 바람에 장패군의 공성은 번번이 실패로 돌아갔다.

장패가 마음이 다급해져 전전긍긍해하고 있을 때, 유엽이 마침내 성을 공략할 계책을 생각해 냈다.

그는 군사 하나를 성안으로 보내 원소 원군의 사신인 체하며 문추가 이미 3만 구원병을 이끌고 동평릉(東平陵)에 당도했으니 약속 시간이 돼 서쪽에서 불길이 일어나면 즉각 성을 나와 서주군을 협공하라고 말했다. 원희는 이것이 계략인 줄도 모르고 크게 기뻐하며 군사들에게 출격 준비 명령을 내렸다.

이틀 후 한밤중이 되자 장패와 유엽은 먼저 성 밖에 매복을 설치한 후 일부 군사를 서쪽으로 보내 불을 놓는 것을 신호로 군사들에게 일부러 소리를 지르고 어지럽게 뛰어다니게 해 적의 기습을 받은 것처럼 꾸몄다.

만반의 준비를 갖추고 있던 원희는 서쪽에 불이 나자마자 즉각 성을 나와 장패의 대영을 기습했다. 하지만 결과는 서주군의 천라지망에 빠지고 말았다.

장패의 복병이 사방에서 튀어나오자 원희는 적의 계략에 빠진 걸 알고 달아나려 했지만 이미 때는 늦었다.

진도는 원희가 나온 것을 확인한 후 일군을 휘몰아 창국성을 접수했다.

원희가 가까스로 포위를 뚫고 창국성으로 달려갔을 때, 창국성은 이미 진도의 손에 들어간지라 원희는 어쩔 수 없이 임치로 도망쳤다. 그런데 중간에 갑자기 후성의 군대가 튀어나와 길을 막자 원희는 다시 임제(臨濟)로 방향을 돌려 달아났다. 후성은 그 뒤를 추살해 다시 한 번 원희군을 대파했다.

창국을 공파한 장패군은 속히 북상해 임치성 공격에 나섰다.

유엽은 다시 계략을 꾸며 매수한 원희군 포로 수백 명에게 밤중에 성 아래에서 문을 열어달라고 소리치게 했다. 임치성을 지키던 원희의 부장 전주(田疇)는 자신의 패잔병이 돌아온 줄 알고 급히 성문을 열어 이들을 성 안으로 불러들였다. 그런데 이들은 성에 들어서자마자 수문병을 죽이고 불을 피워 신호를 보냈다.

뒤에 매복하고 있던 서주군은 이 틈을 타 벌 떼처럼 성안으로 쇄도해 들어갔다. 계략에 떨어진 것을 안 전주가 사력을 다해 저항했지만 이미 싸울 마음을 잃은 원소군이 뿔뿔이 흩어지는 바람에 청주의 치소인 임치성은 마침내 서주군 수중에 떨어지고 말았다.

장패는 득의양양한 표정을 지으며 손관에게 빨리 북해를 공파한 후 자신의 군대와 회합하라고 재촉했다. 이와 동시에 서주에도 쾌마를 보내 도응에게 승전보를 알렸다.

도응은 이 소식을 받고 안도의 한숨을 내쉰 뒤 잠시 생각에 잠기더니 그 길로 후당으로 향했다. 그는 아이를 돌보고 있는 정처 원예를 찾아가 원상에게 편지를 보내 원소와 연락할 수 있도록 다리를 놓아달라고 부탁했다.

"음, 부인의 명의로 처남에게 국사(國事)를 앞세워 나와 악부 사이의 갈등을 중재해 달라고 청해주시오. 내용은 이 정도면 됐소. 다만 꼭 부인의 명의여야 하고, 국사를 구실 삼아야지 혈육의 정을 언급해서는 아니 되오."

第三章

조조, 서주 침공을 결정하다

　원소가 청주를 소홀히 여긴 것은 절대 아니었다. 다만 관도
대전 참패 이후 군사들의 사기가 크게 떨어진 데다 혹시 모를
조조군의 침공에도 대비해야 했기에 군대를 차출하기 쉽지 않
았다.

　여기에 원소의 우유부단한 성격으로 인해 사위에게 화친을
청할지 아니면 철저히 등을 질지 결정을 내리지 못하고 있었다.
이런 이유로 시간을 질질 끌다가 청주 전투가 벌어진 지 스무
날이 지나서야 원소는 문추에게 2만 군사를 이끌고 청주로 가
원희를 도우라고 명했다.

하지만 원소의 증원은 한발 늦고 말았다. 문추의 원군이 평원에 도달해 황하를 건넜을 때, 서주군은 이미 창국과 임치를 점령하고 청주군의 동서 연락로를 끊어버린 것이다. 문추는 이 소식을 듣고 하는 수 없이 속히 동평릉으로 달려가 서주군의 서진을 막는 동시에 원소에게 쾌마로 급보를 알렸다.

원소는 다급함을 알리는 문추와 원희의 편지를 받고 펄쩍펄쩍 뛰며 대로했다.

"당장 병마를 집결하라. 내 친히 20만 대군을 이끌고 청주 동정에 나서서 도응 놈에게 본때를 보여주고 말리다!"

이때 심배가 다급히 앞으로 나와 강력히 만류했다.

"주공, 절대 불가합니다! 아군의 원수는 도응이 아니라 바로 조조입니다. 지금 조조의 주력군이 대부분 연주 북쪽 전선에 주둔한 상황에서 동진하게 되면 조조는 이 틈을 타 필시 기주로 쳐들어올 것입니다."

심배의 말에 원소는 한참 동안 이를 바득바득 갈다가 끝내 자리에 앉고 괴로운 표정으로 신음했다.

"그렇다고 청주를 내버려 둘 수는 없지 않소?"

원소의 안색을 살피던 원상이 이 틈을 노려 재빨리 간했다.

"부친, 매부가 청주를 공격한 건 모두 곽도가 부친께 서주의 사자를 참하라고 권했기 때문입니다. 그러니 속히 곽도를 참하고 그의 수급을 서주로 보내 오해를 푼다면 매부는 즉각 청주에서 퇴병할 것입니다."

"헛소리 집어치워라! 곽도가 아무리 실수를 범했다 해도 내가신의 목을 베 사위에게 화친을 청한다면 사세삼공의 체면이 뭐가 되겠느냐?"

원소의 호통에 심배가 조심스럽게 말을 꺼냈다.

"주공, 삼공자의 의견을 채택하셔도 무방합니다. 군기를 그르친 죄로 곽도를 참해 수급을 도응에게 보낸다면 서주군의 청주 퇴병은 물론 우호 관계를 회복할 수 있으니, 어찌 일거양득의 묘책이 아니겠습니까?"

"그건 아니 되오!"

원소는 심배의 제의를 단호히 거부하고 딱 잘라서 말했다.

"내 사위와 조조 둘과 동시에 개전하는 한이 있어도, 절대 수하를 참해 남의 비위를 맞추는 짓은 할 수 없소! 더는 이 일을 거론하지 마시오!"

원소의 완강한 태도에 원상과 심배는 뒤로 물러나와 원담의 오른팔을 제거할 절호의 기회를 놓쳤다며 애석해했다.

원소는 쉽사리 결정을 내리지 못하자 모사들과 대책을 상의했다. 그런데 기주 내부는 언제나 그렇듯 의견 대립이 심각했다. 한쪽은 서주와 강화를 주장하고, 다른 한쪽은 청주로 분병해 무력으로 실지(失地)를 되찾아오자고 주장했다.

의견이 갈려 싸운 지 수일이 지났을 때, 원상에게 기회가 찾아왔다.

서주 밀사가 원예의 편지를 원상에게 전하자, 원상은 이를 다 읽고 이 편지는 바로 도응의 지시로 쓴 것이란 사실을 알아챘다. 그는 급히 심배와 봉기를 불러 신중히 논의한 끝에 이 편지를 원소에게 바치기로 결정했다.

원소는 이 편지를 쭉 훑어보고는 고개를 끄덕이며 말했다.

"이는 도응이 예에게 쓰라고 시킨 편지가 틀림없다. 예의 손에서 절대 이런 글이 나올 수가 없다."

원상이 이 틈을 타 간했다.

"소자 역시 같은 생각입니다. 매부가 예의 손을 빌려 제게 이런 편지를 보내 화친 의향이 있음을 알린 것이 분명합니다. 그러니 서주로 사자를 파견해 다시 옛 관계를 회복하자고 권해 보십시오. 이 일이 성공하기만 하면 청주에 군사를 동원할 일이 없어질 뿐 아니라 서주군과 손잡고 조조에게 협공을 가할 수도 있습니다."

원소는 한참 동안 생각에 잠겨 있다가 고개를 갸웃거리며 중얼거렸다.

"도응이 화친 의사가 있었다면 왜 내게 직접 편지를 보내지 않았을꼬? 군이 예의 손을 빌린 이유가 뭐지?"

심배가 조심스럽게 간했다.

"주공께서 도응의 사신을 벴는데 자발적으로 화친을 청하면 그의 수하들이 분명 불복할까······."

심배는 여기까지 말하고 슬쩍 원소의 안색을 살폈다. 원소의 얼굴에 노기가 전혀 드러나지 않자 심배는 이때다 싶어 다급히 말했다.

"주공, 이 기회를 절대 놓쳐서는 안 됩니다. 주공의 영애와 외손을 문안한다는 구실로 기주 중신을 서주로 보낸다면 틀림없이 관계 개선에 성공할 것입니다."

원소도 도응에게 화친을 구해야 한다는 사실을 잘 알았지만 체면 때문에 결정을 내리지 못하고 주저했다. 이때 원상이 돌연 원소 앞에 무릎을 꿇고 간했다.

"이 일이 부친의 호위(虎威)에 손상이 된다는 사실을 잘 알고 있습니다. 그러나 곽도의 말을 곧이곧대로 들었다가 관도에서 참패해 우리 기주는 원기가 크게 상했습니다. 지금은 강대한 외부 세력과 손잡고 휴양생식에 전념할 때입니다. 도응은 부친의 사위입니다. 게다가 서주는 병마가 자못 강하고 양식이 풍족하여 아군의 이상적인 외원(外援)이 될 수 있습니다. 그러니 잠시 원한을 누르시고 매부와 우호 관계를 회복하십시오."

망설이던 원소는 결국 어쩔 수 없다는 듯 한숨을 내쉬고 말했다.

"네가 재삼 간청하니 그리 하도록 하겠다. 그럼 누구를 사신으로 보내면 좋겠느냐?"

이때 심배가 재빨리 끼어들었다.

"이 일은 곽도가 아니면 안 됩니다."

원소는 깜짝 놀라 눈이 동그래졌다.

"곽공칙은 도응과 사이가 좋지 않은 데다 서주 사신까지 죽이라고 말했는데, 그를 보낸다면 일이 성사되겠소?"

그러자 심배가 장황하게 설명을 늘어놓았다.

"주공께 사신을 베라고 간한 이가 곽도이기 때문에 그가 서주로 가야만 일이 성공할 수 있습니다. 곽도를 서주로 보내 치죄하는 것은 도응에게 화해의 성의를 보이는 것과 같습니다. 곽도가 사신으로 가면 도응 역시 주공의 의도를 분명히 알아채 안심하고 화친에 응할 것입니다."

원소는 고개를 크게 끄덕거리며 말했다.

"음, 듣고 보니 일리가 있구려. 곽공칙에게는 지난 과오를 속죄할 절호의 기회가 되겠소. 만약 그가 도응을 내 휘하로 다시 들어오도록 설득한다면 이전 일은 불문에 부치겠지만 만에 하나 실패한다면 두 가지 죄를 한꺼번에 다스리리다!"

원상과 심배는 일제히 대답한 후 서로의 얼굴을 바라보며 몰래 미소를 지었다.

원상은 급히 자신의 부저로 돌아와 서주 사신에게 친필 편지를 주고 서주로 돌려보냈다. 내용인즉 이번 기회에 자신의 계위에 방해가 되는 원담의 오른팔을 제거해 달라는 것이었다.

곽도는 원소의 명을 들은 후 얼굴이 사색이 되고 몸이 벌벌 떨려 어찌할 바를 몰랐다. 곽도가 아무리 간청하고 원담과 신평 등이 애써 권해봤지만 이미 생각을 굳힌 원소의 마음을 돌리지는 못했다.

만약 가기 싫다면 곽도의 수급을 선물로 바치겠다는 원소의 협박에 원담 무리는 명을 따를 수밖에 없었다.

*　　　　　*　　　　　*

곽도가 낙담한 얼굴로 서주에 이르렀을 때, 원상으로부터 미리 언질을 받은 도응은 양굉에게 귓속말로 명을 내렸다.

분부를 받은 양굉은 성문을 나가 곽도 일행을 포박한 후 사형수 복장으로 갈아입히고 수레에 실어 서주성으로 압송했다.

양굉이 이들을 호송해 자사부로 들어서자 도응은 짐짓 양굉에게 버럭 화를 내며 당장 곽도의 포박을 풀어주라고 명했다.

양굉이 황망히 곽도의 포박을 풀자 도응은 양굉을 크게 꾸짖고 대당에서 내쫓아 버렸다. 죽을 각오를 하고 있었던 곽도는 도응의 호의에 속으로 한숨을 내쉬면서도 겉으로는 크게 소리를 질렀다.

"도 사군, 서주에서는 손님을 이런 예로 대하시오?"

도웅 역시 태연자약하게 대꾸했다.

"죄수복을 입힌 것이 손님을 대하는 예가 아니라면, 사신을 죽이는 것은 손님을 대접하는 예입니까?"

이 말에 곽도가 꿀 먹은 벙어리가 되자 도웅이 냉소를 지으며 말했다.

"공칙 선생이 먼저 불의한 짓을 저질렀으니 내가 지금 그대를 죽인다 해도 어디 하나 명분에 거스를 것이 없소이다."

곽도는 눈을 희번덕하더니 작지만 중후한 목소리로 말했다.

"난 그대의 악부 원소 공이 파견한 사신이오."

도웅은 미소 띤 얼굴로 곽도를 빤히 쳐다보며 대꾸했다.

"그런 건 상관없소. 그대를 죽여도 악부에게 다 설명할 방법이 있으니까. 잊은 모양인데 악부 앞에서 그대를 사신으로 추천한 자들이 설마 후속 수단을 준비해 두지 않았겠소?"

'이건 역시 원상, 심배의 차도살인 계략이었군.'

곽도는 이런 생각이 들자 자포자기한 심정으로 말했다.

"내가 영원히 기주로 돌아오지 않길 바라는 자들이 있다면 사군 마음대로 하시오. 나야 이미 도마 위의 생선 아니겠소?"

"너무 그렇게 비관적으로 생각하진 마시오. 선생이 기주로 돌아갈 가능성이 전혀 없는 건 아니니까. 일단 악부의 화친 조건이나 들어봅시다."

곽도는 기주로 돌아갈 수 있다는 말에 한 가닥 희망을 가지며 대답했다.

"사군이 청주에서 퇴병하고 우리와 손을 잡는다면 전마 2천 필을 드리겠소."

"만약 내가 전마 5천 필을 요구하고 제수를 경계로 청주를 나누자고 한다면 선생이 악부를 대신해 응낙할 수 있겠소?"

곽도는 단호히 고개를 젓고 한숨을 내쉬며 말했다.

"사군이 절 죽인다 해도 감히 그 대답은 할 수가 없소. 내가 양보할 수 있는 범위는 기껏해야 말 천 필 정도요."

"내가 끝까지 이 조건을 고집한다면 악부가 들어줄 가능성이 있겠소?"

"절대 불가능하오. 청주 태반을 떼어주고 화친을 구하는 치욕스러운 일에 주공께서 죽어도 응할 리가 없소. 전마라면 어느 정도 협상이 가능할 것이오."

도응은 잠시 침묵하다가 미소를 띠고 말했다.

"그럼 우리 둘이 거래를 한 번 해보는 건 어떻겠소? 어떻게든 악부가 내 조건을 수용하게 한다면 당장 그대를 기주로 돌려보내리다."

"사군, 지금 농담하십니까? 전 주공 막하의 일개 모사에 불과합니다."

"난 선생이 해내리라 믿소. 악부 휘하의 문무 관원은 두 파로 갈라져 있다고 들었소. 한쪽은 원담 공자와 선생을, 다른 한쪽은 원상 공자와 심배를 필두로 사사건건 부딪치며 쟁론이 끊이지 않아 악부가 이러지도 저러지도 못한다고 말이오. 이때 만약 선생이 내 편에 서서 삼공자 일파를 두둔한다면 악부가 이 조건을 수용할 희망이 생길 것이오."

"그건……."

곽도가 난색을 표명하자 도응이 부드러운 목소리로 말했다.

"잘 생각해 보시오. 이는 선생 자신을 위한 길이기도 하오. 선생이 기어코 내 부탁을 거절한다면 나도 삼공자의 이익을 고려해 선생을 영원히 기주로 돌려보낼 수가 없소. 그러나 선생이 이번만 내 청을 들어준다면 내 어찌 선생을 모른 척할 리 있겠소?"

한쪽은 죽음의 길이요, 한쪽은 미약하게나마 활로의 희망이 보이자 곽도는 이에 응하고 싶은 마음이 가슴속에서 꿈틀거렸다. 하지만 곽도는 잠시 주저하더니 난처한 표정을 지으며 말했다.

"하지만 사군, 제가 이에 응낙한다 해도 몸이 서주에 있는데 어떻게 주공께 이를 권한단 말입니까?"

"너무 걱정 마시오. 서신 한 통이면 족하니까. 편지로 대공자에게 나서서 거들어달라고 말만 해주시오. 그다지 어려울 것 없소. 악부에게 아군 대장 장패를 청주도독에 봉해 제수 동쪽 토지를 지키라고 한다면 서로 얼굴 붉힐 일은 없을 것이오."

"그렇다면……."

곽도는 한참을 망설이다가 어렵게 입을 뗐다.

"그럼 내 최선을 다해 사군을 돕겠소. 만약 성공한다면 약속을 꼭 지키시오."

"안심하시오. 이래 봬도 뱉은 말을 식언한 적은 없으니까 말이오."

도응은 만면에 웃음을 띠고 태연하게 대답했다.

원소는 도응이 제시한 조건을 듣고 당연히 벽력같이 노했다. 그는 책상을 내려치며 친히 청주 성벌에 나서겠다고 길길이 날뛰었다. 하지만 이는 기주 문무 관원의 결사반대에 부딪혔다.

"냉정하라고? 지금 나보고 냉정하란 소리가 나오는가?"

원소는 다시 책상을 치며 고래고래 소리를 질렀다.

"전마 5천 필에 제수를 경계로 청주를 나누자는 조건을 나더러 수용하란 말인가? 이를 수락한다면 사세삼공의 체면은 뭐가 되겠는가!"

그러자 저수가 원소를 달래며 건의했다.

"주공, 너무 심려하지 마십시오. 이는 도응이 터무니없이 값을 높여 부른지라 협상의 여지가 충분합니다. 일단 서신을 곽도에게 보내 도응과 협상하게 하거나 아니면 따로 사신을 보내 화친을 담판 지으십시오. 도응이 우리와 정말 화해할 마음이 있다면 필시 요구 조건을 낮출 것입니다."

심배와 봉기도 저수의 말을 거들었다.

"맞습니다, 주공. 아군의 적은 연주의 조조이지 서주의 도응이 아닙니다. 관도 전투 후 아군은 원기가 크게 상해 반드시 도응을 우리 편으로 끌어들여야 합니다. 그와 사이가 갈라지면 조조에게 좋은 일만 시켜주는 꼴이 되니 주공께서 조금 양보하셔도 크게 손해는 없습니다."

수하들의 권유를 듣자 귀가 얇은 원소는 다시 마음이 흔들리기 시작했다. 하지만 사세삼공의 체면에 사위에게 고개를 숙일 수는 없어 쉽사리 결정을 내리지 못하고 주저하고 있었다. 이때 곁에서 아무 말 없이 서 있는 큰아들 원담이 원소의 눈에 들어왔다. 도응 일이라면 눈에 쌍심지를 켜던 아들이 침묵으로 일관하자 원소는 이를 괴이하게 여기고 물었다.

"현사, 왜 아무 말도 하지 않는 게냐? 도응이 제수를 경계로 청주 토지를 나누자는데, 네 생각은 어떠하냐?"

평소와 다르게 난처한 기색을 띠고 있던 원담은 조심스럽게 되물었다.

"외람되지만 그 전에 부친께 한 가지 묻고 싶은 것이 있습니다. 부친께서는 도응과 화해하고 함께 조조에 대항할 뜻이 확실히 있으십니까?"

"그게 무슨 헛소리냐? 서주와 동맹을 맺을 마음이 없었다면 왜 곽도를 사신으로 보냈겠느냐?"

원소의 짜증 섞인 대답에 원담은 고개를 끄덕이고 말했다.

"부친의 뜻이 그러시다면 아예 다른 사람을 서주에 사신으로 보내 도응의 조건을 모두 수용하십시오."

전혀 예상치 못한 원담의 대답에 원상 일당은 물론 저수 등도 자신의 귀를 의심해 멍한 눈으로 원담을 바라보았다. 원소 역시 깜짝 놀라 자리에서 벌떡 일어났다. 원소는 잠시 생각에 잠겼다가 큰소리로 물었다.

"지금 한 말은 진심이냐? 좋다. 그럼 그 이유나 들어보자꾸나."

원담은 원소에게 공수한 후 차분히 설명했다.

"부친께서 도응과 화해하고 동맹을 맺기로 결심하셨다면 협상을 벌이느라 시간을 낭비하고 또 중간에 또 다른 갈등이 표출될 여지를 주느니 차라리 도응의 요구 조건을 두말없이 수용하는 것이 낫다는 생각입니다. 그리하면 당장 서주와 동맹을 맺고 함께 조조를 멸할 수 있을 뿐 아니라 부친의 너른 도량을 널리 알릴 수 있어 우리의 대계에 훨씬 이롭습니다."

원소 이하 기주 관원들은 악연히 놀라 원담을 계속 응시했지만 원담에게는 말 못 할 고충이 있었다.

연달아 좌절을 겪은 원담은 실력 면에서 원상에게 한참 미치지 못했다. 이런 와중에 도응의 의중을 거슬렀다가 곽도라는 훌륭한 조력자까지 잃게 된다면 기사회생의 기회는 물 건너가는 것과 다름없었다.

이에 원담은 미간을 찌푸린 채 곽도의 서신을 가리키며 말했다.

"전마 5천 필과 청주 토지는 도웅에게 주는 것이 아니라 잠시 빌려주는 것일 뿐입니다. 조조를 멸한 후에 이를 다시 되찾아올 수 있습니다. 이윤까지 붙여서 말입니다."

이 말에 원소가 눈을 깜빡거리며 무슨 소리냐고 묻자 신평이 앞으로 나와 공수하고 대답했다.

"주공, 대공자의 이 말은 병가의 이치에 꼭 부합합니다. 옛날 춘추시대 때 진헌공(晉獻公)은 괵(虢)나라를 멸하고자 순식(荀息)의 의견에 따라 우공(虞公)에게 보옥과 명마를 선물해 길을 빌렸습니다. 그리고 괵나라를 멸한 후 돌아오는 길에 우나라를 지나면서 다시 일거에 우를 멸망시켰습니다. 이로써 보옥과 명마는 그대로 진헌공 수중에 다시 들어왔습니다."

신평은 가도멸괵(假道滅虢) 고사를 설파한 후 말을 이었다.

"아군이 비록 강하다고 하나 조조와 도웅의 연합 세력을 대적하기는 쉽지 않습니다. 하지만 먼저 도웅과 손잡고 조조를 격파하기는 손바닥 뒤집듯 쉽고, 조조를 격파한 후 다시 도웅을 멸하는 것 역시 쉬운 일입니다. 따라서 조조를 멸하기 위해 도웅에게 전마와 토지를 빌려주는 것은 진헌공이 우공에게 보옥과 명마를 선물한 것과 다를 바가 없습니다. 전마와 토지야 머지않아 주공 손에 다시 들어올 터이니 너무 아깝게 여기지 마십시오."

이것이 설사 억지 논리라 해도 각개격파는 병가의 이치에 부합하는 데다 원소의 수하들은 자신의 세력이 가장 강하다고 과신했기에 저도 모르게 고개를 끄덕거렸다. 기주 명사 최염(崔琰)도 원소에게 공수하고 진언했다.

"주공, 신평의 말이 심히 옳습니다. 원교근공(遠交近攻)과 각개격파는 병가의 지당한 이치입니다. 그러니 먼저 조조를 격파하고 후에 도응을 멸한다면 도응에게 토지를 얼마나 떼어주든 나중에 도로 찾아올 수 있습니다."

원소는 다시 자리에 앉아 아무 말 없이 고민에 잠겼다. 원담은 체면 때문에 부친이 쉽게 결정 내리지 못함을 눈치채고 즉시 간했다.

"부친이 천자께 서주 대장 장패를 청주도독에 임명해 달라는 표를 올린다면 토지를 할양하는 치욕을 면할 수 있고, 도응에게는 금은보화를 바치게 한 후 그 대가로 전마를 선물한다면 세상 사람들에게 면이 설 수 있습니다."

원담의 이 건의는 눈 가리고 아웅 하는 자기기만에 불과했지만 체면을 중시하는 원소의 마음에는 꼭 들었다. 게다가 이번만큼은 원담의 제의에 반대하는 사람이 없자 원소는 결심을 굳히고 즉각 명을 내렸다.

"좋다. 그럼 곽도에게 당장 서신을 보내 도응의 요구 조건을 수용하라고 일러라. 계획대로 먼저 도응과 동맹을 체결한 후 뒷일은 다시 논의하기로 한다!"

원소의 명이 떨어지자 일은 일사천리로 진행되었다.

원소의 서신을 받은 도응은 악부에게 금은보화를 바치고 동맹 체결을 선언했다. 원소도 문추와 원희에게 전군을 거느리고 제수 서쪽으로 물러나라고 명하고, 천자에게 표를 올려 서주 대장 장패를 청주도독에 임명하고 제수 동쪽 토지를 다스리도록 했다. 서주군 역시 곽도를 포함해 포로로 잡은 청주별가 왕수 등을 기주로 돌려보내고 원소가 상으로 내린 전마 5천 필을 순조롭게 접수했다.

*　　　　*　　　　*

원소와 도응이 손을 잡았다는 소식이 마침내 조조 귀에도 들어갔다. 둘 사이의 반목을 기대했던 조조는 실망감과 함께 난처한 기색이 역력했다. 이는 곧 분노로 바뀌어 도응에게 연신 욕을 퍼부었다.

"후안무치한 도응 놈아! 관도 대전에서 힘들게 싸운 우리는 촌토(寸土)의 땅도 얻지 못했는데, 네놈은 청주 태반을 차지했단 말이냐! 그러고도 천벌이 두렵지 않느냐!"

하지만 분노도 잠시, 곧 두려움이 조조를 엄습해 왔다. 원소가 도웅에게 이토록 일방적으로 양보한 이유는 도웅과 결탁해 관도의 복수를 하려는 것이 분명했기 때문이다. 이제 곧 남북으로 공격받는 처지에 놓이게 될 것이라는 생각에 조조는 즉각 모사들을 소집해 대책을 논의했다.

순유가 먼저 건의를 올렸다.

"승상, 도웅과 원소가 다시 화해함에 따라 원소군이 복수하러 쳐들어오는 날에는 남북으로 공격을 받게 돼 막아내기 어려워집니다. 그러니 원소의 병마가 아직 정비되지 않고, 관도 대전 패배로 군심이 아직 어지러운 틈을 타 어느 쪽이든 선제공격을 가하십시오. 그런 다음 추후 대책을 논의하는 것이 상책입니다."

조조가 쓴웃음을 지으며 대답했다.

"공달의 말이 일리가 있지만 어느 한쪽도 상대하기가 만만치 않소. 남하해 도웅을 공격하면 필시 원소가 쳐들어올 테고, 북상해 원소를 공격하자니 단시간에 승리를 취하기 어려울 뿐 아니라 도웅이 이 틈을 타 후방을 괴롭히면 선제공격이 무위로 돌아가게 되오."

"도웅을 공격하는 것이 상책입니다!"

이때 가장 말석에 앉아 있던 자가 홀연 크게 소리친 뒤 단호하게 말을 이었다.

"지금 출병해 도응을 공격한다면 원소가 절대 구원을 올 수 없어 서주에 막대한 피해를 입힐 수 있습니다!"

조조는 의아한 눈빛으로 두리번거리다가 그 제의를 한 자를 발견했다. 뜻밖에도 그는 유비로부터 귀순한 후 자신을 위해 단 한 차례도 계책을 올리지 않은 서서였다!

놀라기는 조조의 모사들도 마찬가지였다. 모두들 할 말을 잃고 멍하니 서서를 바라보고 있을 때, 서서는 아무렇지도 않다는 듯 조조 앞으로 걸어가 침착하게 말했다.

"원소가 도응을 돕지 않는 이유는 세 가지입니다. 첫째, 원소는 관도에서 대패해 출병할 여력이 없습니다. 둘째, 원소는 그릇이 작고 멀리 보는 식견이 없어서 도응을 도울 리 없습니다. 이어 세 번째가 가장 중요합니다. 도응은 전화를 틈타 비겁한 방법으로 청주 토지 태반을 점령했습니다. 원소가 억지로 땅을 양보했다지만 내심으로는 도응을 증오하고 있습니다. 이때 아군이 도응을 공격한다면 원소는 남의 재앙을 보고 크게 기뻐하며 절대 도응을 돕지 않을 것입니다."

서서의 분석을 듣고 곰곰이 생각에 잠긴 조조는 원소의 속 좁은 성격이라면 충분히 그러고도 남으리라는 생각이 들었다. 그러자 조조의 마음도 서서히 흔들리기 시작했다.

이때 정욱이 걱정스런 투로 물었다.

"원직의 분석이 이치에 합당하지만 도응은 서주에서 이 대째 내려오며 자못 민심을 얻어 격파하기 쉽지 않소. 게다가 승상의 영식(令息)이 도응 수중에 있는데 이때 도응을 멸하려 하다가 는……"

하지만 서서는 미동도 하지 않고 대답했다.

"중덕 선생이 오해했구려. 난 도응을 멸하자는 것이 아니라 큰 타격을 입혀 아군의 남쪽 전선을 침범하지 못하도록 하자는 말이었소. 또 승상의 장자가 도응 손아귀에 있다지만 도응의 형도 우리 수중에 있어서 도응이 함부로 손을 쓰지 못할 것이오. 따라서 도응과 대치할 때 인질을 교환하면 그만이오."

순욱도 앞으로 나와 공수하고 말했다.

"저도 원직의 의견에 찬동합니다. 원소의 성격으로는 필시 아군과 도응의 소모전을 좌시할 것이므로 아무 걱정할 필요가 없습니다. 무엇보다 도응을 일찌감치 제거하지 않았다간 훗날 아군이 원소와 개전할 때 지금과 똑같은 결과가 빚어질 가능성이 농후합니다. 도응의 한도 끝도 없는 욕심을 용인하느니 차라리 이 기회에 그를 궤멸해 버리십시오."

곽가 역시 기침을 하며 순욱의 말을 거들었다.

"승상, 지금이야말로 서주로 출병할 적기입니다. 도응이 청주를 점령했다 하나 아직 청주 인심이 안정되지 않은 데다 원소군이 옆에서 호시탐탐 기회를 엿보고 있어서 주력군을 쉽사리 서주로 돌릴 수 없는 형편입니다. 이때 아군이 돌연 서주로 출병한다면 서주군을 양단시킬 수 있습니다."

다른 모사들도 앞으로 나와 자기 의견을 피력하려 했지만 조조는 손을 휘저어 이를 제지한 뒤 강단 있게 외쳤다.

"제공들의 말이 옳소. 지금이 바로 뒤에 숨어서 몰래 한몫 잡으려는 도웅을 혼내줄 때요. 아군은 석 달 넘게 휴식을 취해 이미 원기를 회복했으니, 내 친히 5만 웅병을 거느리고 창읍으로 가 하후연, 조순, 유대의 산양 군대와 회합해 총 8만 군사로 도웅을 무찌르리라!"

이때 서서가 조조에게 공수하고 말했다.

"제가 승상을 따라 종군해 미약하나마 서주를 공파하고 도웅을 사로잡는 데 힘을 보태겠습니다."

조조는 큰소리로 웃음을 터뜨린 뒤 고개를 끄덕이며 말했다.

"원직이 함께한다면 도웅을 물리친 것이나 다름없소이다!"

조조로서는 원소의 침공에 대비해야 하는 관계로 주력군 대부분을 관도 일대에 배치하고, 양초와 군수물자도 대부분 관도에 저장해 놓았다.

어쨌든 사수를 통해 군량을 관도에서 소패와 팽성으로 쉽게 운반할 수 있었기 때문에 조조는 서서의 건의에 따라 친히 관도로 가 원소의 침입에 방비한다는 구실로 병마를 완비한 후, 돌연 서주로 진격해 전군에 하루에 이틀치 길을 내달리라고 명했다.

이에 겨우 닷새 만에 관도에서 창읍까지 4백 리가 넘는 길을 달려 하후연, 조순과 회합한 연후 서주에 사신을 보내 선전포고를 하고, 도웅에게 전투가 벌어지기 전 인질을 교환하자고 요구했다.

조조군의 갑작스런 침공 소식이 서주로 전해지자, 서주의 관료층은 물론 민간과 군중에서도 6년 전 시체가 산처럼 쌓이고 피가 흘러 강물을 이뤘던 조조군의 도륙 사건이 다시 떠올라 모두들 두려움에 벌벌 떨었다.

이 밖에 청주를 점령하기 위해 대량의 서주군이 청주와 낭야군, 태산군으로 북상한 상황인지라 여기에 합류한 정예 낭야군과 서주 최고의 기마 부대인 군자군이 당장 서주를 구하러 달려오기가 어려웠다.

게다가 6년 전에 비해 서주의 군세가 비약적인 발전을 이루고 수많은 전투에서 대승을 거뒀다고 하나 조조 주력군과의 전투는 거의 전무했던 관계로 서주의 관원과 백성들은 도웅이 과연 조조군을 물리칠 수 있을지에 대해 회의를 품었다.

상황이 이러하자 서주군 대장 조표와 진군, 서방(徐方) 등 서주의 문무 중신들은 도웅에게 달려가 조조에게 전량을 일부 내어주고 정전에 합의하자고 제의했다. 심지어는 청주를 다시 원소에게 돌려주고 구원군을 요청하자고 말하는 자도 있었다.

두려움과 걱정에 떠는 서주 문무 관원과 달리 도웅과 가후, 진등은 이상할 정도로 침착한 태도를 보였다.

이들은 태연자약하게 조조군의 진군 상황을 알린 후 이미 대비책이 모두 서 있으니 군심과 민심을 안정시키고 차분하게 적을 물리치는 광경을 지켜보라고 말했다.

도웅은 암암리에 윤례에게 화급히 3천 군사를 거느리고 소패로 가 조성을 구원하라고 명했다. 또 쾌마를 동해상 여유에게 보내 기수(沂水) 서쪽의 백성을 동쪽으로 모두 물리라고 명하는 동시에 진의, 창희 두 장수에게 6천 군사를 이끌고 동해로 달려가 여유와 함께 기수를 엄밀히 방어하며 서주와 낭야, 태산, 청주 각지의 연락로를 확보하라고 일렀다.

공개 장소에서 도웅은 최대한 침착한 태도를 유지했지만 속으로 긴장감이 들기는 마찬가지였다. 이에 그는 가후, 진등과 군사 상황을 논의할 때, 자기도 모르게 불만을 터뜨렸다.

"조조가 정신이 나간 것 아닌가? 아무리 우리보다 군사력이 우위에 있고 서주 5군이 탐난다 해도 1, 2년 안에 끝날 전쟁이 아닌데, 그사이 원소가 허도로 침공해 오면 어찌 대비하려는 것인지……."

그러자 가후가 미소를 짓고 대답했다.

"조조는 지극히 정상입니다. 그의 목적은 서주 5군의 성지와 토지가 아닙니다. 현재 형세로 봤을 때, 조조의 이번 침공 목적은 아군에게 중상을 입히고 아군의 전반적인 실력을 약화시키려는 데 있습니다."

진등 역시 고개를 끄덕이고 차분하게 진언했다.

"저 또한 같은 생각입니다. 아군과 원소가 다시 화해해 남북으로 공격을 받게 된 조조는 장차 원소군이 침공해 올 때 아군이 남쪽 전선을 괴롭힐까 염려해 미리 손을 써서 아군의 위협을 무력화시키려는 전략이 분명합니다."

도응은 이들의 말에 찬동한 후 다시 물었다.

"그렇다면 아군은 어찌 적과 맞서야 하겠소?"

진등이 대답했다.

"소패를 굳게 지키면 그만입니다. 조조군이 사수를 이용해 군량을 쉽게 운반할 수 있다고 하나 관도 대전 때 이미 올해 수확한 가을밀과 창고에 쌓인 전량을 모두 소모했습니다. 그 후 8월 추수 때 허도 둔전에서 속미(粟米)와 기장을 수확했지만 생산량이 가을밀에 미치지 못하는 데다 대량의 양식을 원소군 방어에 써야 하는 관계로 군량 수급이 원활히 지속되기 어렵습니다. 따라서 소패 험요지를 굳게 지켜 조조군 진군의 요해처를 틀어막는다면 한 달도 못 돼 저절로 물러갈 것입니다."

그런데 도응은 난처한 표정을 지으며 머뭇거렸다.

"원룡의 생각이 내 뜻과 꼭 부합하긴 하지만… 소패는 관도와 같은 요지가 아니어서 기껏해야 사수를 따라 남하하는 적을 막을 수 있을 뿐이오. 또 조조는 원소처럼 어리석지 않아 군대를 나눠 서주 내지로 쳐들어온다면 백성들이 큰 피해를 입게 될 것이오."

진등은 어쩔 수 없다는 표정으로 대꾸했다.

"그럴 가능성이 있지만 막을 방법은 없습니다. 우리 서주는 지세가 광활하고 몇몇 큰 강을 제외하면 천험의 요지라고 할 만한 곳이 거의 없어 조조의 분병 공격을 완전히 막아내기 어렵습니다. 다만 견벽청야(堅壁淸野:성을 튼튼히 하고 곡식을 모조리 거둬들여 적의 양식 조달을 원천봉쇄하는 전술)로 손실을 최대한 줄일 수 있을 뿐이지요. 지금은 마침 납월이라 농사일이 많지 않은 관계로 백성을 성 안으로 피신시켜도 영향이 크지 않습니다."

도웅은 잠깐 진등의 건의를 받아들일까도 생각했지만 전에 조조군에게 도륙당한 서주 백성들이 이로 인해 더 큰 두려움을 가지게 될까 염려가 돼 쉽사리 결정을 내리지 못했다. 결국 도웅은 시선을 가후에게 돌리고 물었다.

"문화 선생의 고견을 듣고 싶소이다."

가후가 대답했다.

"저도 원룡과 같은 의견입니다. 지금으로서는 수비에 치중해야 합니다. 현재 팽성과 소패 일대의 아군 병력은 총 6만 명에 불과하고 출격해 싸울 수 있는 군사는 기껏해야 4만 명 정도입니다. 반면 조조군은 족히 8만이 넘는 병력에 아군보다 훨씬 정예로워 맞받아 싸우면 승산이 아주 적습니다. 그러나 조조군은 병력이 많은 반면 양식이 적고, 아군은 병력이 모자라지만 양식이 많은 데다 후방의 걱정이 없으므로 굳게 지키는 것이 최선의 전략입니다."

기발한 대답을 기대했던 도웅은 조금 실망한 투로 대꾸했다.

"그렇다면 서주 내지의 손실은 피할 수 없다는 말이구려."

그러자 가후가 미소를 띠고 다시 대답했다.

"수공, 제 얘기는 아직 다 끝나지 않았습니다. 조금만 더 들어보십시오. 제가 말한 수비 전략은 원룡의 생각과 조금 다릅니다. 원룡은 아군 주력 부대로 서주 서북쪽의 유일한 요해지 소패를 지키자고 건의했지만 저는 곳곳에 방어 병력을 배치하는 것이 낫다고 생각합니다. 조성과 윤례에게는 현재 병력으로 소패를 굳게 지키게 하고, 또 고순에게 함진영과 5천 보병을 거느리고 유현을 막게 하며, 아군 주력 부대는 팽성을 사수하는 것입니다. 이렇게 하면 조조군이 군대를 나눠 서주 내지로 침범하는 것을 최대한 방비할 수 있습니다."

가후의 얘기를 듣고 진등이 즉각 반론을 펼쳤다.

"문화 선생, 지금 농담하십니까? 조조의 이번 출병 목적은 아군의 병력 약화입니다. 그렇게 해서 조조군의 서주 내지 침범을 최대한 막을 수 있다지만 반면 이는 조조에게 더 많은 각개격파의 기회를 준다는 사실을 모르십니까? 그때가 돼 아군이 소패든 유현이든 구원하러 달려간다 해도 조조가 위성타원(圍城打援:일부는 성을 포위 공격하고, 일부는 지원하러 달려온 원군을 치는 전술)한다면 어찌한단 말입니까?"

가후는 전혀 당황한 기색 없이 대꾸했다.

"원룡, 너무 급하시구려. 물론 이 단계 대비책이 있지요. 팽성 서북쪽에 겹겹이 방어막을 쌓는 동시에 주공이 쾌마로 청주에 전령을 보내면 됩니다. 진도와 후성, 도기 세 장수에게 속히 청주에서 회군하는데, 조조군 후방의 노국과 임성을 직접 돌파해 조조군의 사수 양도를 위협하라고 명하십시오."

"조조가 적시에 아군의 동향을 눈치채고 군대를 나눠 아군 지원병을 저지하면 어찌합니까?"

진등의 계속된 질문에도 가후는 여전히 온건한 미소를 짓고 친절하게 대답했다.

"당연히 삼단계 대비책이 있습지요."

가후가 아직 그 계책을 얘기하지 않았지만 도웅의 입에서는 이미 큰 웃음소리가 터져 나오고 있었다.

그 이유는 조조가 평생 약한 적에게 세 번 대패한 적이 있었는데, 마지막 전투인 적벽(赤壁) 대전을 제외한 나머지 두 번이 모두 다른 사람이 아닌 가후에게 당한 일이었기 때문이다.

그날로 도응은 가후의 계략을 채택해 고순에게 유현을 지키게 하고, 또 조성과 윤례에게 소패를 사수하라고 명하면서 절대 군사를 이끌고 나가 응전하지 말라고 신신당부했다. 동시에 청주에도 쾌마를 보내 진도와 후성, 도기에게 즉시 회군해 전쟁을 도우라고 명했다.

＊　　　　＊　　　　＊

서주군의 병력 배치와 견벽청야가 절반쯤 진행된 납월 보름날, 조조가 친히 거느린 대군은 마침내 서주의 서북쪽 대문 소패성과 겨우 40리 떨어진 호류성 아래에 당도했다.

8만 대군을 10만이라고 사칭했지만 양초 운송과 후방 방어를 위한 병력을 제외하고 실제로 호류에 이른 병력은 약 7만 명 정도였다.

물론 그런 건 아무 문제도 되지 않았다. 여기에는 조조군 최정예인 5천 기병이 포함돼 있었고, 또 관도 대전에서 막강한 원소군을 무찔렀기 때문에 이미 이들의 사기는 하늘을 찌를 듯했다. 게다가 이들은 6년 전 서주를 쓸어버렸던 자신감으로 충만했다.

이때 조조는 도응으로부터 인질 교환에 동의한다는 편지를 받았다. 또한 양군이 마음 놓고 개전할 수 있도록 조조군과 서주군이 직접 대진할 때 인질을 돌려보내기로 합의했다.

그런데 속전속결을 바랐던 조조와 모사들은 서주군의 방어 책략을 보고 자기도 모르게 인상이 찌푸려졌다. 먼저 소패와 유현, 두 성을 공략한 연후에 팽성으로 쳐들어가는 건 양초 문제가 심각한 조조군에게는 결코 좋은 전술이 아니었기 때문이다.

하지만 조조는 모사들의 걱정을 뒤로 한 채 큰소리로 웃음을 터뜨렸다.

"하하, 도응 놈도 궁지에 몰리다 보니 드디어 허점을 노출하는구나! 겹겹이 방어막을 설치하는 전술로 아군의 공성 시간을 늦출 수는 있겠지만 이는 우리에게 각개격파와 위성타원의 기회를 준 것이다."

그러자 곽가가 연신 기침을 해대며 간했다.

"승상, 도응의 이와 같은 병력 배치는 아군이 군대를 나눠 서주 내지를 침습(侵襲)하는 걸 막는 효과가 있습니다. 도응은 기수 서쪽의 동해 백성을 모두 기수 동쪽으로 이주시키고 견벽청야 전술을 써서 아군이 현지에서 식량을 얻는 기회를 완전히 차단해 버렸습니다. 또한 주력군을 소패 남쪽으로 120리 떨어진 팽성에 주둔시킨 관계로 아군이 만약 군대를 나눠 서주 남부의 식량 창고를 공격하다간 필시 서주군의 반격에 떨어지게 됩니다."

조조는 크게 손을 휘젓고 자신하게 외쳤다.

"나는 절대 분병을 택하지 않을 것이다! 오로지 각개격파와 위성타원 전술을 채택한 후, 소패와 유현이 우리 대군의 공격을 과연 며칠이나 버텨내는지 똑똑히 두고 보리다!"

第四章
뛰는 놈과 나는 놈 그리고 방관자

조조는 자신감에 넘쳐 서주의 문호 소패성으로 진격했다. 그러나 소패성을 보는 순간 조조의 눈은 휘둥그레지고 말았다. 삼면이 물로 둘러싸인 소패성은 서문이 유일하게 육지와 연결되어 있었는데, 이 서문 해자에는 조교가 아니라 아예 석교(石橋)가 설치돼 있었고, 석교 끝에는 견고한 문병(門屛:밖에서 대문 안이 들여다보이지 않도록 대문을 가린 벽)이 세워져 있었다.

사수와 포수의 물을 끌어들인 깊고 너른 해자는 지세를 교묘하게 이용해 물살이 빨리 흐르게 함으로써 건너기나 메우기 아주 어려웠다. 이는 모두 수성의 귀재 교유의 작품으로, 소패성은 한마디로 사방이 물로 둘러싸인 난공불락의 요새와 다름 없었다.

이밖에도 해자와 성벽 사이에는 견고한 양마성이 세워져 있었고, 높고 두터운 성벽 위에는 각종 수성 무기와 함께 조조군 것보다 성능이 훨씬 뛰어난 벽력거가 곳곳에 배치되어 있었다. 높은 곳에 올라 이를 바라보던 조조는 어디 하나 손쓸 곳을 찾기 쉽지 않다는 생각이 들자 입에서 탄식이 절로 나왔다.

"아, 이번 공성은 고전을 면치 못하겠구나!"

조조는 즉각 자만과 경적(輕敵)의 마음을 거두고 모사들과 신중히 성을 공파할 대책을 논의했다.

정욱이 소패성으로 사람을 보내 투항을 권유하자고 제의하자 조조가 이에 따랐다. 그러나 돌아온 결과는 성 밖으로 던져진 사신의 목이었다. 대로한 조조는 당장 총공격을 퍼부으라고 명했으나 공성 무기가 아직 완비되지 않은 관계로 모사들이 이를 극력 만류했다. 조조는 하는 수 없이 이를 바득바득 갈며 다음 날 공성을 위해 서둘러 무기를 준비하라고 명했다.

시종 아무 말 없이 노발대발하는 조조와 견고하기 짝이 없는 소패성을 번갈아 바라보던 서서는 문득 이런 의문이 들었다.

'겹겹이 방어막을 쌓는 도응의 작전이 단지 조조군의 진병 속도를 늦추고 군량이 다하길 기다리기 위해서일까? 이는 출기제

승(出奇制勝)을 좋아하는 도웅의 용병술과 전혀 어울리지 않는
단 말이지……'

한참 동안 여기에 골몰하던 서서는 문득 한 가지 생각이 떠
올라 다급히 조조에게 간했다.

"승상, 당장 일군을 차출해 임성과 노국의 방어를 강화해야
합니다! 도웅의 청주 대오가 군사를 돌려 구원에 나선다면 길
을 도는 낭야와 동해가 아니라 아군의 영지인 노국과 임성을
직접 뚫고 내려올 가능성이 높습니다. 그리하면 아군의 배후를
위협해 협공하는 자세를 취할 수 있기 때문입니다."

이 말에 조조는 깜짝 놀라 당장 연주 지도를 펼쳐 보았다.
과연 서서의 말대로 임성과 노국을 통해 회군하는 것이 낭야,
동해로 돌아오는 것보다 행군 노정을 절반 이상 줄일 수 있었
다!

조조는 즉각 서서의 건의를 받아들이려다가 이내 고개를 절
레절레 흔들었다.

속전속결로 전투를 끝내야 하는 조조로서는 요새와 같은 소
패성을 공격하기에도 병력이 모자란 판에 다시 군사를 나누기
쉽지 않았던 것이다. 한동안 고심에 고심을 거듭하던 조조는
결심이 선 듯 또다시 큰소리로 웃음을 터뜨리고 말했다.

"원직, 너무 걱정할 필요 없소. 도웅 놈이 아무리 담이 크다
해도 내 영지인 임성과 노국을 뚫는 모험을 할 정도의 배짱은

없을 거요. 분병은 필요 없고, 단지 두 곳의 정탐만 강화하면 그
만이오!"

"승상……."

서서는 자신의 뜻을 계속 주장하고 싶었지만 완강한 조조의
태도를 보고 하는 수 없이 입을 닫아버렸다.

소패성 해자의 물살이 급해 건너거나 메우기 어려운 데다 너
비가 너른 곳은 무려 백 보에 달해 화살 공격도 쉽지 않았다.
이에 조조와 모사들은 논의 끝에 소패성으로 통하는 2장 반 너
비의 석교를 직접 돌파해 성을 공격하기로 결정했다.

다행히 조조군 내에는 성벽을 위협할 수 있는 벽력거 외에 운
제, 당거, 비교 등 공성에 필요한 장비들이 충분히 갖춰져 있었
다. 조조는 이를 꼼꼼히 점검한 후 자기 군사들이 성벽만 기어
올라갈 수 있다면 손쉽게 소패성 안으로 진입해 적군을 섬멸할
수 있다고 자신했다.

조조군의 공성은 소패성 밖의 방어 시설을 부수는 것에서부
터 시작되었다. 군사들의 진로를 열어주기 위해 조조군은 벽력
거 60여 대로 소패성 아래 녹각 차단물이 잔뜩 설치된 양마성
에 맹공을 퍼부었다. 이에 맞서 소패의 수비군도 조조군 투석
진지에 석탄을 날리면서 쌍방의 전투는 어느새 포격전으로 바
뀌었다.

양 진영에 꼬박 사흘간 석탄이 우박 떨어지듯 쏟아지면서 귀중한 벽력거가 다수 파괴됐는데, 서주군 벽력거는 성 위 사각지대에 숨겨져 있던 관계로 조조군의 피해가 훨씬 더 심각했다.

하지만 조조는 이에 굴하지 않고 계속 석탄을 날리는 동시에 보병 다수를 파견해 다리를 건너 적의 방어 시설을 부수라고 명했다. 물론 서주군이 이를 그냥 두고 볼 리 없었다. 석교를 건너는 조조군을 발견한 즉시 강궁을 비 오듯 쏘아댔고, 저녁에도 성 아래에 불을 밝혀놓고 군사들이 교대로 성을 지키며 조조군의 기습을 한 치도 허락하지 않았다.

이리하여 닷새가 흘렀을 때 조조군은 상당한 대가를 치르고서야 소패성 밖의 일부 방어 시설을 무너뜨리고 공성을 위한 전진 도로를 열었다.

납월 스물넷째 날, 공성에 나선 지 엿새가 흐른 시점에 조조군은 본격적으로 공성을 발동했다. 그리고 고성(孤城)을 사수하는 소패성 수비군도 전투태세를 갖추고 전력으로 적의 공격에 맞서 응전했다.

사실 이 전투는 공수 쌍방 모두에게 간고(艱苦)하기 짝이 없는 악전이자 혈전이었다.

서주군은 견고한 성에 의지하고 높은 곳을 선점했다는 이점이 있었지만, 백전의 정예에다가 사기까지 충천한 조조군이 앞

사람이 쓰러지면 뒷사람이 그 뒤를 이어 물밀 듯 돌격해 들어오자 내심 공포와 불안이 엄습해 왔다.

조조군도 사정은 마찬가지였다. 소패성이 지나치게 견고하고 수성 태세도 완벽히 갖춰져 있어서 다리를 건너는 동안 무수한 사병이 목숨을 잃었다. 또 성 아래까지 돌격했을 때는 성벽 위에서 바윗덩이와 회병(灰甁:병에 석회를 넣어 적의 눈을 멀게 하는 무기)이 쉴 새 없이 쏟아졌고, 성벽을 기어오를 때는 도리깨와 갈고리창의 위협에 속수무책으로 바닥에 추락하고 말았다.

이에 조조군의 공격이 비록 맹렬했지만 돌격할수록 사상자 수만 크게 늘고 끝내 성벽을 오르지는 못했다. 어쩌다가 성벽을 오르더라도 즉시 난도질을 당했다.

조조는 자신의 병사들이 적에게 점점 밀리는 것을 보고 당거와 운제거 등 대형 공성 무기를 출격시키라고 명했다.

조조 병사들이 이를 밀고 평탄한 석교를 건너 거대한 문병을 돌아 나왔을 때, 성벽 위에서 갑자기 기름을 잔뜩 먹인 횃불과 풀더미가 무수히 날아왔다. 방화를 방지하기 위해 공성 무기에 진흙을 발랐다지만 비처럼 쏟아지는 화공을 이겨내지 못하고 공성 무기 여기저기에 큰불이 붙었다. 이로써 성 아래로 돌격하기는커녕 대량의 병사들이 불에 타 죽고, 뒤의 공성 무기 진로를 막는 결과를 초래했다.

사나운 불길이 조조군 후속 부대의 길을 막고 있는 틈을 타 소패 수장 조성과 윤례는 반격을 개시했다.

우전과 강노, 돌덩이, 회병 등을 무차별적으로 쏟아 붓고 성벽에 걸친 운제에 불을 놓자 운제를 기어오르던 조조군은 몸에 불이 붙어 처절한 비명을 지르며 잇달아 바닥으로 떨어졌다. 또한 이 불똥이 주위 비교를 오르는 조조군의 옷과 몸에 옮겨 붙으면서 떨어져 죽거나 다치는 자가 부지기수였다.

조조는 공성에 나선 대오의 피해가 심각한 것을 보고서도 징을 쳐 군대를 물리지 않았다. 오히려 3천 병력을 추가 투입해 계속 성지를 공격하면서 부교를 서둘러 설치하고 잔여 방어 시실을 파괴하라고 명했다. 동시에 도망치는 비장(裨將) 하나의 목을 친히 베고, 다리를 건너 되돌아오는 병사들을 참수하라고 명해 장사들에게 소패성 공격을 압박했다.

하지만 이미 전세는 서주군 쪽으로 크게 기운지라 조조군의 맹공은 아무 소득도 얻지 못하고 외려 사상자만 계속 늘어날 뿐이었다. 이에 성 아래에는 겹겹이 쌓인 조조군 시체로 가득 넘쳤다.

아침에 시작된 전투는 신시가 지나 날이 저물 때까지 이어졌다. 그러자 조조도 하는 수 없이 징을 쳐 군대를 철수시켰다. 이 전투에서 조조군 사망자는 2천 명을 넘었고, 공성 무기는 대부분 불에 타버렸다. 막대한 피해를 입었음에도 전과는 극히 미미하자 조조는 길게 탄식을 내쉬고 중얼거렸다.

"아, 소패성이 이리도 견고할 줄이야. 내가 적을 너무 얕잡아 봤구나!"

그러자 곽가가 기침을 해대며 조조에게 간했다.

"소패는 아군의 진격을 막는 서주의 유일한 험요지라 견고한 것이 당연합니다. 이런 견성에 강공을 고집하다간 피해가 막심하고 시간도 오래 소요되니 지혜로 승리를 취하는 것이 옳은 방법입니다."

조조는 크게 고개를 끄덕인 후 모사들을 둘러보며 물었다.

"성을 깨뜨릴 묘계가 있다면 허심탄회하게 말해보시오."

하지만 조조의 모사들은 소패성 안에 틀어박힌 서주군을 밖으로 나오게 할 방법이 없어 아무 대답도 하지 못했다. 이때 서서가 앞으로 나와 진언했다.

"승상, 제가 유비 막하에 있을 때 소패 상황에 대해 들은 적이 있습니다. 소패는 삼면이 물로 둘러싸여 있지만 수맥이 풍부하지 못하고 흙이 두텁다고 합니다. 게다가 소패성 밖의 양마성도 파괴되었으니 흙과 돌로 해자를 메운 연후 총공격에 나서는 것이 상책입니다."

조조는 고개를 가로저으며 신경질적으로 대꾸했다.

"우리에게 그럴 시간이 있다고 보시오? 백 보 너비나 되는 해자를 언제 다 메운단 말이오?"

서서가 머쓱한 표정을 지으며 물러나자 이번에는 순유가 건의했다.

"소패성을 공략하기 어렵다면 이곳에 일군을 남겨놓고 적을 감시하게 한 후 주력군을 이끌고 남하해 유현을 공격하면 어떨까요?"

조조는 이 말을 듣고 순간 마음이 동해 잠시 생각에 잠겼다. 하지만 역시 고개를 휘젓더니 마음을 고쳐먹고 말했다.

"아무래도 원직의 계책에 따르는 것이 좋겠소. 먼저 해자를 메운 후 소패성을 공파합시다."

방금 전에 거절한 시서의 계책을 다시 받아들이자 서서는 물론 순유도 의아하게 여겨 물었다.

"승상, 아군은 속전만이 유일한 길인데 이처럼 더딘 방법을 채납한 이유가 무엇입니까?"

조조가 미소를 띠며 대답했다.

"괜찮소. 우리에겐 아직 시간 여유가 충분하오. 허도 둔전의 올해 추수가 풍년이라 꼭 필요한 양식과 지출을 제외하더라도 두 달 정도 버티는 데 아무런 문제가 없소. 게다가 7만이나 되는 병사를 해자 메우는 데 동원한다면 기껏해야 열흘 남짓이면 충분하오."

"하지만 승상, 소패성에는 고작 7천 병사밖에 없습니다. 얼마 되지 않는 적을 상대하기 위해 이토록 귀중한 시간을 허비할 가치가 있는지 모르겠습니다."

순유가 걱정스런 맘에 한마디 더 덧붙였지만 조조는 자신의
의중을 몰라주는 모사들을 쭉 돌아본 후 쓴웃음을 짓고 대답
했다.

"내 목표는 이들 7천 수비군이 아니오. 그 얘긴 일단 접어둡
시다. 유대의 대오에게 해자 메우는 작업을 맡기고, 우금과 이
전이 교대로 저들을 보호하시오!"

조조의 명령 아래 유대의 대오는 밤낮으로 해자 메우는 작업
에 동원됐다.

조성과 윤례는 당장 성을 나가 적군의 작업을 방해하려고 했
다. 하지만 조조의 정예병이 주위에서 저들을 보호하는 데다
절대 성을 나가지 말라는 도응의 엄명이 있었기에 소패의 전황
을 도응에게 보고하고 대응책을 세워달라고 요청했다.

소패의 소식이 팽성으로 전해지자 도응은 손뼉을 치며 크게
기뻐했다.

"과연 문화 선생의 예측대로 조조는 우리의 청주 구원병을
노리는 것이 분명하구려. 그래서 수중의 정예 부대를 나눠 방비
가 비교적 약한 유현을 공격하지 않은 것일 테고요."

이어 도응은 가후에게 다가가 냉큼 물었다.

"문화 선생, 소패의 상황을 알았으니 조성과 윤례에게 성을

나가 조조군을 공격하라고 명하면 어떻겠소?"

가후는 손을 절레절레 흔들며 대답했다.

"불가합니다! 조조는 간사하고 의심이 많습니다. 조성 장군 등이 성을 나가 공격에 나서는 걸 보면 필시 아군의 방어 전략에 속임수가 있는 건 아닌지 의심을 품게 되고, 또 아군의 전력이 노출될 수도 있습니다. 따라서 지금처럼 성을 굳게 지키라고 하십시오. 그래야 조조에게 우리가 원군이 올 시간을 벌려 한다는 것과 저들의 양초가 소모될 때까지 기다리려 한다고 믿게 할 수 있습니다."

도응은 순순히 가후의 간언을 좇아 조성에게 계속 성을 굳게 지키며 절대 출전하지 말라고 명했다. 이어서 혼잣말로 중얼거렸다.

"진도와 후성의 회군 소식은 언제 조조 귀에 들어간단 말이냐? 마냥 기다리고 있기도 쉽지 않구나."

*   *   *

"서원직의 분석은 한 치의 오차도 없었는데 왜 도응의 청주 원군 소식이 아직까지 들려오지 않을꼬? 만약 도응의 원군이 낭야와 동해로 우회해 서주로 돌아간다면 이 귀한 시간을 헛되이 낭비한 꼴이 되는데……"

도웅과 마찬가지로 조조 역시 초조한 마음으로 도웅의 청주 원군 소식을 기다리고 있었다.

다행히 이 기간 동안 소패 수비군은 투석기와 강궁으로 조조군의 해자 매우는 작업을 방해할 뿐, 성을 나와 공격에 나서지는 않았다. 이에 조조는 서주군이 감히 자신과 결전을 벌일 담력이 없다고 여겨 조금은 마음을 놓고 칼을 갈며 인내심 있게 소식을 기다렸다.

그렇게 이레가 흐른 날 저녁, 연주 노국에서 마침내 화급한 소식을 가져온 쾌마가 도착했다.

서주군 대장 진도와 후성, 도기가 2만 군사를 이끌고 노국을 향해 나는 듯이 남하하고 있는데, 직접 소패로 지원을 가려는 것인지 아니면 임성을 공취해 조조군의 배후를 위협하려는 것인지는 확실치 않다고 보고했다.

옷을 벗고 잠을 청하려던 조조는 이 소식을 듣자마자 맨발로 펄쩍펄쩍 뛰며 미친 듯이 웃음을 터뜨렸다.

"하하, 예상대로 도웅 네놈이 청주의 원군을 끌어들일 궁리를 하고 있었구나! 그래, 얼마든지 와라. 내 모두 상대해 주겠다!"

곧이어 조조는 휘하의 문무 관원을 모두 막사로 부르라고 명했다. 수하들이 모두 이르자 조조는 먼저 서주 원군이 이미 지원에 나섰다는 소식을 알리고 단도직입적으로 말했다.

"이는 도응의 주력군을 각개격파할 절호의 기회요. 저들이 직접 소패를 구원하러 오든 아니면 임성을 취해 아군 배후의 양도를 노리든 반드시 남평양(南平陽)을 지나야만 하오. 내 친히 정예병을 이끌고 북상해 남평양에 매복해 있다고 2만 서주군을 모조리 섬멸하겠소!"

그러자 순유가 앞으로 나와 조심스럽게 간했다.

"제 소견으로는 승상께서 친히 가시지 말고 일원 대장을 보내는 것이 어떨까 합니다. 소패는 팽성에서 불과 120리밖에 떨어져 있지 않아 승상께서 북상하신 걸 알아챘다면 도응이 필시이 틈을 타 공격해 올 것입니다. 따라서 일부 장수에게 북상해 매복전을 펴게 하고, 승상께서는 군중에 남아 매일 소패성 밖에서 아군의 해자 메우는 작업을 독려하십시오. 그리하면 도응은 승상의 위엄이 두려워 감히 경거망동하지 못해 아군이 분병한 후에도 적의 습격을 면할 수 있습니다."

간사하고 교활한 도응이라면 충분히 그럴 가능성이 있다는 생각에 조조는 고개를 끄덕여 순유의 제의를 받아들였다. 이어무장들을 돌아보고 큰소리로 말했다.

"누가 남평양으로 북상해 도응의 원군을 급습하겠느냐?"

조조군 장수들은 누가 먼저랄 것도 없이 일제히 공수하고 자신을 보내달라고 외쳤다. 이에 조조는 흐뭇한 미소를 짓고 명했다.

"하후연, 장료, 우금, 악진은 본부 병마 2만 명을 거느리고 북상해 남평양에 매복하고 있다가 도응의 원군을 기습하라. 하후연을 주장으로 삼고 5천 정예 기병을 모두 이끌고 가라!"

네 장수는 크게 기뻐 급히 몸을 굽히고 명을 받았다.

이때 정욱이 걱정스런 투로 간했다.

"승상, 군사를 너무 많이 파견하는 건 아닌지요? 네 장수 휘하의 대오는 이미 아군의 일선 정예병입니다. 여기에 5천 경기병까지 보낸다면 아군 대영에는 정예병이 얼마 남지 않습니다."

"상관없소. 아군의 일반 병사로도 도응의 정예병을 족히 물리칠 수 있소."

조조는 거만하게 정욱의 건의를 물리친 후 순유에게 분부했다.

"공달이 이번에 저들과 함께 북상해 묘재(妙才)를 도와 도응의 원군을 섬멸하시오. 묘재, 너는 비록 용맹하나 지모가 부족하니 공달의 간언을 잘 듣고 절대 멋대로 행동하지 말라."

묘재는 하후연의 자다. 하후연과 순유가 공수하고 명을 받자 서서가 앞으로 나와 말했다.

"승상, 아군이 야음을 틈타 북상한 후 빈 영채에 깃발을 더 많이 세우고, 평소처럼 연기를 피워 밥 짓는 시늉을 하십시오. 아예 군영을 따로 하나 더 설치하다면 서주군이 설사 아군의 움직임을 눈치챈다 하더라도 증원군이 도착한 것으로 오해해 더욱 경거망동하지 못할 것입니다."

조조는 크게 웃음을 터뜨리고 손뼉을 치며 당장 서서의 건의를 받아들였다. 조조의 칭찬에 서서는 연신 겸양의 뜻을 표했다. 하지만 그는 뒤돌아서며 몰래 음흉한 미소를 짓고 속으로 코웃음을 쳤다.

'지금까지 내 그대를 위해 계책을 바쳤다고 여기는가? 흥, 그대와 도응, 둘 간의 싸움이 더욱 격화되기만 바랄 뿐이다.'

그러나 서서의 이 묘계는 헛 계책이 되었고, 조조군의 후속 조치도 헛수고가 되고 말았다. 그 이유는 바로 조조의 주부 사마랑이 장중에서 조조의 전술 안배를 빠짐없이 듣고, 이튿날 날이 밝기도 전에 전서구를 남쪽 팽성으로 날려 보냈기 때문이다.

*   *   *

다음 날 저녁, 사마랑 형제가 날려 보낸 전서구가 팽성에 도착했다. 도응은 조조의 분병 소식을 접하고 책상을 치며 파안대소(破顔大笑)했다.

"하하, 간사한 조조 놈이 이번에는 문화 선생의 계략에 제대로 걸려들었구려. 여봐라, 조조와 결전을 벌이러 오늘밤 소패로 출격할 것이다. 전군에 당장 채비를 갖추라고 일러라!"

곁에 있던 가후는 미동도 하지 않은 채 태연하게 말했다.

"주공, 밖의 날씨가 몹시 찹니다. 이런 날 고생스럽게 길을 재촉하느니 차라리 군사들에게 하룻밤 편안히 쉬게 하시지요. 조조의 성예병이 밀리 떠난 내일 새벽에 출발해도 전혀 늦지 않습니다."

도웅은 가후의 말뜻을 알아채고 웃으면서 고개를 끄덕였다.

하룻밤이 금방 지나가고 건안 5년(200년) 정월 초이튿날 새벽이 밝았다.

팽성에서 오랫동안 힘을 축적한 서주 주력군 3만 5천 명은 도웅의 인솔 아래 120리 떨어진 소패를 향해 나는 듯이 진격했다.

서주 정예 부대가 총출동한 이번 출격에는 허저, 조운, 서황, 위연, 국의 등 당세의 명장들이 선봉에 섰고 단양병, 풍우군, 선등영과 함께 9천이 넘는 청주와 기주의 철기까지 합류했다.

이들은 '조조군을 소탕하고 조조를 사로잡자'는 구호를 외치며 위풍당당하게 소패로 나아갔다. 이날 저녁 무렵, 서주 주력군은 80리 떨어진 유현에 당도해 고순 및 그의 함진영과 회합하면서 병력은 4만 이상으로 불어났다.

조조도 이날 밤 삼경에 이르러서야 서주군의 출격 소식을 들었다. 이 소식을 들었을 때 조조의 정예 부대는 북상한 지 이미 이틀이나 지난 뒤였다. 잠시 멍하니 서서 하늘만 응시하던 조조는 발을 동동 구르며 소리쳤다.

"악, 계책에 떨어졌어! 도응과 가후는 내가 각개격파에 나설 줄 미리 알았던 거야. 그래서 일부러 약세를 보여 내가 저들을 얕보게 만들고, 또 진도 등에게 회군을 명해 내가 분병하게끔 유도한 거야! 이번에도 도응의 계략에 걸려들었단 말인가!"

하지만 후회해도 때는 이미 늦고 말았다.

하후연이 거느린 조조 정예군은 한시라도 빨리 남평양에 도착하기 위해 하루에 백 리 가까이 행군한 관계로 쾌마를 보낸다 해도 회군하는 데 족히 사나흘은 걸릴 터였다. 또한 설사 그렇게 소패 전장으로 돌아온다 해도 체력이 이미 고갈돼 휴식을 취하며 기다린 서주군을 상대하기는 어려웠다.

그렇다고 철병하기에도 시간이 너무 늦었다. 철군 소식이 알려지면 소패의 서주군이 당장 추격해 올 것이 뻔하고, 또 유현까지도 40리밖에 떨어져 있지 않아 기병이 출격한다면 두 시진도 안 돼 따라잡힐 터였다.

이러지도 저러지도 못하는 곤경에 처하자 조조는 모사들과 상의 끝에 쾌마를 하후연에게 보내 회군을 명하는 동시에 현재의 병력으로 서주군과 대치하며 정예병이 돌아올 때까지 시간을 벌기로 결정했다.

그런데 이때 모사들 사이에 심각한 의견 대립이 발생했다. 곽
가와 정욱은 영채 방어를 공고히 하고서 정예병이 돌아올 때까
지 서주군의 공세를 막아내자고 건의한 반면, 서서는 오히려 공
세를 취해 시간을 벌자고 주장했다.

"승상, 아군의 소패 영채는 임시 군영에 불과합니다. 관도 대
영과는 비교도 안 된다는 말입니다. 방어 시설이 허술한 데다
주변 지세도 탁 트여 왼편의 사수 외에는 험지(險地)라고 할 만
한 것이 전혀 없습니다. 이런 상황에서 수비를 고집하다간 일방
적으로 공격을 받게 돼 만에 하나 적군이 군영에 진입해 불이라
도 놓는 날에는 상상하기 어려운 결과가 벌어지고 맙니다."

그러자 정욱이 즉각 이에 반박했다.

"아군 정예병 태반이 북상해 현재 영중에는 전위, 이전, 장합,
조순의 부대가 전부요. 이들을 그러모은다 해도 정예병은 1만
5천에 불과한데, 만약 전투를 벌이다 실수라도 발생한다면 더
욱더 상상하기 어려운 결과가 빚어질 거요."

정욱의 설명에 조조가 고개를 끄덕였지만 서서는 전혀 아랑
곳하지 않고 침착하게 말했다.

"중덕 선생이 수비를 고집한다면 반대하지는 않겠소이다. 다
만 저는 공격이 수비보다 더 낫다는 생각입니다. 잘 한 번 생각
해 보십시오. 교활한 도웅이 어렵게 아군의 분병을 성공시켰는
데 이런 절호의 기회를 놓치리라고 보십니까? 만반의 준비를 갖

춘 공격을 과연 당해낼 수 있다고 자신하십니까?"

이 말에 정욱은 아무 대꾸도 하지 못했고, 조조는 귀가 번쩍 뜨여 서서의 말을 경청했다. 서서는 조조의 안색을 살핀 뒤 여전히 태연하게 말을 이었다.

"하지만 아군이 주동적으로 공격에 나서면 상황은 완전히 달라집니다. 사고만 없다면 아군 정예병은 사나흘이면 당도합니다. 이를 아는 도응은 필시 다급히 소패로 달려올 것입니다. 도응의 대오가 아무리 정예롭다 해도 120리 길을 급히 행군하면 체력에 영향을 받게 돼 있습니다. 아군이 이 틈을 노려 교전에 나선나면 승리를 취하지는 못하더라도 구원병이 올 때까지 시간은 벌 수 있지 않겠습니까?"

서서의 구변(口辯)에 정욱은 아예 꿀 먹은 벙어리가 돼버렸다. 조조는 잠시 생각에 잠겨 있다가 책상을 치며 큰소리로 말했다.

"좋소. 내 원직의 의견에 따르리다. 일단 척후병을 다수 파견해 서주군의 움직임을 엄밀히 감시하시오. 예상대로라면 서주군은 내일 정오쯤 소패에 당도할 터이니, 오시 전에 출전 준비를 모두 마치고 도응의 대오가 강을 건너기 시작했을 때 응전합시다."

서서는 곽가, 정욱과 함께 명을 받은 뒤 속으로 몰래 미소를 지었다.

"강을 반쯤 건넜을 때 공격을 가한다? 과연 간적이로구나! 하지만 간사하기가 한 수 위인 도응이 아무런 대비책도 세워놓지 않았을까? 아무려면 무슨 상관인가. 누가 이기든 승패는 중요하지 않아. 난 그저 재밌게 구경만 하면 그만이니까."

유현에 도착한 도응은 체력도 보충할 겸 군사들에게 휴식을 취하라고 명한 후, 가후와 함께 진병 계획에 대해 논의했다.

가후는 단도직입적으로 도응에게 고했다.

"조조군이 영채를 걸어 닫고 굳게 지킨다면 두려울 게 전혀 없습니다. 다만 아군이 강을 건너는 틈을 노려 돌연 기습을 가해 아군의 예기를 꺾으려 할까 염려될 뿐입니다. 따라서 아군은 반드시 소패성 근처 나루를 통해 도하해야 합니다. 먼저 정예병 일단에게 길을 열게 하고, 조성과 윤례에게는 성을 나와 혹시 모를 조조군의 기습에 대비하게 하십시오. 그런 다음 기병에게 소패 상류 15리 지점에서 강을 건너게 해 조조군의 배후를 위협한다면 두 곳을 모두 돌볼 수 없는 조조는 감히 기습에 나서지 못할 것입니다."

도응은 가후의 말을 듣고 크게 기뻐했다.

그는 즉시 고순 대오에게 선봉에 서서 먼저 포수를 건넌 후 함진영 기치를 높이 들어 주력군의 도하를 엄호하라고 명했다. 이어 조성과 윤례에게도 성을 나와 고순을 도우라고 일렀다. 마지막으로 조운에게 4천 기병을 이끌고 포수 상류로 도하하라고 명하면서 함부로 공격에 나서지 말고 조조군을 견제하는 데 주력하라고 당부했다.

가후가 도응에게 제시한 도하 작전은 큰 효과를 보았다.

조조군은 이미 기습을 준비하고 있었지만 척후병이 계속 보내오는 서주군의 움직임에 조조는 감히 손을 쓰기 어려웠다. 정예병도 부족하고 기동력을 발휘한 기병도 없는 상황에서 고순의 함진영과 조운의 철기를 당해낼 자신이 없었기 때문이다. 조조는 이해득실을 따져 본 끝에 결국 이를 악물고 철군을 명했다.

포수가 대형 하류가 아닌 데다 이미 강을 건넌 고순의 대오와 소패군이 주도면밀하게 부교 20개를 설치한 관계로 서주군 전원은 시간을 지체하지 않고 포수를 건너는 데 성공했다. 조운의 기병도 상류에서 순조롭게 도하해 서둘러 주력군과 회합했다.

소패성에 당도한 도응은 조조군이 북쪽 10리 밖 대영에 꼼짝 않고 틀어박혔다는 보고를 받고, 후군에게 소패성 서쪽에 영채를 차리라고 명한 후 친히 2만 5천 정예병을 이끌고 조조군 대영을 향해 내달렸다.

조조는 서주군이 진격해 온다는 소식을 듣고 조순에게 영채를 지키라고 명한 후 친히 2만 대군을 거느리고 전위, 이전, 장합 등과 도응을 맞이하러 출전했다.

3리쯤 달려간 조조는 군대를 멈추고 즉각 주장의 전술 지휘 능력이 상당히 요구되는 학익진(鶴翼陣)을 펼쳤다. 이전에게는 좌익에 서게 하고, 장합에게는 우익에 서게 한 뒤 자신은 전위와 함께 중군에 자리하고서 서주군을 기다렸다.

사실 이 작전은 서서가 건의한 것이었다. 서서는 도응이 치른 전투를 일일이 연구한 뒤 유독 진법을 펼친 대결만 한 번도 없음을 알아채고, 이는 분명 도응이 진법에 약하기 때문이라고 결론을 내렸다.

조조는 서서의 얘기를 듣고 처음에는 무시해 버렸다. 그러나 지금까지 도응과 치른 전투를 곰곰이 따져 보니 대부분 거짓으로 패한 채하고 달아나며 적을 유인하는 작전 외에 딱히 생각나는 것이 없었다.

조조는 도응의 변칙 공격에 번번이 당했었다는 생각이 들자 이번만큼은 진법을 펼쳐 대결하는 것이 낫다고 판단했다.

서주군 탐마가 달려와 조조군의 동향을 알리자 도응은 예전 수법대로 먼저 기병을 보내 적진을 교란하고자 했다. 그러자 가후가 도응을 만류하며 말했다.

"주공, 조조가 영채 앞에서 진법을 펼친 건 필시 아군 기병의 습격에 대비하기 위함입니다. 따라서 전처럼 기병을 출격시키면 조조의 계략에 떨어져 반격을 당하게 됩니다. 게다가 우리 기병은 군자군처럼 기동력이 뛰어나지 않아 기습을 받으면 몸을 빼치기 어렵습니다."

도응이 그제야 퍼뜩 깨닫고 대책을 묻자 가후가 미소를 지으며 대답했다.

"조조의 학익진에는 빈틈이 많으니 너무 염려 마십시오. 저들의 정예병 태반이 북상한지라 학익진 가운데 정예병은 기동력을 발휘해야 하는 양익에 주로 배치했을 가능성이 높습니다. 따라서 아군이 저들 양익의 발을 묶은 뒤 머릿수나 채우고 있는 중군에 맹공을 퍼붓는다면 승리는 손아귀에 들어온 것이나 다름없습니다."

도응이 가후의 거침없는 분석에 찬탄해 마지않자 가후는 도응의 귀에 대고 몇 마디 더 속닥거렸다. 그러자 도응의 얼굴에 화색이 돌더니 즉각 위연을 불러 낮은 목소리로 명을 내렸다. 위연이 명을 받고 제자리로 돌아가자 도응도 군사들에게 행군 중 학익진을 펼치라고 명했다. 서황이 왼쪽에, 위연이 오른쪽에 서고 도응은 친히 중앙에 위치했으며, 조운의 기병은 진세 뒤를 따랐다.

얼마 지나지 않아 서주군은 조조군과 5백 보 떨어진 곳에 이르러 신속히 전열을 정비했다. 도응은 뭇 장수들을 거느리고 진영 앞으로 달려 나갔다. 앞쪽의 조조도 이를 보고 장수들과 함께 말을 몰아 달려 나와 도응을 가리키며 크게 꾸짖었다.

"도응 놈아, 내 천자께 아뢰어 너를 서주목과 양주목에 봉했 거늘, 너는 어찌하여 반적 원소와 결탁해 모반을 일으킨 것이 냐? 지금 천자의 군대가 이르렀으니 당장 무기를 버리고 투항한 다면 지난 과오는 묻지 않겠다!"

도응 역시 지지 않고 조조에게 욕을 퍼부었다.

"네놈은 이름만 한의 승상일 뿐, 한의 역적이나 다름없다! 그 죄악이 동탁, 이각, 곽사보다 더욱 심한데, 무슨 낯짝으로 내게 모반 운운하는 것이냐! 나는 의대조를 받들어 도적을 토벌하러 왔다. 당장 내 형장을 돌려보내라!"

이때 도상은 창읍성에 연금 중이었다. 인질을 내줄 마음이 없었던 조조는 외려 큰소리로 외쳤다.

"내 장자 조앙은 어디에 있느냐?"

마찬가지로 조앙을 서주성에 연금하고 있던 도응이 큰소리 로 답했다.

"안전하게 잘 있으니 걱정하지 마라. 이번에 네놈을 사로잡아 부자 상봉의 기회를 마련해 주겠다!"

이어 도응이 채찍으로 허공을 가리키자 2만 5천 서주군은 일 제히 '조조의 영채를 쓸어버리고 조조를 사로잡자!'는 구호를 외 쳐댔다.

조조가 이에 대로해 장수를 출진시키려고 할 때, 곁에 있던 곽가가 조조를 만류하며 낮은 목소리로 말했다.

"승상, 우리의 목적은 일기토에 있지 않습니다. 그리고 도응의 우익을 한번 유심히 보십시오."

조조가 서주군 우익으로 고개를 휙 돌려 보니, 그곳에는 보병이 5천 명 정도 배치돼 있었다. 그런데 무기까지 흔들거리며 고함을 지르는 이 부대는 기치가 삐뚤빼뚤하고 대열이 어지러워 군용이 정연한 중군, 좌익과 선명한 대비를 이루었다. 조조는 맘속으로 쾌재를 부르며 이전에게 당장 좌익으로 돌아가 정예병을 이끌고 서주군 약졸(弱卒)을 공격하라고 명했다.

멀리서 이전이 조조군 좌익으로 급히 달려가는 것을 본 도응 역시 몰래 미소를 지었다. 그는 손을 휘둘러 전군의 함성을 제지한 뒤 허저를 출전시켜 싸움을 돋우게 했다. 이미 모든 계획이 서 있는 조조는 출전하고 싶어 안달이 난 전위를 만류하고 크게 소리쳤다.

"몰래 흉계를 꾸며 남 해치길 좋아하는 소인 놈아, 난 일기토가 아니라 진법으로 너와 상대하겠다!"

이어 조조가 채찍을 높이 들어 휘두르자 이전이 거느린 5천 좌익 대오가 일제히 고함을 지르며 맞은편 서주군 우익을 향해 돌진해 들어갔다. 서주군 우익은 적군의 기습에 놀란 양 진용이 크게 흐트러져 비명을 지르며 사방으로 뿔뿔이 흩어져 달아났다.

이 광경을 본 이전의 대오는 자연히 마음 놓고 돌격하며 적을 놓칠세라 있는 힘을 다해 속도를 높였다. 조조는 흡족한 듯 큰소리로 웃음을 터뜨렸다.

"하하, 네놈의 진법 능력은 꽁무니를 빼며 도망치는 실력에 미치지 못하는구나. 이런 오합지중으로 어찌 날 상대한단……."

바로 그때 조조의 웃음을 멈추게 하는 일이 벌어졌다. 어지럽게 도망치던 서주군 우익이 순식간에 완벽한 언월진(偃月陣)을 이룬 것이 아닌가! 적의 돌파를 무력화시키는 초승달 모양의 언월진은 학익진과 유사하지만 조금 다른 점이 있다. 학익진이 날개를 전진시켜서 포위를 시도한다면, 언월진은 중앙이 물러나면서 적을 포위망으로 끌어들이는 방식이다. 서주군의 진법 변화의 신속함과 군용의 엄정함은 결코 조조군 휘하의 백전노장에 뒤지지 않았다.

조조가 또다시 계략에 걸렸다며 발을 동동 구를 때, 이전의 대오는 이미 서주군의 초승달 안에 갇히고 말았다.

양군이 곧 정면충돌할 즈음, 서주군의 긴 방패 사이에서 갑자기 단창이 쏟아져 나왔다. 휙휙 소리를 내며 날아간 단창은 몸을 피할 곳 없는 조조군의 몸에 그대로 박혔다.

하지만 기율이 엄격한 조조군도 쉽게 물러나지 않고 가슴으로 단창을 받아내며 계속해서 돌격해 들어갔다. 그런데 이때 다시 방패 사이에서 무수한 장창이 삐져나오며 가속이 붙어 멈출 수 없었던 조조군의 몸을 그대로 관통해 버렸다. 이에 결국 조조군의 돌격 기세도 크게 꺾이고 말았다.

곧이어 조조군의 돌격을 막던 방패가 양쪽으로 갈라지며 그 안에서 위연이 친히 일군을 거느리고 나와 역공을 취했다. 이들이 정면으로 돌진해 조조군과 혼전을 벌이는 사이, 초승달의 양쪽 끝은 안쪽으로 감싸 들어오며 이전의 부대를 삼면으로 포위하고 맹공을 퍼부었다.

이리하여 양군이 서주군 우익에서 치열하게 접전을 벌이고 있을 때, 서주군 중군 대영에서 또 다른 움직임이 일어났다. 진영 맨 후방에 위치해 있던 조운의 4천 기병이 돌연 반원을 그리며 서황의 대오와 대치하던 장합 쪽으로 돌아가 나는 듯이 조조군 학익진 배후로 침투해 들어간 것이다.

하지만 장합은 이를 빤히 보면서도 손을 쓸 수가 없었다. 그 이유는 장합 대오 5백 보 앞에 서황이 거느린 5천 기병이 눈을 부라리고 호시탐탐 그들을 노리고 있었기 때문이다. 만약 장합이 여기서 한 발짝이라도 움직인다면 서황의 대오가 곧장 돌격해 들어와 팽팽하게 대치하고 있는 형국이 그대로 무너져 버릴지도 모를 일이었다.

이 광경을 빤히 지켜보던 조조는 눈살을 찌푸리며 전위에게 후군을 도우라고 명하려고 했다. 그런데 이때 갑자기 뭔가를 깨달은 조조는 고개를 들어 저 멀리 있는 도웅을 바라보고 연신 욕을 퍼부었다.

"일부러 약세를 보여 날 속인 저 간적 놈이 진법을 모른다고 누가 그러더냐! 먼저 내 좌익 정예병을 계략으로 유인하고 기병으로 우익의 정예 보병을 감시한 연후에 다시 기병을 보내 우리 배후를 습격한 건, 정예병이 부족한 내 약점을 찔러 허점을 드러내도록 유도해 총공격을 감행할 의도가 분명하구나!"

조조는 분에 못 이겨 씩씩거리더니 어쩔 수 없다는 듯 급히 전령을 불러 소리쳤다.

"너는 당장 후군의 주령(朱靈)과 노소(路昭)에게 달려가라. 어떤 대가를 치르더라도 반드시 도응 기병의 돌격을 막아내고, 만약 후군이 무너진다면 목을 베겠다고 일러라!"

전령이 명을 받고 나는 듯이 달려간 후, 조조는 이 난국을 어찌 헤쳐 나가야 할지 막막하기만 했다.

이때 서주군 우익으로 돌격했던 이전의 정예 부대가 적의 언월진에 빠져 공세를 당해내지 못하고 점점 뒤로 밀리기 시작했다.

이 광경을 본 조조는 다급히 이전에게 전령을 보내 무슨 일이 있어도 서주군의 공세를 막아낸 후 저들의 기세가 꺾이는 틈을 노리고 있다가 즉각 반격을 가해 적을 섬멸하라고 명했다. 좌익보다 후방이 걱정된 조조는 신속히 높은 곳에 올라가 후군의 전황을 유심히 관찰했다.

조운이 이끄는 서주군 기병은 조조군 우익을 우회해 이미 중군 정후방에 다다랐다.

조조의 엄명을 받은 주령과 노소는 언덕과 수풀을 이용해 측면을 엄폐하고 대오를 정비해 서주 기병의 돌격에 대비했다. 하지만 정예병이 주로 양익과 전방에 배치돼 대부분 오합지졸로 이루어진 후군이 잘 훈련된 서주 기병을 막아내기에는 역부족이었다.

주령과 노소가 군사들을 독려하며 적극적으로 방어에 나섰으나 조조군 후군 진영은 적의 공세에 하나하나 맥없이 무너지기 시작했다.

중군에서 이를 바라보던 조조는 절망감에 손을 부들부들 떨었다. 이에 조조 곁에 있던 곽가와 정욱 등이 다급한 목소리로 말했다.

"승상, 우리 후군이 오래 버티기는 어려워 보입니다. 빨리 군대를 물리고 영채로 돌아가 굳게 지키는 것이 상책입니다!"

조조는 가타부타 말이 없이 고개를 돌려 전방의 서주군을 바라보았다. 서주 중군이 시종 안병부동하는 것으로 보아 전기가 마련되길 기다리고 있는 것이 분명했다.

우익에서는 서황의 기병이 장합 진영을 호시탐탐 노리고 있었고, 좌익에서는 여전히 격전이 벌어져 승부를 예측하기 어려웠다. 재삼 고민하던 조조는 마침내 이를 악물고 명을 내렸다.

"주령과 노소에게 계속 후방을 사수하라고 일러라. 지금처럼 팽팽하게 대치하고 있는 국면에서 함부로 움직였다간 허점을 노출하게 된다. 일단 소모전을 전개하며 인내심 있게 상황을 지켜보기로 한다!"

후방이 궤멸되는데도 조조군 진영에서 아무런 움직임이 없자, 승기를 잡았다고 여긴 도응은 손이 근질거려 가후에게 물었다.

"문화 선생, 지금 당장 정면 공격을 개시하는 것이 어떻겠소?"

가후가 고개를 가로저으며 대답했다.

"불가합니다. 조맹덕이 시종 후군을 구원하지 않는 이유는 전방의 군사를 옮겼다가 약점이 노출될까 염려하기 때문입니다. 전방에 적의 정예군이 집중돼 있는데 돌파를 강행하다간 큰 손해를 입게 됩니다."

이어서 가후가 다시 건의를 올렸다.

"주공, 너무 초조해하지 마십시오. 어쨌든 전황은 우리에게 유리합니다. 일단 쾌마를 소패에 보내 조성에게 3천 군사를 이끌고 전장을 돌아 조조군 영채를 공격하라고 명하십시오. 물론 정말로 공격하는 것이 아니라 위협만 가하는 것입니다. 조조는 이 소식을 듣고 분명 마음이 산란해질 것입니다. 이어 8백 보병에게 함진영의 기치를 들고 우익의 위연 장군을 돕게 하여 마음이 다급해진 조조가 선제공격을 가하도록 유도하십시오."

도응은 가후의 계책을 듣고 크게 기뻐 즉각 이에 따랐다.

먼저 쾌마를 남쪽으로 6리 떨어진 소패성에 보내 조성에게 출병을 명한 후, 아장 하나를 불러 8백 병사를 거느리고 몰래 함진영 자리로 가 고순과 함진영의 깃발을 건네받고 우익의 위연을 구원하라고 일렀다.

조조군 척후병은 서주군의 움직임을 눈치채고 급히 조조에게 달려가 조성의 대오가 길을 돌아 아군 영채를 급습하려 한다고 보고했다. 조조는 이 소식을 듣고 얼굴이 하얗게 질렸지만 이내 코웃음을 치며 말했다.

"이는 허장성세(虛張聲勢)다. 수천 보병으로 아군 영채를 공격하는 것이 말이 된단 말이냐? 이는 도응 놈의 속임수가 분명하니 신경 쓸 것 없다!"

조조의 말이 떨어지기 무섭게 또 다른 탐마가 조조 앞으로 달려와 무릎을 꿇고 아뢰었다.

"보고합니다! 도응이 측면에 증원군 8백여 명을 보냈는데, 고(高) 자와 함진영 깃발이 펄럭이고 있었습니다!"

"함진영이라고?"

조조가 깜짝 놀라 급히 고개를 돌려 전장을 바라보자 마침 서주군 대오에서 환호성이 터져 나왔다. 서주군 최강 정예 보병의 지원에 사기가 고취돼 함성을 지르는 것이 분명했다.

조조가 이를 바득바득 갈며 다시 후군 쪽으로 고개를 돌렸을 때, 주령과 노소의 대오는 이미 서주군 기병의 공격을 당해 내지 못하고 뿔뿔이 흩어져 버리고 있었다.

현재는 겨우 천여 명만이 작은 방진을 이루고서 사면팔방에서 쳐들어오는 서주군 기병에 대항해 악전고투를 벌이는 중이었다. 현재 상황으로 봤을 때, 자신의 후군 대오가 무너지는 것은 시간문제였고, 서주군 기병이 아예 이 방진을 내버려 둔 채 중군 배후를 직접 공격할 가능성도 있어 보였다.

"아, 이제 마지막으로 도박을 걸어 봐야 한단 말인가!"

조조는 길게 탄식을 내쉰 뒤 잠시 뜸을 들이고서 전위에게 큰소리로 명했다.

"나는 우익의 장합 군중으로 이동할 터이니, 너는 중군에 남은 5천 군사를 이끌고 도응의 중군 정면을 공격하라! 장사들에게 도응의 수급을 취하는 자는 서주의 주인으로 봉하겠다고 일러라!"

전위가 명을 받고 군사를 점검하러 가자 조조는 모사들과 호위병만 이끌고서 우익의 장합 대오로 이동했다. 전위는 중상을 내리겠다는 조조의 약속을 알려 군사들의 사기를 크게 높인 후, 둥둥 북을 울리며 정면에 있는 서주 중군을 향해 돌진해 들어갔다.

인내심을 가지고 진용을 유지하던 조조가 전위에게 공격 명령을 내린 데는 이유가 있었다. 함진영이 위연을 구원하러 좌익으로 달려간 상황에서 전위가 이끄는 극강의 5천 정예병이라면 충분히 승산이 있다고 판단했기 때문이다.

그런데 장합의 대오와 회합한 후 높은 곳에 올라 좌익의 전장을 살펴보던 조조는 의외의 광경을 목격했다. 천하 최고의 보병 함진영이 합류한 뒤에도 이전의 대오는 전혀 밀리지 않고 여전히 적과 팽팽하게 맞서고 있었던 것이다. 순간 조조는 얼굴이 창백해지며 외마디 비명을 질렀다.

"악, 끝장이다! 또 계략에 떨어졌구나!"

계략에 떨어진 걸 알았지만 이미 때는 늦고 말았다. 전위가 거느린 중군은 이미 서주 중군 백보 이내까지 진입한 뒤였다. 이때 일성 포향이 울리며 서주군 진영 앞의 방패가 일제히 내려가고 한참 전부터 뒤에 숨어 있던 풍우군과 수많은 궁노수가 모습을 드러냈다.

이들은 밀집 대형을 이루고 돌격하는 전위 대오를 향해 비오듯 화살을 발사했다. 수많은 조조군이 화살에 맞고 바닥에 쓰러졌지만 전위의 지휘 아래 이들은 조금도 굴하지 않고 사력을 다해 서주군과의 거리를 좁혀 들어갔다. 하지만 풍우군의 세 발 연사 화살 앞에 조조군 병사가 잇달아 쓰러져 시체와 부상병이 길을 가로막는 바람에 조조군의 돌격 기세도 한풀 꺾이고 말았다.

화살이 계속 쏟아지는 가운데 속도가 떨어진 조조군은 곧바로 전술을 변경했다. 방패로 몸을 가리고서 빠른 걸음으로 풍우군을 압박해 들어가기 시작했다. 풍우군은 화살을 쏘며 뒤로 물러나고, 다른 궁노수들은 신속히 양익으로 비켜나자 서주 중군의 방진도 점점 언월진 형태로 바뀌었다.

전위가 이상한 낌새를 눈치채고 재차 노호성을 지르며 돌격해 들어갈 때, 조조군과 불과 30보도 떨어지지 않은 풍우군이 돌연 양쪽으로 자리를 비켰다. 이때 풍우군 뒤에 잠복해 있던 고순의 함진영이 일제히 함성을 지르며 조조군을 향해 곧장 달려들었다.

배후에 있던 허저의 대오까지 모습을 드러냈고, 양쪽의 서주군도 좌우에서 재빨리 조조군을 포위한 후 시살해 들어갔다.

이로써 새로운 혈전이 서주군 중군에서 치열하게 전개되었다. 조조군을 심히 증오하는 함진영은 소형 전투 대형을 이루고서 치고 빠지는 작전으로 대량의 조조 정예병을 견제했고, 양익의 서주군도 맹렬한 기세로 조조군을 압박해 들어갔다. 난군 중에 조우한 허저와 전위는 승패를 가리기 어려운 접전을 벌였다.

이때 조운은 주령을 단 일 합 만에 창으로 찔러 죽였고, 전해의 아들인 조운의 부장 전상도 난군 중에 노소를 난도질해 버렸다.

조운이 거느린 기병은 마침내 조조군 후군을 완전히 궤멸한 후, 곧바로 중군을 구원하기 위해 달려갔다.

이들이 중군과 연합해 사방에서 물샐틈없는 포위망을 펼치자, 사면에서 적의 공격을 받게 된 전위의 대오는 어찌할 바를 몰라 순식간에 진용이 무너져 버렸다. 서주군이 이 틈을 놓치지 않고 여기저기서 투항하면 살려주겠다는 구호를 외치자, 조조군은 더욱 마음이 동요하고 사기가 저하돼 싸울 마음을 잃고 말았다.

이 광경을 바라보던 조조는 깊은 절망에 빠져 고개를 절레절레 흔들었다.

"아, 내가 서주군의 전투력을 너무 과소평가했구나. 특히 도응과 가후의 간사한 계략을 너무 얕보고 말았어. 소패 전투가 개시된 이래 연달아 계략에 빠졌으니 이번 전투는 필패할 것이 분명하구나!"

조조의 모사들은 부끄러운 마음에 감히 아무 말도 할 수 없었다.

서주 땅을 침범한 이후 도응과 가후의 계략을 전혀 간파해내지 못하고 속절없이 당하기만 했으니 심지어는 두려움마저 들었다. 전략이나 전술 모든 면에서 완패한 것이나 다름없었다.

이때 정욱이 조심스럽게 간했다.

"주공, 너무 걱정 마십시오. 이번 전투에서 아군이 비록 패배의 위기에 놓여 있지만 아군 주력군이 이틀 후면 소패에 당도할 수 있습니다. 그동안 영채를 잘 지키며 버텨낸다면 역전의 발판을 마련하지 못하란 법도 없습니다."

그러자 조조가 쓴웃음을 짓고 고개를 가로저으며 말했다.

"주력군이 속히 당도하리란 기대는 하지 마시오. 일이 이 지경에 이르렀으니 내 솔직히 말하리다. 내가 하후연에게 친필 편지를 보내면서 절대 서둘러 회군하지 말고 천천히 물러나라고 명했소. 그래서 이틀은커녕 거기에 이틀을 더한다 해도 아마 소패에 이르기는 어려울 것이오."

"네?"

모사들은 눈이 동그래져 즉각 그 이유를 물었다.

"군자군 때문이로군요!"

이때 곽가는 조조의 의중을 퍼뜩 깨닫고 기침을 하며 말을 이었다.

"하후연 장군이 아무리 빨리 회군한다 해도 기동력이 무시무시한 군자군의 추격을 절대 따돌릴 수 없다고 여기신 것이군요. 아무 대책 없이 철수하는 데 급급하다간 군자군에게 꼬리를 잡혀 큰 피해를 입고 말 테니까요. 그래서 아예 군자군의 공격에 대비하며 천천히 돌아오라고 명하셨군요."

조조는 고개를 끄덕거린 후 다시 한 번 긴 탄식을 내쉬고 말했다.

"아, 내가 적을 너무 얕봤구나. 징을 쳐 군대를 거두고 철수가 가능한 인원은 최대한 영채로 돌아간다. 이번 전투의 패배는 모두 내 과오로다. 서주 군중에서 군자군과 함진영을 제외하면 충분히 싸워볼 만하다고 여긴 내 잘못이 크구나! 다 내 잘못이야!"

징이 울리자 장합 부대는 조조를 호위해 서서히 대영으로 물러났다. 엄정하면서도 질서 정연하게 후퇴하는 모습에 마주하고 있는 서황 기병은 함부로 군대를 움직이지 못했다.

조조군이 마침내 철수를 시작하자 도응은 전고를 울려 총공격 명을 내리려고 했다. 그런데 이때 가후가 도응을 만류하며 권했다.

"주공, 군이 총공격 명을 발동할 필요가 없습니다. 여기서 조조군 대영까지는 3리에 불과해 큰 전과를 올리기 어렵습니다. 차라리 조조군 우익은 퇴각하도록 내버려 두고 병력을 조조군 좌익과 중군에 집중 투입하십시오."

도응은 다시 한 번 가후의 말을 옳다 여기고, 서황에게 사람을 보내 장합의 대오를 쫓지 말고 후속 명령을 기다리라고 명했다. 동시에 조성에게도 군사를 이끌고 주전장으로 돌아와 싸움을 돕도록 했다.

이때 전위의 대오는 서주군에게 사방으로 포위돼 고전을 면치 못하고 있는 반면, 측면의 이전 부대는 이미 포위를 벗어나 퇴각을 시작했다. 도응은 이를 보고 즉각 서황에게 2천 기병을 나눠 우익의 위연을 도우라고 명했다.

이윽고 서황의 부장인 국의의 조카 국종(麴種)이 서주군 우익으로 달려가 이전 대오의 퇴로를 차단했다.

서주군과의 치열한 접전으로 이미 체력이 고갈된 이전 대오는 서주 기병의 저지를 전혀 뚫지 못했다. 그사이 뒤에서 위연이 군사를 이끌고 맹렬히 추격해 오자 이전의 군사들은 명을 기다리지도 않고 사방으로 흩어져 달아나 버렸다.

같은 시각 서주군 중군 전장에서는 전위의 부대가 이미 붕괴되기 시작했다. 마음이 산란해진 조조군은 앞다퉈 서주군 방어막 사이의 빈틈으로 도망치고, 자기들끼리 서로 밀고 밀치느라 대오가 크게 어지러워졌다.

전위는 군사들을 단속하기 어려워지자 하는 수 없이 곁의 정예병을 이끌고 필사적으로 포위를 뚫고 달아났다.

조조는 전위와 이전의 대오가 와르르 무너지는 것을 보고서도 손을 쓸 여력이 없었다. 유일하게 건재한 장합의 대오는 서황의 기병이 눈을 부라리고 노려보는 데다 조성의 부대까지 이리로 나는 듯이 달려오고 있었다. 이에 조조는 경솔하게 군대를 움직이지 못하고 어쩔 수 없이 장합 대오의 호위를 받으며 홀로 대영으로 철수했다.

악전고투를 벌이던 전위와 이전의 부대는 설상가상으로 서황과 조성의 대오까지 합세하자 완전히 붕괴되고 말았다.

서주군은 무방비 상태에 놓인 적을 무차별적으로 도륙했다.

이전의 대오가 가까스로 대영으로 돌아왔을 때, 군사는 7할 이상이 꺾였고 나머지도 대부분 부상을 입은 상태였다. 전위의 부대는 상황이 더욱 심각해 8백 명도 안 되는 인원만이 겨우 대영으로 도망쳤다. 전위는 몸에 화살을 두 방이나 맞았고, 나머지 병사들도 대부분 크고 작은 부상을 당했다.

전장이 대충 정리됐을 때, 날은 이미 완전히 어두워졌다. 서주군 장수들은 여세를 몰아 밤새 조조군 대영을 공격하자고 주장했다. 그러나 도응은 군사들이 매우 지친 것을 보고 야간 공격을 포기했다. 이어 군사를 거둬 영채로 돌아가 하룻밤 휴식을 취한 후 이튿날 다시 공격에 나서기로 결정했다.

서주군 장수들은 조조가 야음을 틈타 도망가면 어찌하느냐고 걱정했지만 도응은 웃으면서 대답했다.

"조조는 퇴군할 리 없소. 그의 정예병이 빠르면 모레 전장으로 돌아오는데, 오늘 대패를 당했다고 어찌 당장 철수하겠소?"

하지만 이는 도응의 오산이었다. 자신의 주력군이 금방 돌아오지 못하리란 사실을 잘 아는 조조는 짐을 꾸려 창읍 철수를 준비하라고 명했다. 장합의 군대를 후위에 위치시키고 조순에게는 측면을 지키는 동시에 서주군이 후미를 추격해 오면 당장 장합을 돕도록 했다.

삼경이 반쯤 지났을 때, 모든 준비를 마친 조조군은 홀연히 영채를 버리고 2백 리 떨어진 창읍으로 철수했다.

사경 정각에 탐마가 이 소식을 서주군 대영에 알렸다. 도응은 총총히 자리에서 일어나 가후와 대책을 논의했다. 가후는 당장 추격을 개시하라고 건의했는데, 도응이 걱정스런 목소리로 말했다.

"조조는 필시 우리의 추격에 대비해 만반의 준비를 갖추어놓았을 것이오. 이때 뒤를 쫓다간 피해가 막심해지지 않겠소?"

가후가 대답했다.

"조조가 오늘밤 몰래 철병한다는 건 하후연의 주력군이 화급히 돌아오지 못함을 의미합니다. 이는 아마도 군자군의 추격이 두려워 조조가 이를 견제하라고 내린 조치로 보입니다. 따라서 오늘밤 저들을 추격하지 않으면 조조가 정예군과 회합해 권토중래할 기회를 주게 됩니다. 그러니 이 기회에 조조군에게 중상을 입히고 양초와 군수를 모두 불태워야 더는 싸울 힘이 없어 저절로 물러나게 할 수 있습니다."

도웅은 가후의 조리 있는 분석을 듣고 즉각 추격을 개시하려고 마음먹었다. 장수들도 일제히 추격 명령을 내려달라고 청할 때, 가후가 앞으로 나와 말했다.

　"장군들은 너무 서두르지 마십시오. 조조는 필시 우리가 추격에 나설 것을 알고 정예병을 후방에 배치해 대비하고 있을 것입니다. 이때 우리가 무작정 적을 공격한다면 조조군의 기습을 만나 승리를 취하기 어렵습니다."

　장수들이 눈만 멀뚱멀뚱 뜨고 있자 가후가 웃으면서 말을 이었다.

　"하지만 조조군은 정예병이 많지 않은 관계로 아군 선봉대가 먼저 적에게 공격을 받은 이후 두 번째 부대가 이 틈을 타 적을 기습한다면 조조군을 쉽게 대파할 수 있습니다. 물론 선봉에 서서 적의 공세를 받아내는 장군이야말로 이번 승리의 일등공신입니다."

　도웅은 가후의 계책을 듣고 문득 역사에서 가후가 장수에게 올린 계책이 떠올라 자기도 모르게 웃음이 터져 나왔다.

　가후의 지략에 찬탄해 마지않은 도웅은 믿을 만한 장수 허저에게 1만 군사를 내주고 선봉대를 맡긴 다음 위연에게 분부했다.

　"문장, 그대의 본부 병마는 오늘 격전을 치르느라 사상자가 많고 병졸들도 많이 지쳤을 것이오. 하여 이번에는 전상과 국종의 5천 기병을 이끌고 조조군을 추격하시오. 만약 그대의 능력을 십분 증명한다면 원소가 준 전마 5천 필을 모두 내주고 그대의 대오도 기병으로 격상시키겠소."

위연이 크게 기뻐 연신 공수하고 감사를 표하자, 도응은 절대 공을 탐해 함부로 진격하지 말고 기병 대장인 전상과 국종의 건의에 귀를 기울이라고 당부했다. 이어 조운에게도 일군을 이끌고서 만일의 사태에 대비해 허저를 접응하라고 명했다.

군사 배치가 끝나자 도응은 손을 휘저어 장수들에게 각자 자신의 자리로 돌아가라고 명하고 인내심 있게 추격 결과를 기다렸다. 그리고 적정에 대해 이토록 정확한 분석과 판단을 내린 가후를 바라보며, 만약 저자가 역사대로 조조를 따랐다면 지금의 역사마저 송두리째 바뀌었을지 모른다는 생각이 들자 절로 온몸에 소름이 돋았다.

가후의 예측은 한 치도 틀리지 않았다.

날이 희미하게 밝아올 무렵, 허저가 거느린 대오는 조조군 후방의 장합 대오를 추격해 공격에 나섰다.

이때 과연 장합군의 통렬한 반격을 만났고, 조순까지 측면에서 시살해 들어와 협공을 가하자 허저군은 곤경에 빠져 사상자가 크게 늘어났다. 다행히 조운의 후군이 제때 당도해 측면으로부터 조순군을 공격해 들어간 덕에, 숨통이 트인 허저군은 전열을 정비하고 장합군의 공세에 맞대응할 수 있었다.

이로써 네 부대 간에 혼전을 벌어지면서 금방 승부가 나기는 어려워 보였다.

이미 호류까지 철수한 조조는 이 보고를 받자마자 큰소리로 웃음을 터뜨리며 외쳤다.

"도응의 무모함과 가후의 지략 없음이 가소롭기 짝이 없구나! 철군에 임해서 강군이 후방에 배치되는 이치를 정말 몰랐단 말인가? 장합과 조순에게 사람을 보내 도응의 추격병을 반드시 격퇴하라고 일러라!"

이 말이 채 떨어지기도 전에 조조의 얼굴은 순간 새하얗게 질리고 말았다. 그 이유는 바로 눈이 퍼붓는 남쪽 먼 곳에서 돌연 지축을 울리는 말발굽 소리와 조조를 사로잡으라는 희미한 구호가 들려왔기 때문이다.

조조는 하는 수 없이 장수들에게 전투 채비를 단단히 갖추라고 명했다. 부상을 입은 전위도 말에 올라 적을 맞을 준비를 했다.

그런데 서주군은 곧바로 조조군 본진 배후를 공격하지 않고 드넓은 지형을 이용해 길을 돌아 앞쪽의 치중 부대에 맹공을 퍼붓는 것이 아닌가. 서주군의 비화창에서 뿜어져 나오는 화염이 하늘을 뒤덮자 조조는 크게 놀라 전위 등에게 당장 전방으로 달려가 구원하라고 명했다.

전위 등이 군사를 이끌고 자리를 비운 지 얼마 되지 않아 남쪽의 설화(雪花) 속에서 홀연 새로운 말발굽 소리와 구호가 터져 나왔는데, 다름 아닌 위연의 부대였다.

위연은 조조가 필시 자신들의 공격에 대비해 방어 태세를 갖추고 있을 것이라고 여겨 부장 전상과 국종에게 각각 2천 기병을 이끌고 길을 돌아 조조군 전방을 공격하게 한 뒤, 자신은 1천 기병을 거느리고 눈발 속에 매복하고 있다가 조조군이 치중 부대를 구하러 간 틈을 노려 공격에 나선 것이었다.

임기응변을 발휘한 위연의 이번 작전으로 하마터면 천하의 형세는 완전히 새롭게 뒤바뀔 뻔했다.

조조는 전위 등 장수들에게 전방을 구원하라고 명한 뒤 홀로 이곳에 남아 대오를 정돈하고 있었는데, 이때 갑자기 위연이 들이닥쳐 아무런 대비도 없는 조조와 정면으로 마주쳤기 때문이다.

위연은 멀리서 홍포(紅袍)를 입고 말에 오른 조조의 모습을 발견했다. 하지만 눈발이 너무 거세 정확히 누구인지는 알 수가 없었다. 어쨌든 그가 조조군의 주요 인물인 것은 확실했기에 위연은 등자와 안장에 의지해 빠른 속도로 말을 달려가며 그를 향해 힘껏 화살을 날렸다. 그리고 위연이 날린 화살은 단방에 조조의 얼굴에 적중했다.

"으악!"

조조가 외마디 비명을 지르며 말에서 떨어지자 좌우의 무사들은 깜짝 놀라 황급히 조조를 구하러 달려갔다. 천만다행으로 화살은 조조의 얼굴을 가린 투구 끝 쪽에 박혔고, 살촉은 피부를 살짝 파고들어가 피가 흘렀지만 생명에는 지장이 없었다.

홍포를 입은 인물이 말에서 떨어지자 그가 조조인지 모르는 위연은 활을 버리고 칼을 쥐고서 그의 목을 베려고 달려들었다.

무사들 중 일부는 위연의 길을 가로막았고, 나머지 일부는 조조를 안고서 인파 속으로 재빨리 숨어들었다. 위연은 하는 수 없이 홍포 인물을 포기하고서 군사를 휘몰아 적진을 마구 유린했다.

한편 전방을 구원하러 간 전위 등은 조조가 화살에 맞아 낙마했다는 얘기를 듣고 혼비백산이 돼 적과 싸우는 것도 잊은 채 난군 중에서 조조를 찾아 헤맸다. 이로 인해 조조군 진영은 더욱 어지러워져 사상자가 갈수록 늘어났고, 군사들은 치중과 군수를 내버려둔 채 사방으로 흩어져 달아나기 바빴다.

위연의 화살 한 방은 허저와 조운에게도 단비와 같은 도움을 주었다.

조조가 화살에 맞았다는 소식이 후군 전장에 전해지자, 어느 정도 우세를 점하고 있던 장합과 조순의 대오는 순식간에 혼란에 빠지고 말았다.

이들이 다급히 중군으로 돌아가자 허저와 조운은 이 틈을 놓치지 않고 장합과 조순을 추격해 무수한 적을 살상했다.

이번 추격전으로 서주군은 무수한 치중을 노획하고 만 명이 넘는 적을 죽였으며 8천 명에 가까운 포로를 잡는 전과를 올렸다.

관도 대전의 원소군처럼 비참한 패배를 당한 조조군은 처음에 출정한 7만 대군 중 남평양으로 북상한 2만 5천 군사를 제외하고, 만 명도 채 안 되는 군사만이 겨우 창읍성으로 도망쳤다.

한편 조조는 호위무사들이 목숨을 걸고 지킨 덕에 아무 일 없이 창읍성으로 달아나 요행히 서주군의 포로가 되는 것을 면할 수 있었다.

第五章

또다시 강동으로

　파죽지세의 서주군은 곧장 창읍성 아래까지 짓쳐 들어가 전과를 더욱 확대할 수 있었다.

　하지만 위연과 허저, 조운이 이미 폐허가 된 방여에 이르렀을 때, 도응은 단호하게 추격 중지 명령을 내리는 동시에 서주 대군을 호륙으로 옮겨 주둔시켰다. 이는 조조와 하후연이 회합해 재차 서주 침공에 나서는 것을 방비하고, 또 이 틈에 임성과 노국을 점령해 청주와의 연락을 강화하고 영토 확장을 꾀하기 위함이었다.

　이때 마침 창읍의 동정을 감시하던 탐마가 달려와 조조가 부상을 입은 채 창읍성으로 들어갔다고 보고했다. 도응은 이 소식에 전혀 실망하지 않고 오히려 만족한 웃음을 지어 보였다. 곁에 있던 가후는 도응의 의중을 알고 따라 미소를 띠며 말했다.

"아직은 조조를 제거할 때가 아니지요. 막강한 원소를 견제하는 데 조조만 한 이도 없으니 철군은 잘하신 결정입니다."

이어 가후는 자세를 고쳐 앉고 간했다.

"주공, 이제는 조조와 관계를 완화할 시점입니다. 따라서 사신을 창읍으로 보내 마음 놓고 교전할 수 있도록 서로의 인질을 되돌려 보내자고 요구하십시오. 영리한 조조라면 분명 주공께서 더 이상 교전을 원하지 않는다는 사실을 알고 속히 군사를 허도로 물릴 것입니다."

하지만 도응은 잠시 머뭇거리더니 말을 꺼냈다.

"나도 조조와 계속 싸우고 싶지 않소. 하나 처참할 정도로 대패한 조조가 노기를 억제하지 못하고 기어이 전쟁을 이어가려 한다면……."

"절대 그럴 리 없습니다!"

가후는 단정적으로 못을 박은 후 설명을 이어갔다.

"만약 원소였다면 끝까지 승부를 가리러 달려들었을 겁니다. 하지만 조조는 원소와 다릅니다. 오로지 이익에 따라 움직일 뿐이죠. 계속 공격에 나서봤자 손해만 입고, 또 숙적인 원소

에게 좋은 일만 시켜주는 꼴인지라 조조는 반드시 철군을 택할
것입니다."

그리고 한마디 더 덧붙였다.

"조조는 살부의 원수라 해도 손잡고 취할 이익이 있다면 눈
하나 깜짝하지 않고 행하는 자입니다."

도웅도 고개를 끄덕거리며 대답했다.

"좋소. 그럼 이 일은 장간에게 맡깁시다. 자익은 구강의 명사
라 조조가 정전에 응하지 않더라도 함부로 그를 죽이지는 못할
것이오."

도웅은 이렇게 결정을 내린 후 갑자기 무슨 묘안이 떠올랐는
지 잠시 생각에 잠기더니 진응에게 분부했다.

"내 대신 원소에게 보낼 편지 한 통만 써주시오. 먼저 아군이
조조에게 대승을 거둔 일을 가능한 한 상세히 적으시오. 이어
조조가 중상을 입어 죽었을지도 모르니 서주 전쟁은 걱정하지
말고 휴양생식에 전념하며 군사력을 회복했다가, 시기가 무르익
으면 함께 조조를 멸하자고 이르시오."

이 말에 진응은 도웅의 뜻을 알겠다는 듯 조심스럽게 물었
다.

"주공, 이는 혹시 일부러 원소에게 안병부동하도록 권해 주공
께서 연주의 이익을 독차지하려는 것처럼 꾸며 원소의 출병을
유도하려는 의도 아니십니까?"

도웅이 큰소리로 웃음을 터뜨리며 대답했다.

"하하, 그대도 장족의 발전을 이루었구려. 전에 조조가 원소는 큰일에는 몸을 사리면서도 작은 이익만 보면 목숨을 건다고 했던 말을 기억하시오? 바로 이 점을 노려 원소의 출병을 유도하려는 것이오."

사흘 후, 장간은 창읍에 사신으로 갔다가 호륙으로 돌아왔다.

그의 말인즉, 조조는 단호히 인질 교환 요구를 거절하고 서주군이 만약 인질을 교환하고 싶다면 그 장소는 허도 아니면 팽성 아래가 될 것이라는 입장을 밝혔다고 했다. 도웅과 가후는 이 보고에 큰소리로 웃음을 터뜨렸다.

이어 하후연의 대오가 창읍성으로 철수했다는 소식을 받은 도웅은 즉각 진도와 후성에게 회군을 멈추고 노국과 임성을 점령하라고 명한 후 조조가 안심하고 허도로 돌아갈 수 있도록 군사를 뒤로 물렸다.

정월 초열흘에 조조는 하후연과 조순에게 창읍 요지를 굳게 지키라고 명한 후 군사를 이끌고 허도로 돌아갔고, 조조군이 모두 물러난 것을 확인한 도웅도 정월 보름에 팽성으로 완전히 철수했다.

이로써 이번 서주와 연주의 대전은 도웅군이 조조군의 침략을 완벽히 격퇴하면서 끝을 맺었다.

*　　　　　*　　　　　*

원소는 조조군이 소패에서 대패하고 조조도 위연의 화살을 맞아 생사가 불명하다는 편지에 기뻐 어쩔 줄 몰라 했다. 또한 도응의 예상대로 원소는 연주에서 도응 혼자 전과를 독차지할까 우려해 당장 조조 정벌에 나서기로 결심했다.

이때 최염이 앞으로 나와 원소에게 공수하고 말했다.

"주공, 아군이 즉각 출격해야 하지만 단번에 대군을 움직이기 어려우므로 일단 일부 군사로 조조의 북쪽 전선에 압력을 가하십시오. 일군을 파견해 동무양(東武陽)을 공취하고 창정(倉亭) 나루에 둔병하여 조조의 동아(東阿) 요지를 위협하십시오. 이어 도응에게 계속 호응하게 한다면 조조군은 수미를 모두 돌보기 어려워 사중지란에 빠지고 말 것입니다."

저수도 최염의 의견에 동조했다.

"계규(季珪)의 이 계책이 실로 절묘합니다. 동무양을 공취하고 창정에 둔병한다면 조조는 동아, 동군, 창읍 세 곳을 모두 방비해야 합니다. 이에 조조의 군대가 분산된 틈을 노려 창정을 건넌 뒤 도응군과 회합해 연주 동부 일대를 탈취하십시오. 그런 다음 먼저 진류를 취한 후 허도로 쳐들어간다면 조조를 쉽게 섬멸할 수 있습니다."

계규는 최염의 자다. 원소는 최염과 저수의 의견을 듣고 흡족한 표정을 지으며 명했다.

"좋소. 지금 당장 기주의 주력군을 동원하기 어려우니 원희와 문추에게 청주 병사를 이끌고서 동무양을 공취하고 창정 나루에 둔병해 도웅과 함께 조조를 공격하라고 일러라. 또한 도웅에게는 여세를 몰아 계속 조조군을 공격하며 아군과 회합해 함께 조조를 물리치자는 편지를 보내라!"

도웅은 원소의 서신을 받고 제 꾀에 빠진 것 같아 스스로를 자책했다. 한참 동안 머리를 쥐어짰지만 원소의 출병 요청을 거절할 그럴듯한 명분이 떠오르지 않았다.

이에 도웅이 가후와 함께 한창 핑계거리를 찾고 있을 때, 돌연 서주군에게도 익숙한 인물이 서주자사의 부중 문을 두드렸다. 그는 다름 아닌 원소 부중의 유능한 모사 순심이었다.

도웅은 이 소식을 듣고 크게 기뻐 친히 문 밖까지 나가 순심을 영접했다. 이어 그를 후당으로 안내해 연회를 베풀고 가후와 함께 극진히 접대했다.

술이 서너 순배 돌았을 때, 도웅이 순심에게 이곳으로 찾아온 경위를 묻자 순심이 솔직하게 대답했다.

"관도 전투 때 원소는 충언을 가납하지 않았다가 대패를 자초했습니다. 요행히 난군 중에 목숨을 건진 저는 친우의 도움으로 허도에서 성과 이름을 숨긴 채 몇 달을 살았습니다. 본래는 산으로 들어가 책이나 읽으며 남은 생을 마치려 했는데, 뜻밖에 조조에게 발각돼 조조가 사람을 보내 저를 잡으려는 통에 다시 서주로 피신한 것입니다."

도응은 미소를 머금고 대꾸했다.

"우약 선생은 너무 겸손하시구려. 조조는 분명 선생의 재능과 명성을 높이 사 등용하려는 의도였을 것이오."

순심이 웃기만 할 뿐 아무 대답도 없자 도응은 쭈뼛쭈뼛하다가 슬쩍 그를 떠보았다.

"선생이 멀리서 찾아온 이유는 길을 빌려 악부께 다시 돌아가기 위함입니까? 아니면 서주에 남아……."

이때 순심은 도응의 말을 끊고 단도직입적으로 말했다.

"불경한 말씀이지만 사군의 악부이자 심의 옛 주공인 원소는 충신과 간신을 구별해 내지 못해 막하의 의견 대립이 심각하고 내부 갈등이 첨예합니다. 심이 지혜로운 주군을 가려 섬기지 못해 원소의 막하로 들어갔지만 언젠간 당쟁에 휩쓸려 장사 지낼 땅도 없겠다는 걱정에 현명한 군주에게 몸을 맡기기로 마음먹은 지 오랩니다. 따라서 이번에 다시 기주로 돌아가는 일은 절대 없을 것입니다."

이어 순심은 도응에게 머리를 조아린 뒤 공수하고 말했다.

"사실 이번에 서주로 온 이유는 사군께서 순씨 족인(族人)을 널리 초빙한다는 얘길 들었기 때문입니다. 심이 비록 재주 없으나 사군 곁에서 미력한 힘이나마 보태고자 하니 거두어주시기 바랍니다."

도웅은 기뻐 어쩔 줄 몰라 순심의 손을 꼭 잡고 감격에 겨워했다. 도웅의 열정적이고 따뜻한 반응에 순심도 크게 기뻐 당장 절을 올리고 신하의 예를 갖췄다.

도웅은 그 자리에서 순심을 서주참군 겸 별가종사에 임명했고, 순심은 이에 거듭 감사의 절을 올렸다.

잠시 후, 가후가 입을 열었다.

"주공, 우약 선생은 원소 군중에 오래 있었으니 이번 원소의 출병 요청에 대해 대응책을 묻는 것이 좋을 듯합니다."

순심은 가후의 말을 듣고 즉각 대답했다.

"주공께서 출병을 원치 않는다면 방법은 그리 어렵지 않습니다. 현재 원소는 조조만큼이나 원술을 증오하고 있습니다. 지난번 관도 출병 준비로 바쁜 와중에 갑자기 원술이 사람을 보내 마치 강동의 패주인 양 거만한 어조로 군사를 요구해 왔습니다. 이에 원소가 분기탱천해 당장 사신의 목을 베고 배은망덕한 원술을 치러 가겠다며 길길이 날뛴 일이 있었습니다. 지금 주공께서 원술을 공격한다고 하면 원소는 필시 이에 동의할 터이니, 조조와의 괜한 싸움을 피할 수 있을뿐더러 강동 토지를 공취할 기회가 될 것입니다."

"그것 참 묘계로구려!"

도응은 무릎을 치며 크게 기뻐한 후 급히 물었다.

"그렇다면 어떻게 구실을 대면 좋겠소?"

"아주 간단합니다. 원소에게 편지 한 통만 보내십시오. 조조
가 서주를 침공한 기간에 원술이 호시탐탐 회남을 노리고 있
고, 또 원소의 관도 대패를 조롱하며 조조와 결탁해 서주를 협
공할 뜻이 있다고 알리십시오. 이에 주공께서 원술이 악부에
게 불경한 데 대해 분개하고, 또 후방의 안위가 걱정이 되어 원
술을 공격하기로 결심했으니 원소에게 잠시 병마를 멈추었다가
주공께서 원술을 공파하고 돌아온 후 함께 조조를 협공하자고
청하십시오."

도응은 약간 걱정스런 투로 물었다.

"이 계책이 절묘하긴 하나 원소가 정말 출병하지 않으면 어찌
하오?"

이에 순심이 웃으면서 대답했다.

"절대 그럴 일은 없으니 안심하십시오. 원소는 무엇보다 체면
을 중시합니다. 주공의 말에 따라 출병을 멈추었다고 하면 세상
사람의 비웃음을 살 터라 더욱 고삐를 죄고 조조 공격에 나설
것입니다."

순심의 분석을 들은 도응은 흔쾌히 그의 말에 따르기로 하

고, 즉각 남정 준비를 서두르는 동시에 원소에게 편지를 써서 보냈다.

*　　　　　*　　　　　*

조조와 그의 모사들은 도응이 남정을 준비한다는 소식을 듣고 한편으로는 환호작약하고, 한편으로는 안도의 한숨을 내쉬었다. 이때 순욱이 조조에게 건의를 올렸다.

"승상, 이는 우리에게 더없이 좋은 기회입니다. 지금 당장 원소에게 사신을 보내 천자의 명의로 투항을 권유하십시오. 원소는 필시 편지를 보고 발연대로해 도응의 협공 여부와 관계없이 즉각 연주 공격에 나설 것입니다. 그리 된다면 관도에서 대승을 거둔 군사로 피로한 원소의 군사를 무찔러 완승을 거둘 수 있습니다."

하지만 조조는 난처한 기색을 띠며 주저주저했다.

"주동적으로 원소의 공격을 도발한다… 원소가 비록 관도에서 패했다고 하나 병력은 여전히 아군보다 더 강하지 않소?"

이에 순욱은 강경한 어조로 경고했다.

"지금 머뭇거릴 겨를이 없습니다. 만약 이 전기를 놓쳤다가 원소가 군사력을 회복하고 양초와 치중을 충분히 비축하는 날에는 공격이 더욱 불가능해집니다. 게다가 도응이 강동에서 돌아와 남북으로 협공을 가한다면 아군은 진퇴양난에 빠지고 맙니다!"

조조는 잠시 주저하더니 마침내 책상을 치며 크게 소리쳤다.

"좋소이다! 언젠간 벌어질 전쟁이라면 하루라도 빨리 치르는 것이 낫소! 원소가 가장 허약한 틈을 노려 공격에 나섭시다!"

*　　　　*　　　　*

도응이 병력을 북쪽 전선에 집중한 2년여 동안, 원술은 강동 제후에 비해 월등히 앞선 군사력을 토대로 숙적 유요에게 맹공을 퍼부었다.

수차례 전투에서 대승을 거둔 원술은 무호에서 장강 어귀에 이르는 강동의 요지 대부분을 접수하고, 기반을 동쪽의 태호(太湖) 일대까지 확장했다.

또한 양선(陽羨)과 곡아에서 손오 대오의 활약에 힘입어 강동 제후 연합군을 두 차례 대파함으로써 유요를 지원한 엄백호와 왕랑 대오에게 치명상을 입혔고, 서주군과 몰래 결탁한 경현의 조랑까지 완전히 섬멸해 버렸다.

원기가 크게 상한 유요는 패잔병을 이끌고 오군의 엄백호에게 달아나 몸을 의탁했다. 유요가 도망치면서 유요의 수군 대장 설례, 장영이 곡아와 단도에 고립되자, 원술은 손권의 계책을 받아들여 이들에게 투항을 권유하고 유요의 수군을 병탄했다.

이로써 원술의 수군력이 크게 증강돼 장강을 사이에 두고 마주한 서주의 광릉을 위협하기에 이르렀다.

회남에서 서주군에게 처참하게 패한 원술은 강동으로 이주해 강동 대부분의 지역을 일통하고, 강동 패주 자리에 올라 마침내 동산재기(東山再起)에 성공했다.

그러자 또다시 고질병이 도져 스스로 황제를 칭한 것 외에, 겨우 목숨을 부지해 무석(無錫)으로 도망친 제후 연합군을 멸하라는 염상과 손권의 권유를 무시한 채 우저에 둔병하며 호시탐탐 회남을 노리고 있었다.

3월 중순, 세심한 준비와 안배를 마친 도응은 진등에게 팽성 업무를 일임하고 조표, 진도, 서황, 도기, 후성 등에게 요지 방어 임무를 맡겼다. 이어 친히 3만 군사를 거느리고 남쪽으로 출발해 패국군을 경유하고 회하를 건너 합비에 다다랐다.

오랜만에 다시 만난 도응과 노숙은 전황이 긴박한 관계로 짧게 해후의 정을 나누었다. 도응은 노숙에게 순심과 조운, 국의 등 이번에 새롭게 얻은 관원들을 소개한 후 단도직입적으로 물었다.

"그래, 강동 쪽 동정은 어떠하오?"

노숙이 대답했다.

"원술이 임명한 예장태수 원윤이 감수 일대에 빈틈없는 방어막을 설치하고 있는데, 병력이 약 2만 5천입니다. 춘곡에 주둔한 원술의 주력 수군 2만 3천은 노장 진분이 지휘하고 있고, 원술 본인은 보기(步騎) 2만 명가량을 거느리고 무호 서쪽으로 이동했으며, 이밖에 우저와 단도에 각각 만 명에 가까운 원술군이 주둔하고 있습니다."

"이를 모두 합치면 8만 8천 정도가 되겠군. 여기에 곡아, 완릉 두 요지를 지키는 병마와 나머지 지역의 군사까지 더한다면 최소한 12~13만은 된다는 얘기구려."

도응의 말에 노숙이 고개를 끄덕이자 순심이 이어서 물었다.

"그럼 그 십만여 병마 중 실제로 전장에 투입될 수 있는 병력은 얼마나 됩니까?"

"대략적으로 말씀드리면 현재 두 가지는 확실합니다. 하나는 원술의 보기 정예가 무호에 집결했다는 것이고, 둘째는 원술의 수군력이 상당히 강하다는 점입니다. 2만여 수군에는 원술의 원래 부대뿐 아니라 유요의 정예 수군까지 가세했고, 대소 전선이 천 척에 이르러 적의 역량을 절대 얕볼 수 없습니다."

노숙의 대답을 들은 도응은 손을 꼽으며 속으로 따져 보기 시작했다.

소호의 수군이 만 명에 대형 전선이 2백여 척이요, 팽려택의 수군이 1만 5천에 대소 전선이 4백 척이 넘었다.

병력이나 전선은 원술 수군과 비교해 전혀 밀리지 않았다. 그러나 수군이 대부분 실전 경험이 없는 신병이라 실제 전투에서 과연 원술 정예병의 상대가 될지는 미지수였다.

생각이 여기까지 미치자 도응은 쓴웃음을 짓고 말했다.

"원술이 수군을 춘곡에 집중 배치한 건 우리 수군이 유수구에서 나오는 것을 막고 상류에 위치한 팽려택의 수군이 강을 따라 내려오는 것을 방비하기 위함이오. 여기에 우세한 수군력으로 각개격파까지 노릴 수 있겠구려."

이때 조운이 공수하고 물었다.

"주공, 적이 기왕 춘곡을 사수한다면 아군은 서쪽의 시상을 건너 먼저 예장을 취한 뒤 단양으로 진격하면 어떻겠습니까?"

도응은 고개를 가로저으며 대답했다.

"시간이 너무 많이 걸리오. 게다가 원윤이 철통같은 방어막을 구축하고 있어서 적어도 석 달은 필요할 거요. 우리에겐 그리 시간이 많지 않소."

조운이 고개를 끄덕이며 물러나자 이번에는 위연이 씩씩하게 외쳤다.

"주공, 원술 놈과 수상에서 결전을 벌입시다! 말장 대오의 단양병은 대부분 수전에 익숙하니 말장이 선봉에 서서 강을 건너겠습니다."

도응은 미소를 띠며 대답했다.

"문장의 제의는 고려할 만하오. 그러나 모험을 피할 수 있으면 최대한 피하는 것이 상책이오. 그 방법은 정 방법이 없을 때 다시 논의합시다."

이어서 도응이 장중을 둘러보며 말했다.

"원술의 주력 수군을 공파할 묘책이 있다면 허심탄회하게 말씀해 보시오."

하지만 서주 문무 관원들은 약속이나 한 듯 모두 입을 닫아 버렸다. 가후마저 한마디도 못한 채 장중에 고요한 적막이 흐르자 노숙이 그제야 미간을 찌푸리며 입을 열었다.

"주공, 이번에는 계략으로 승리를 취할 기회를 찾기 쉽지 않을 것 같습니다. 아군의 양쪽 수군이 남하하든 동진하든 반드시 춘곡을 지나야 하는데, 원술 수군이 모두 춘곡에 주둔하고 있어서 출기제승은 말할 것도 없고, 전선이 한곳에 모이면 적에게 각개격파당하지 않을까 걱정해야 할 판입니다. 숙이 여러 해 동안 이 문제로 고심했지만 아직까지도 좋은 방법을 찾지 못했습니다."

도응 역시 한참 동안 고민해 봤지만 뾰족한 수가 떠오르지 않자 이내 단념하고 웃으며 말했다.

"자자, 어쨌든 우리에겐 아직 시간이 있으니 구체적인 작전은 천천히 논의하기로 합시다. 참! 자경, 음식은 왜 내오지 않는 거요? 회남에서 내 양식을 일 년에 수백만 휘나 소비하면서 멀리서 온 손님에게 쩨쩨하게 술상 하나 차려주지 않는단 말이오?"

도응의 우스갯소리에 심각했던 장중의 분위기는 눈 녹듯 누 그러졌고, 노숙은 당장 사람을 불러 술과 음식을 내오라고 명했 다.

밤새도록 놀고 마신 이들은 삼경에 이르러서야 연회를 파하 고 각자 자신의 처소로 돌아갔다.

도응은 술이 얼큰하게 취해 침소로 돌아와 자리에 누우려고 하는데, 갑자기 호위병 하나가 후다닥 안으로 들어와 가후가 찾 아왔다고 보고했다.

이 시간에 자신을 찾아왔다는 건 긴히 논할 일이 있어서라 는 생각에 도응은 의관도 정제하지 않고 속히 가후를 안으로 불렀다.

가후는 속옷 차림의 도응을 보고 겸연쩍은 웃음을 지으며 말했다.

"늦은 시간에 찾아온 무례를 용서하십시오. 긴히 드릴 말씀 이 있기에 실례를 범했습니다."

"그런 건 아무래도 상관없소. 문화 선생이 찾아온 용건이나 얼른 들어봅시다."

도응의 다그침에 가후는 곧바로 본론을 꺼냈다.

"사실 오늘 원술을 공파할 계책 하나가 떠올랐습니다. 하지만 후가 서량 출신이라 수전 경험이 없어 일의 진행 여부가 불확실한 데다 여기에는 희생양이 꼭 필요한 관계로 감히 진언하지 못했습니다."

도응은 귀가 번쩍 뜨이며 자기도 모르게 앞으로 한 발짝 더 다가갔다. 가후가 계속 말을 이었다.

"정면대결로 승산이 높지 않다면 적을 아군 깊숙이 유인해 일망타진하는 방법이 있습니다. 먼저 소호의 아군 수군이 유수를 따라 내려가 유수구에 주둔한 다음 일부러 허점을 드러냅니다. 그러면 원술은 필시 아군을 공격하려는 마음이 생길 것입니다. 어기에 우리가 팽려택의 수군을 움직이지 않는다면 먼저 유수구의 수군을 공격하고 이어 평려택의 수군에 대처하는 것이 병가의 바른 이치입니다."

가후는 잠시 숨을 고른 후 말을 이었다.

"그런데 여기에는 한 가지 문제가 있습니다. 바로 원술이 조조와 같은 지혜와 결단력이 없다는 점입니다. 원술은 빤히 승리가 보이는 상황에서도 두려운 마음에 주저하며 결단을 내리지 못할 것이 분명합니다. 때문에 여기에는 반드시 희생양이 필요합니다."

도응의 얼굴은 아예 가후의 얼굴과 맞닿을 정도로 바짝 다가가 있었다.

"그 희생양이 대체 무엇이오?"

"바로… 손권입니다. 자경의 말로는 손권이 원술을 위해 여러 차례 대공을 세워 원술이 그를 양자로 삼았다고 했습니다. 하지만 원술은 의심이 많은 성격인지라 그를 완전히 신뢰할 리가 없습니다. 따라서 손권을 이용한다면 원술의 공격을 이끌어낼 수가 있습니다. 하지만 그러기 위해서는 먼저 그의 누이 손상향을 이용해야 하는 터라……."

가후는 여기까지 말하고 슬쩍 도응의 안색을 살폈다. 사실 이번 남정에 손상향도 도응과 동행했다. 도응은 전쟁에 그녀를 데려갈 마음이 없었으나 수년 동안 오라비와 가솔을 보지 못한 손상향이 완강하게 고집을 피우는 통에 하는 수 없이 대동했던 것이다.

도응은 그제야 가후가 어떤 계략을 쓰려는지 알아채고 무릎을 쳤다. 이어 고개를 숙이고 숙고에 들어간 도응은 잠시 후 웃음을 터뜨리며 말했다.

"그대의 계책이 다 우리 서주를 위한 일 아니겠소? 손상향에게는 미안한 일이지만 지금 원술을 공파하지 못한다면 두고두고 후환으로 남을 것이오. 이는 대를 위해 소를 희생하는 것이니 너무 개의치 마시오."

가후는 자신의 입장을 이해해 준 도응의 말이 고맙기도 하고 죄스럽기도 해 연신 머리를 조아렸다.

이튿날, 도응은 가후, 노숙, 유엽, 순심, 장소 다섯 사람만 따로 불러 비밀리에 회의를 열었다.

가후로부터 적을 섬멸할 계책을 상세히 들은 나머지 모사들은 입에서 감탄사를 연발하며 가후의 식견에 찬탄해 마지않았다.

회의가 끝난 후 모사들이 각기 맡은 일을 처리하러 자리로 돌아가자 도응도 홀로 내당으로 손상향을 찾아갔다.

손상향은 도응을 반갑게 맞으며 다급한 목소리로 물었다.

"제 오라비나 외삼촌에게서 온 소식은 없었나요?"

노응이 쓴웃음을 지으며 고개를 가로젓자 손상향은 울먹이는 목소리로 중얼거렸다.

"왜 아직까지 소식이 없지? 오라비와 가족들 생각에 난 하루에도 몇 번씩 잠을 설치는데, 설마 날 벌써 잊어버린 건가?"

도응은 차분한 목소리로 손상향을 위로했다.

"너무 조급해하지 말아라. 큰 강이 가로막고 있어서 소식이 늦어지는지도 모른다. 아니면 네 가족의 서신이 오고 있을지도 모르니 며칠만 더 기다려 보자꾸나."

손상향은 눈물을 보이며 고개를 끄덕이더니 품속에서 편지 한 통을 꺼내 도응에게 간청했다.

"저 대신 이 편지를 제 오라비에게 전해주세요. 왜 아직까지 연락이 없는지 답답해 미치겠어요. 이 편지가 도착한다면 답신을 꼭 보내주겠죠?"

도응은 손상향을 안고 머리를 쓰다듬으며 다시 한 번 그녀를 위로한 후 편지를 가지고 방을 나왔다. 후당으로 발걸음을 옮긴 도응은 재빨리 믿을 만한 세작을 불러 이 편지를 손권에게 전하고 꼭 답신을 받아오라고 신신당부했다.

서주 대군이 우선 합비에 머물고 있다는 것을 확인한 원술은 염상과 손권의 건의에 따라 언제든지 수군을 도울 수 있도록 군사를 무호에서 춘곡으로 이동했다.

그리하여 원술군이 이제 막 춘곡에 도착해 영채가 아직 안정되지 않은 틈을 타 서주군 세작은 몰래 손권의 장중을 찾아가 손상향의 편지를 전달할 수 있었다.

손상향의 편지는 일반 가서(家書)로 내용이야 가족에 대한 그리움이 다였지만 제 발 저린 손권은 이 편지를 받자마자 얼굴이 흙빛으로 변하고 땀이 비 오듯 흘러 내렸다. 원술을 발판으로 이제 순풍에 돛 단 듯 뜻을 이뤄가던 손권은 도응이 자신의 약점을 잡으려 한다는 생각에 두려운 마음이 들어 당장 서주 세작의 목을 베려고 했다.

하지만 이때 손권의 손이 순간적으로 멈춰졌다. 자신이 일단 서주 세작을 죽이면 지난번 서주군과 내통한 일이 도응에 의해 만천하에 알려질 테고, 이 사실이 원술의 귀에 들어간다면 자신은 물론 손분과 오경을 비롯해 손오의 가솔들까지 무사하지 못할 터였다.

생각이 여기까지 미치자 손권은 서주 세작을 죽이려던 마음을 단념하고 주위를 살핀 뒤 낮은 목소리로 물었다.

"네 주공이 따로 당부한 말은 없었더냐?"

서주 세작도 목소리를 낮춰 대답했다.

"주공께서 장군에게 전하라는 전언이 하나 있습니다. 장군이 더 많은 부귀영화를 누리고 권력과 지위를 얻고 싶다면 소인을 통해 꼭 답신을 보내라고 했습니다."

이 말에 손권의 벽안(碧眼)이 암담하게 변했다. 이는 서주군과 내응이 돼 원술을 배신하지 않으면 자신의 추행을 까발리겠다는 협박임을 알았기 때문이다.

마음을 정하지 못해 막사 안을 이리저리 배회하던 손권은 마침내 이를 악물고 붓을 들어 도응에게 충절을 다하겠다는 서신을 쓴 뒤 서주 세작에게 건넸다.

이틀 후 저녁 무렵, 손권의 편지는 쾌마를 통해 합비성으로 보내졌다.

모사들과 막 적을 깨뜨릴 방법을 논의하려던 도응은 편지를 받자 흐뭇한 미소를 지었다. 하지만 그것도 잠시, 도응의 인상이 찌푸려졌다.

도응은 잠시 생각할 것이 있다는 핑계를 대고 회의를 다음 날로 미룬 뒤 먼저 후당으로 돌아갔다.

이때 마침 손상향이 오라비로부터 편지가 왔는지 물어보려고 도응을 찾아왔다. 도응은 이를 비밀에 부치려고 했지만 손상향의 간절한 눈빛을 보자 마음이 약해져 자신의 손에 손권의 편지가 있다고 사실대로 말했다.

손상향은 얼굴에 화색을 띠고 편지를 당장 보여 달라고 졸랐다. 그러나 도응은 군사기밀이 적혀 있다는 이유로 부탁을 단호히 거절했다. 그나마 오라비의 필적이라도 확인한 손상향은 기쁨에 겨워 눈물을 쏟았다.

도응이 가까스로 손상향을 달래 처소로 돌려보내고 홀로 등불 아래 앉아 고민에 잠겨 있을 때, 마침 가후가 찾아왔다.

가후는 자리에 앉아 도응의 안색을 살피더니 입을 열었다.

"주공, 왠지 고민이 깊어 보이십니다."

도응은 아무 말 없이 생각에 잠겨 있다가 신음성을 내뱉었다.

"음, 가만히 생각해 보니 이번 유인책의 성공 여부는 전적으로 손권의 손에 달려 있지 않소? 그런데 손권은 음험하기 짝이 없고 술수에 능한 자요. 우리가 그의 약점을 잡고 있다고 해서 그만 믿고 있다가 중간에서 그가 수작이라도 부린다면 심혈을 기울인 우리 작전은 물거품으로 돌아가고 까딱하다간 아군이 궁지에 몰릴 수가 있소. 그래서 손권만 믿고 가는 것이 과연 옳은지 고민 중이었소."

그러자 가후가 미소를 띠며 대답했다.

"주공의 말씀이 옳습니다. 친누이까지 팔아 목숨을 구걸한 자가 무슨 짓인들 못하겠습니까? 그래서 손권의 내응의 진위 여부와 관계없이 화살 한 발에 새 두 마리를 잡을 방법을 전하러 이렇게 주공을 찾아온 것입니다."

도응의 눈이 번쩍 떠지며 다급히 물었다.

"오, 그것이 무엇인지 얼른 말해 보시오."

"먼저 손권이 우리와 깊은 관련이 있다는 사실을 일부러 퍼뜨리십시오. 그러면 원술은 필시 손권을 의심해 몰래 그를 감시할 것입니다. 이때 손권에게 편지를 보내 엉뚱한 작전을 지시한 다음 원술을 장계취계로 유인한다면 적을 쉽게 함정에 빠뜨릴 수 있습니다."

도응은 가후의 계책을 듣자마자 머릿속 고민이 단번에 사라졌다. 그는 연신 손뼉을 치며 큰소리로 웃음을 터뜨린 뒤 곧장 호위병을 불러 귓속말로 지시를 내렸다.

이튿날, 도응은 민정을 시찰한다는 구실로 손상향을 데리고 합비 거리에 모습을 드러냈다.

인파에 몸을 숨기고 있는 원술군 세작의 시선은 당연히 도응과 손상향에게 집중되었다. 이때 도응이 미리 준비시켜 둔 백성 둘이 짐짓 큰소리로 대화를 나누었다.

"이보게, 저 소저가 누군지 아나?"

"누군데? 주목(州牧) 대인의 친척인가? 저토록 아리따운 걸 보니 커서 틀림없이 미인이 되겠어."

"친척은 무슨? 깜짝 놀라지 말게. 저 소저로 말할 것 같으면 왕년의 오정후 손견의 막내딸 손상향이라고!"

"뭐? 오정후의 딸이라고? 에끼, 농담하지 말게나. 오정후의 아들 손책이 우리 주목 대인 손에 죽어서 강동의 손가는 서주를 원수로 여기고 있는데, 오정후의 딸이 주목 대인과 마차를 같이 타고 간다는 것이 말이 되는가?"

"허허, 이 사람 아직 소문이 깜깜하구먼. 이 형님이 알려줄 테니 잘 들어보게나. 3년여 전 합비 대전을 기억하는가? 그때 오정후 일가가 합비성에서 서주군에게 포위돼 전 가족이 몰살될 위기에 처했었네. 그러자 오정후 일가는 어린 딸인 저 손상향을 주목 대인에게 인질로 넘기고 목숨을 건져 장강을 건넜다네."

"그거 확실한가? 이런 엄청난 일을 자네가 어떻게 알았나?"

"기왕 이렇게 된 것 솔직히 말함세. 내 족제가 바로 교유 장군의 친병이었네. 교유 장군이 무리를 이끌고 주목 대인에게 투항했을 때, 오정후의 둘째 아들 손권이 그의 누이를 데리고 주목 대인 앞에서 항복하는 걸 두 눈으로 똑똑히 봤다고 하네."

"손권이라고? 원술 놈의 양자로 있다는 바로 그 손권 말인가?"

"쉿, 목소리 낮추게. 누가 들으면 어쩌려고 그러나……."

귀를 쫑긋 세우고 있던 원술군 세작은 이들의 대화를 듣고 깜짝 놀라면서도 한편으로는 기쁨을 주체하지 못했다. 그는 이 사실을 원술에게 알리러 급히 자리를 떴다.

유수구까지 단숨에 달려온 원술군 세작은 몰래 작은 배를 타고 남하해 이틀여 만에 이 소식을 춘곡 대영으로 알렸다.

4월 초여드렛날, 긴박하게 전쟁을 준비하던 합비의 서주군이 마침내 움직이기 시작했다.

도웅은 원술군의 도발을 응징한다는 기치 아래, 서주에서 이끌고 온 3만 정예군에게 소호를 따라 유수구로 남하하라고 명했다. 또 소호의 수군도 양초와 군수를 가득 싣고 유수구로 곧장 내려가며 육지군과 유수구에서 회합해 장강을 건너겠다고 떠벌렸다.

그런데 유수구로 행군하던 도웅의 주력군이 갑자기 동쪽으로 경로를 바꿔 한나절 만에 우저와 마주한 역양에 당도했다.

원술군 입장에서는 춘곡에서 우저까지 하루면 증원군을 보낼 수 있는 터라 크게 걱정할 바는 아니었지만 우저 나루의 방어 시설이 춘곡만큼 견고하지 않은 관계로 서주군의 도하가 여간 신경 쓰이지 않았다.

이밖에 합비에서는 도응이 강하의 유기에게 도움을 청했다는 소문까지 돌았다. 유기와 막역한 사이인 양굉이 어느 순간 종적을 감춰 버리자 이 소문은 점점 더 신빙성을 더했다.

유표가 도응과 원술의 싸움에 관여하지 않겠다고 선언했지만 지난번 유기가 서주군의 시상 도하를 도운 일 때문에 원술로서는 잠시도 경계를 늦추기 어려웠다. 만약 강하의 수군이 평려택의 서주 수군과 연합해 장강을 따라 내려온다면 수전의 전세가 단숨에 역전될지도 모를 일이었다.

이런 요인들로 인해 원술과 그의 모사들은 응전 전략을 짜는 데 매우 애를 먹고 있었다. 쉽사리 결정을 내리지 못한 원술이 먼저 우저 나루의 방비 강화를 고민하고 있을 때, 염상의 친병 하나가 다급히 장중으로 들어왔다.

그가 염상에게 달려가 귓속말로 몇 마디 속삭이자 염상은 갑자기 얼굴이 새하얗게 질려 원소 앞으로 나아가 아뢰었다.

"주공, 손권을 몰래 감시하던 사병으로부터 보고가 들어왔습니다. 방금 전 손권의 동향이라는 낯선 자 하나가 손권의 막사로 들어갔다고 합니다."

이때 원술은 염상을 시켜 손권에게 감시를 붙여놓고 있었다.

그는 손상향이 도응과 함께 있다는 세작의 보고를 받고 원래는 당장 손권을 잡아들이려고 했다. 그러나 염상이 소문의 진위가 아직 확인되지 않은 데다 정말 손권이 도웅과 내통하고 있다면 이를 역이용해 장계취계를 쓸 수 있다고 간해 잠시 손을 쓰지 않기로 결정한 상태였다.

그런데 손권이 정말 도웅의 밀정과 만나고 있다는 말에 원술은 자리에서 벌떡 일어나 얼굴이 철색으로 굳어 크게 소리쳤다.

"당장 사병을 손권의 막사로 보내 그놈과 낯선 자를 잡아들여 문초하라!"

염상의 친병이 손권 막사로 들이닥쳤을 때, 손권은 마침 도웅의 서신을 들고 깊은 고민에 잠겨 있었다. 갑자기 병사들이 안으로 뛰어 들어오는 소리에 손권은 깜짝 놀라 다급히 서신을 감추었다.

화로라도 있었다면 서신을 불태워 없앴겠지만 때는 음력 4월 여름인지라 화로가 있을 턱이 없었다. 손권이 당황해 어찌할 바를 몰라 하는 사이에 염상의 친병들은 큰소리로 주공의 명이라고 외치며 손권에게 달려들어 서신을 빼앗고, 손권과 서주 밀정을 포박해 원술에게 끌고 갔다.

원술은 도웅이 손권에게 보낸 편지를 보고 화가 머리끝까지 치밀어 미친 듯이 노호했다.

편지 내용은 크게 두 가지였다. 하나는 도웅이 손권을 무군

중랑장(撫軍中郎將) 겸 단양군 태수에 봉하고, 상으로 돈 8백만 전과 금과 은 각각 백 근씩을 내린다는 것이었다.

또 한 가지는 손권에게 서주군이 절대 우저로 도하할 리 없다고 단언해 원술이 군사를 움직이지 못하게 하고, 또 누군가 원술에게 각개격파 전술을 건의한다면 이에 강력하게 반대를 표명해 무슨 일이 있어도 원술 수군이 주동적으로 출격하지 못하도록 막으라는 것이었다.

"당장 끌고 나가 목을 베라! 아니다, 저런 놈은 오마분시(五馬分屍)하고 시체를 난도질해 뼛가루까지 날려 버려라!"

극도로 분노한 원술이 증오심에 불타 참형을 명하자 혼비백산이 된 손권은 그 자리에 털썩 주저앉아 목 놓아 울며 손이 발이 되도록 빌었다.

"의부, 제발 살려주십시오! 소자가 죽을죄를 졌습니다! 소자는 만 번 죽어 마땅합니다!"

원술의 눈은 이미 뻘겋게 충혈돼 고래고래 소리를 질렀다.

"네 죄를 알고 있다니 당장 죽여주마! 여봐라, 뭣들 하고 가만 서 있는 게냐? 이 개만도 못한 자식을 어서 끌고 가 오마분시하고 시체를 천 갈래 만 갈래로 찢어버려라!"

손권의 입에서는 절망의 울부짖음이 터져 나왔다.

"제발 목숨만 살려주십시오! 소자는 도응의 핍박에 못 이겨 어쩔 수 없이 그와 연락을 취했던 것입니다. 한마디라도 좋으니 소자에게 해명할 기회를 주십시오. 제발……."

원술은 분에 못 이겨 아무 말도 귀에 들어오지 않았다.

손권이 호위병 손에 끌려 막 장막 밖으로 나가려는데, 염상과 서소가 함께 앞으로 나오며 멈추라고 외쳤다. 염상은 재빨리 원술에게 공수하고 간했다.

"주공, 손권 놈은 이미 주공 손아귀에 있어서 언제든지 처단할 수 있으니 너무 서두르지 마십시오. 일단 그에게 반역을 일으킨 연유를 들어보고 공모한 무리를 자백받는다면 일망타진이 가능합니다. 그런 다음 그의 목을 베도 늦지 않습니다."

원술은 염상의 말을 듣고 일리가 있다고 여겨 잠시 화를 누른 뒤, 호위병에게 손권을 다시 앞으로 끌고 오라고 명했다. 손권이 다가오자 원술이 크게 소리쳤다.

"말하라! 네놈은 왜 날 배신했느냐? 또 누가 네놈과 공모했느냐? 그리고 네 누이가 어째서 도응 놈 곁에 있는 것이냐? 이 일들을 사실대로 고하지 않고 반구라도 허언이 있을 시, 당장 거열형에 처하겠다!"

"감사합니다, 의부. 감사합니다. 소자, 모두 사실대로 아뢰겠습니다."

손권은 이마에서 피가 흐르는지도 모르고 연신 머리를 땅에 찧더니 전에 합비에서 있었던 일부터 털어놓기 시작했다.

손분과 오경이 서주군에게 포위돼 자신이 누이를 도응에게 인질로 맡기고 목숨을 구한 일을 말한 뒤, 지난 번 시상 전투 때 불행히 도응의 계략에 빠져 실패하긴 했지만 누이를 이용해 서주군을 속이려 한 일로 자신을 포장한 다음 도응이 자신을 이용할 목적으로 이 모든 사실을 숨긴 채 협박을 가해왔다고 밝혔다.

손권의 긴 해명을 들은 원술은 저도 모르게 다시 분통이 터져 이마에 시퍼런 핏대를 드러냈다. 지금까지 수년간 감쪽같이 속았다는 생각에 당장이라도 달려가 손권의 목을 베고 싶었다. 한쪽에 서 있던 염상은 원술이 충동적으로 손을 쓸까 걱정돼 즉각 손권에게 물었다.

"너는 누구와 이 일을 공모했느냐? 손분과 오경 또한 도응의 첩자이더냐?"

"저는 누구와도 이 일을 공모하지 않았습니다. 도응과 오로지 사신을 통해 연락을 주고받았을 뿐입니다."

손권은 사실대로 대답한 후 자신의 외삼촌과 사촌형은 이 일과 무관하다고 얘기하려다가 돌연 입을 닫아버렸다. 그리 말한다고 해도 저들이 믿을 가능성은 거의 없다고 판단했기 때문이다.

이에 서주군과 대적하는 상황에서 더 많은 사람이 여기에 연루되면 전력이 약화되니 손을 쓰지 않기를 기대하며 천천히 입을 열었다.

"제가 의부의 자식으로 들어온 이후 외삼촌, 사촌형과 왕래가 거의 없어서 그들이 도응의 첩자인지는 잘 모르겠습니다. 다만 그들은 제 누이가 도응의 손에 있다는 사실을 의부께 절대 알리지 말라고 요구했습니다."

원술은 당연히 길길이 날뛰며 포효했다.

"여봐라! 당장 일지 군마를 이끌고 가 손분과 오경의 전 가족을 잡아들여라!"

"잠시만 멈추십시오!"

이때 염상이 원술을 제지했다. 손권이 실낱같은 희망을 가지고 염상을 바라보고 있을 때, 염상의 입에서는 절망적인 말이 흘러나왔다.

"주공, 손분과 오경이 현재 군중에 있고, 수중의 직계 군사들이 적지 않아 직접 그들을 잡으려 들면 필시 변고가 생길 것입니다. 따라서 군정을 상의한다는 구실로 두 놈을 대영으로 유인해 사로잡은 다음 저들의 친신과 도당을 일망타진하십시오."

손권의 일그러진 얼굴을 뒤로한 채, 원술이 고개를 끄덕여 동의하자 염상은 일사불란하게 안배를 모두 마쳤다.

잠시 후 이런 사실을 까맣게 모르는 손분과 오경이 아무 경계심 없이 중군 대영으로 들어섰다.

이때 원술이 손을 들어 명을 내리자 양쪽에서 도부수들이 벌 떼처럼 달려 나와 순식간에 손분과 오경을 포위하고 무장을 해제시킨 뒤 밧줄로 꽁꽁 묶었다.

상황이 어찌 돌아가는지 전혀 눈치채지 못한 손분과 오경은 억울하다며 고함을 질러댔다. 이때 원술이 손상향이 지금 어디 있느냐고 묻자 저들의 얼굴은 순간 흙빛으로 변해 버렸다.

이를 본 원술이 더욱 대로하여 당장 저들을 옥에 가두고 감시하라 이른 후, 유훈과 서소에게 정예병을 이끌고 손오의 영지로 가 저들의 가솔을 모두 잡아들이고 군대를 접수하라고 명했다.

사전에 아무런 조짐도 없었던 데다 손분과 오경이 이미 사로잡힌 관계로 유훈과 서소는 영지를 지키던 손정과 손보, 오분 등을 순조롭게 체포하고, 영중의 손오 일가를 몽땅 잡아들였다. 이어 저들의 대오까지 별 탈 없이 접수하고 자신들의 군대로 편입시켜 버렸다.

반나절도 안 돼 손분과 오경이라는 우환거리를 깨끗이 제거한 원술은 득의양양함이 다시 노기로 바뀌어 손오 가솔의 목을 모두 베라고 명했다.

이때 염상이 재차 원술을 제지하며 간했다.

"주공, 손분과 오경의 가솔들은 이미 죄수의 몸이라 언제 그들을 죽이느냐는 결코 중요하지 않습니다. 지금 중요한 건 도응이 손권에게 보낸 편지입니다. 도응의 편지를 꼼꼼히 들여다보면 그 안에 깊은 뜻이 숨겨져 있습니다."

원술은 어리둥절한 표정으로 편지를 자세히 살펴보더니 갑자기 얼굴이 환해지며 말했다.

"도응의 도강 지점이 우저가 확실하구나! 그렇지 않다면 손권에게 서주군이 절대 우저로 도강할 리 없다고 말하라 시켰을 리가 없다!"

염상이 고개를 끄덕이며 설명했다.

"바로 그렇습니다. 제 예상이 틀리지 않다면 도응의 도강 계획은 이러합니다. 보기 주력군이 유수구로 내려가는 척하다가 도중에 홀연 길을 바꿔 동쪽 역양에서 명을 기다립니다. 그런 다음 소호 수군이나 팽려택 수군 중 하나가 우리 수군의 발목을 잡고, 그 틈을 타 나머지 수군이 남하해 역양의 보기 주력군과 접응한 뒤 함께 강을 건너 방비가 허술한 우저 나루를 공격할 심산입니다."

장강 방어선이 목숨보다 중요한 원술로서는 숨 쉴 틈도 없이 당장 우저로 군대를 보내 방비에 나서라고 명했다.

이때 염상이 길길이 날뛰는 원술을 진정시키며 말했다.

"주공, 너무 초조해 마시고 제 말을 끝까지 들어주십시오. 이는 불의에 아군의 허를 찌르려는 계획이지만 그 안에는 커다란 허점이 드러나 있습니다. 아군이 이 약점을 틀어쥐고 장계취계를 쓴다면 도응의 수군을 몰살할 수 있습니다. 그리하면 십만 보기라 해도 절대 장강을 건너지 못할 것입니다!"

원술이 놀라면서도 기뻐 그 계책을 묻자 염상은 단호하게 대답했다.

"바로 각개격파입니다! 우리 수군이 먼저 불시에 유수구로 쳐들어가 병력과 전선의 수에서 뒤진 적의 소호 수군에 맹공을 퍼붓습니다. 그리하여 적에게 중상을 입힌 다음 다시 방향을 틀어 팽려택의 수군과 응전한다면 전력이 아군만 못한 적을 여유롭게 섬멸할 수 있습니다. 그때에 이르러 설사 유기가 강하 수군을 이끌고 와 도응을 돕더라도 수군이 치명상을 입은 도응은 쉽게 장강을 건널 수 없습니다."

"오, 그것 참 절묘하구나!"

원술은 손뼉을 치며 크게 기뻐했다. 하지만 그는 잠시 생각에 잠겨 있더니 주저하는 목소리로 물었다.

"훌륭한 계책이긴 한데 우리 수군 전체가 북상한 틈을 타 팽려택의 수군이 동쪽으로 내려오면 어찌한단 말인가?"

염상이 웃음을 띠며 대답했다.

"걱정하실 필요 없습니다. 도응의 편지를 자세히 보면 손권에게 반드시 아군의 각개격파를 저지하라고 요구하고 있습니다. 이는 곧 도응의 수군이 동시에 유수구에 이르기 어렵다는 점을 반증합니다. 그리고 팽려택의 수군에게서도 아직 아무런 움직임이 없다는 보고를 받았습니다. 팽려택에서 유수구까지 오려면 최소 이틀은 잡아야 하니, 아군이 서주 수군을 물리치는 데 전혀 지장이 없습니다."

이어서 염상이 한마디 더 덧붙였다.

"또 한 가지는 팽려택의 수군이 강하 수군의 소식을 기다리고 있을 가능성입니다. 그렇다면 저들은 더더욱 당장 움직일 리가 없습니다."

원술은 천천히 고개를 끄덕이며 드디어 마음이 움직이기 시작했다. 서소와 금상 등 모사들도 일제히 염상의 의견에 찬동했다.

"주공, 이 계책은 시행해 볼 만합니다. 일단 소호 수군을 섬멸한다면 설사 도응이 강하로부터 수군을 빌리더라도 충분히 대적할 수 있습니다. 또한 소호 수군은 실전 경험이 풍부하지 않아 결코 아군 주력 수군의 상대가 될 리 없습니다."

이어서 서소가 다시 진언했다.

"주공, 이 기회를 절대 놓쳐서는 안 됩니다. 지금은 4월 초여름이라 동남풍이 강하게 불어 아군은 순풍의 이점을 안고 유수구로 쳐들어갈 수 있고, 유수구에서 회군할 때는 수류의 이점을 이용할 수 있습니다. 진퇴의 신속함은 바로 속전속결에 유리합니다."

원소는 한참 동안 고민하다가 이내 이를 악물고 책상을 내려치며 소리쳤다.

"속히 수군 도독 진분과 부도독 장영을 영중으로 불러라. 내 직접 그들에게 명을 하달하겠다!"

　원술군 수군 노장 진분과 유요에게서 투항한 곡아 수군 대장 장영은 원술의 각개격파 전술에 이의를 제기하지 않았다. 다만 이들에게는 한 가지 걱정거리가 있었다.

　진분이 원술에게 말했다.

　"주공, 유수는 장강과 달리 강이 아주 협소해 아군 수군 선단이 가로로 넓게 포진하기 어렵습니다. 그리되면 아군의 병력과 전선 수의 우세를 완전히 발휘할 수 없습니다. 따라서 소호 수군을 격퇴하기는 어렵지 않으나 철저히 섬멸하기는 쉽지 않습니다."

　장영도 이에 동조했다.

　"맞습니다. 유수는 수전을 펼치기 좋은 장소가 아닙니다. 도응의 수군을 소호까지 몰아쳐 너른 소호 수면에서 결전을 벌이지 않는 이상 섬멸은 어렵습니다. 소호까지 추격해 들어갈 경우 대략 시간이 얼마나 소요될지 예측하기 쉽지 않습니다."

　이에 원술은 염상, 서소 등과 잠시 상의한 후 물었다.

　"두 장군은 사흘 안에 소호에서 적을 섬멸할 수 있겠는가?"

　진분과 장영도 지도를 보며 현재 소호 수군의 위치를 확인하고 몇 마디 말을 나누었다. 이어 진분이 나와 대답했다.

　"사흘이면 충분히 소호 수군을 섬멸할 수 있습니다. 하지만 여기에는 두 가지 전제조건이 필요합니다. 첫째는 아군 선단이 모두 출격하여 절대적인 우세를 확립해야 합니다. 둘째는 하루 안에 도응 수군을 소호로 몰아넣어야 합니다. 그래야만 소호 남부에서 적의 수군을 섬멸하고 사흘 안에 춘곡 대영으로 돌아올 수 있습니다."

장영이 보충 설명했다.

"관건은 협소한 유수수(濡須水)입니다. 도응 수군이 지형의 이점을 이용해 가로로 늘어서 물러서지 않고 굳게 지킨다면 기껏해야 중상을 입힐 수 있을 뿐입니다."

이때 염상이 재빨리 간했다.

"주공, 적에게 중상을 입히는 것만으로도 충분합니다. 팽려택의 수군이 유수구에 당도하려면 빨라야 이틀이 걸립니다. 이 시간 동안 적선을 한 척이라도 더 격침시킨다면 결전을 벌일 때 그만큼 압력을 덜 수 있습니다."

원술도 자신들이 유일하게 우위에 있는 병종(兵種)으로 대결을 벌이는 데다 언젠간 서주 수군과 싸워야 한다면 모든 조건이 갖춰진 지금이 낫다는 생각에 단호한 목소리로 외쳤다.

"좋다! 아군 수군 전원의 출동을 허하노라. 사흘 안에 반드시 적의 수군을 섬멸하고 춘곡 나루로 귀대하라!"

진분과 장영 등은 일제히 공수하며 명을 받았다.

염상은 이들에게 세 시진마다 반드시 사람을 보내 전황을 보고하고, 출전한 지 이틀 하고도 여섯 시진이 지난 후에 출격 명령이 없으면 어떤 경우를 막론하고 즉각 춘곡으로 철수하라고 신신당부했다.

第六章

소호 전투

　그날 밤 이경, 완벽하게 준비를 마친 원술군 수군이 돌연 닻을 올리고 북쪽을 향해 나아갔다. 원술은 친히 부두에서 병사들을 전송하고, 손분과 오경의 수급을 베 하늘에 제를 올렸다.

　천 척에 가까운 대소 전선은 세 부대로 나눠 초여름의 동남풍을 타고 호호탕탕하게 유수구로 곧장 돌진했다.

　여기서 유수수의 상황을 잠시 살펴보자.

　유수수는 소호에서 발원해 유수구에 이르렀다가 장강으로 흘러들어 간다. 유수수의 길이는 대략 130리이고, 하도(河道)의 너비가 일정치 않다. 가장 넓은 곳은 너비가 3리에 이르지만 가장 좁은 칠보산(七寶山) 일대는 반 리에 불과했다. 다음으로 좁은 곳은 소우정(小牛亭) 일대였다.

진분은 서주 수군이 소우정 일대의 험지를 틀어막고 있지 않을까 염려했다. 이에 선봉장 진무(陳武)에게 어떤 대가를 치르더라도 반드시 소우정 수로를 빼앗아 주력군의 진로를 열라고 명했다.

오경도 반쯤 지났을 무렵, 진무는 쾌선을 보내 순조롭게 소우정을 접수했고, 그 시간 동안 적의 척후선 두 척을 본 것이 고작이라고 보고했다. 진분과 장영은 이에 크게 기뻐하며 황급히 대군을 재촉해 전속력으로 소우정을 향해 달려갔다. 참군 설례는 호탕하게 웃음을 터뜨리며 서주 수군이 물귀신 될 날이 머지않았다고 연신 소리쳤다.

진시가 가까워질 무렵, 원술 수군은 소우정에 당도했다.

이곳을 지키던 진무는 배를 건너와 서주 수군이 상류 10리쯤의 창두(倉頭) 제방 일대에 주둔하고 있다가 현재 전면 퇴각 중이라고 보고했다. 진분은 이 소식에 뛸 듯이 기뻐하며 연신 물었다.

"도응의 수군이 퇴각 중이라고? 확실한 정보인가?"

진무도 흥분해서 대답했다.

"몇 번이나 확인해 보았습니다. 다만 매복이 있을까 우려해 감히 뒤를 쫓지는 못했습니다."

진분은 진무의 어깨를 두드리며 격려했다.

"잘했네. 자열(子烈)의 용병이 신중해 도응에게 반격할 기회를 주지 않았구먼. 주력군이 모두 당도했으니 얼른 배로 돌아가 적을 뒤쫓게. 적을 대파하고 주공께 함께 공을 청하세나."

자열은 진무의 자다. 진무는 크게 기뻐 곧장 배로 돌아가 다시 적군 추격에 나섰다. 진분도 속히 명을 내렸다.

"도응의 수군이 칠보산으로 철수하기 전에 따라잡아야 하니, 중군과 후군에 전속력으로 전진하라고 일러라. 적이 칠보산에서 대열을 정비하고 길을 막게 해서는 안 된다!"

칠보산 일대는 강폭이 협소하고 지세가 험요하여 서주 수군이 맘만 먹고 지킨다면 속전속결에 차질이 생길 수 있었다. 이에 진분은 소우정을 통과한 즉시 적의 뒤를 추격하라고 명한 것이다.

우렁차게 소리 높여 맹진하는 원술 수군은 금세 창두 제방을 지나 북쪽으로 위세 드높게 진격했다.

하지만 안타깝게도 진분이 상상도 못한 일이 벌어지고 있었으니, 창두 기슭 부근의 숲 속에는 무수한 서주 병사가 잠복하고 있었던 것이다. 이들은 마치 먹이를 노리는 맹수처럼 원술의 선단이 지나가는 것을 응시하며 흉악한 웃음을 지어 보였다.

이 밖에 주변 숲 속에는 대량의 밧줄과 쇠사슬, 끝이 뾰족한 말뚝과 함께 작은 배 수십 척이 준비돼 있었고, 서주 기병도 나는 듯이 이곳으로 달려오는 중이었다.

대낮까지 쉬지 않고 적선을 추격하던 원술 수군에게 또다시
희보(喜報)가 전해졌다.

서주 수군이 칠보산 일대로 퇴각했지만 원술 수군이 뒤를 바
짝 쫓아오는 바람에 적시에 대형을 갖추고 적을 막을 겨를이 없
자, 수전의 요지이자 천험의 요새를 버린 채 화급히 칠보산과
유수산으로 둘러싸인 수면을 뚫고 달아났다는 것이다.

너무 순조롭게 일이 진행되자 낌새가 이상했던 장영이 냉정
을 되찾고 진분에게 건의했다.

"도독, 만일의 사태에 대비해 후군은 요해지인 이곳을 지키며
아군의 퇴로를 확보하고 선봉과 중군만 추격에 나서야 합니다."

이 말에 진분이 잠시 주저하고 있을 때, 참군 설례가 튀어나
와 반대했다.

"도독, 후군을 남기지 말고 전력을 다해 추격해야 합니다.
30리 정도만 더 가면 넓고 탁 트인 소호가 나옵니다. 적의 수
군을 섬멸하려면 모든 역량을 소호에 집중하고 결전을 벌어야
하는데 분병이라니요? 병가의 금기를 범해서는 안 됩니다."

진분이 여전히 결정을 내리지 못하는 상황에서 전방으로부
터 다시 기쁜 소식이 날아들었다. 전력으로 적을 추격하던 진무
가 마침내 서주 수군의 후위를 따라잡고 격전을 펼치고 있다는

것이었다.

전령은 희색이 만면해 들뜬 목소리로 보고했다.

"도응 수군은 우리에게 상대도 되지 않습니다. 우리 쾌선이 적의 전선을 포위하고 공격하는데 누구도 감히 구원 올 엄두를 내지 못하고 오로지 소호 상류를 향해 달아나고만 있습니다."

이 말에 진분은 마침내 마음을 군히고 총공격 명을 내렸다. 장영이 다시 한 번 권하자 진분은 득의양양하게 대답했다.

"퇴로 걱정은 마시오. 도응이 무슨 수로 우리 퇴로를 끊는단 말이오? 게다가 칠보산 일대는 물살이 빨라 그대로 돌격해 들어가기만 하면 깨뜨리지 못할 것이 없소."

장영은 찜찜한 마음을 지울 길이 없었지만 권유가 먹힐 것 같지 않아 하는 수 없이 진분을 따라 계속 추격을 전개했다.

잠시 후, 진무의 대오가 서주 누선 한 척과 소형 선박 여러 척을 노획하고 포로를 진분의 배로 압송했다.

진분이 서주 수군의 상황을 묻자 포로는 고분고분 대답했다.

"노 도독이 전원 퇴각 명령을 내린 것이 맞습니다. 또한 장군 선단의 공격을 받아 뿔뿔이 흩어지게 되면 즉각 소호 북단의 수군 대영으로 철수하고 절대 단독으로 싸우지 말라고 했습니다."

진분은 이 자백을 듣고 크게 웃음을 터뜨렸다. 이어 쾌선을 춘곡으로 보내 원술에게 전황을 보고하는 한편, 반드시 소호

남단에서 서주 수군과 결전을 벌여야 하므로 속도를 내 적의 뒤를 쫓으라고 명했다.

승리를 눈앞에 둔 원술 수군은 앞다퉈 힘껏 노를 저으며 유수수 상류로 시살해 들어갔다.

한편 진분이 보낸 전령은 쾌선을 타고 순조롭게 유수수를 내려오고 있었다.

신시가 막 지났을 때 창두 제방 부근에 이른 이 전령은 눈앞에 펼쳐진 광경을 보고 어안이 벙벙해져 그대로 몸이 굳어버리고 말았다.

그리 좁지도 넓지도 않은 창두 제방 수면에는 어느 샌가 부교 네 개가 설치되고 족히 열 개나 되는 거대한 쇠사슬이 물에 둥둥 떠 있었다.

또한 각 부교 상류 쪽에서는 대량의 서주 사병이 굵고 뾰족한 말뚝을 유속이 완만한 강바닥에 박고 있었는데, 말뚝 위에는 쇠사슬을 박아 견고한 수책(水柵)을 세우는 중이었다.

한편 창두 제방 양쪽에는 언제 나타났는지도 모르는 기병과 전마가 자리를 잡고 당당하게 서 있었다.

원술에게 전황을 전하러 달려가던 쾌선은 북을 둥둥 울리며 급히 뱃머리를 돌렸다. 하지만 창두 제방 양쪽에서 기다리고 있던 서주군이 쏜 불화살에 배가 침몰해 물귀신이 되고 말았다.

같은 시각, 원술 수군은 일곱 시진 동안 서주 수군을 추격한 끝에 마침내 수전에 유리한 소호까지 이르렀다.

이는 예상보다 네 시진이나 앞당긴 것이었다. 멀리서 서주 수군이 너른 수면에서 갈피를 못 잡고 이리저리 달아나는 것을 본 진분은 하늘을 우러러 광소를 터뜨리고 크게 외쳤다.

"깃발을 올려 전속력으로 추격을 명하라. 적의 수군이 영지로 돌아가기 전에 반드시 몰살시켜야 한다!"

깃발이 올라가고 전고가 울리자 수전 경험이 풍부한 원술 수군은 점점 대형을 형성하고 전광석화처럼 서주군의 뒤를 쫓았다.

당황한 서주 수군은 어찌할 바를 몰라 강 중심을 향해 무작정 달아났다. 사기가 크게 진작된 원술 수군은 환성을 터뜨리고 필사적으로 적의 뒤를 쫓으며 비 오듯 화살을 발사했다.

서주 수군의 마름모 대형도 맹장 진무가 거느린 선단에 의해 순식간에 붕괴되고 말았다. 원술 수군은 이 틈을 각개격파에 나섰다.

배를 부딪쳐 파괴하고 배에 불을 놓거나 아니면 배를 포위한 다음 적선 갑판에 뛰어올라 적을 마구 죽이고 포로로 잡았다.

싸울 마음을 잃은 서주 선단은 사방으로 달아나기 바빴고, 심지어 노숙이 탄 기함마저도 대장기를 내린 채 홀로 꽁무니를

뺐다. 이 틈에 진분의 수군이 불시에 들이닥쳐 무수한 전선과 무기를 노획했다.

그런데 날이 완전히 저물 무렵, 진분은 점점 심상치 않은 기운을 느끼기 시작했다.

서주 전선, 특히 대형 전선이 전장을 이탈한 후 정북 방향의 수군 영지로 도망친 것이 아니라 좌우 양쪽의 너른 지대로 달아났기 때문이다. 원술군이 다시 추격에 나섰을 때, 이들 대형 전선은 뜻밖에 남쪽으로 길을 돌아 유수수 쪽으로 전속력으로 달아났다.

이처럼 기이한 현상을 목격한 진분은 속으로 크게 의심이 들었다. 이에 포로로 잡은 서주군 둔장에게 고문을 가해 그 이유를 묻자 매질을 견디지 못한 그 둔장이 자백했다.

"아군이 소호로 철수한 다음 대도독이 사람을 보내 이런 명을 내렸습니다. 기함의 깃발이 내려가면 각 전선은 반드시 유수수 쪽으로 내려가 주공의 대오와 회합한 후 주공의 지휘를 받으라고 말입니다."

"뭐? 도응이 지금 유수수 하류에 있다고?"

이 말에 진분의 얼굴은 순식간에 하얗게 질리고 말았다. 곁에 있던 설례도 오만한 태도는 어디로 다 사라졌는지 몸을 벌벌 떨기 시작했다.

이때 원술군 수군 부도독 장영이 배를 몰아 쏜살같이 달려오며 멀리서 큰소리로 외쳤다.

"진 도독, 아무래도 함정에 빠진 것 같습니다! 말장이 적선을 조사하다가 선창에 굵고 거대한 쇠사슬이 숨겨져 있는 것을 보고 포로에게 어디에 쓰는 것인지 물어보았는데, 출발할 때부터 실려 있었을 뿐 구체적인 용도는 모르겠다고 대답하더이다!"

그 순간, 꽈당 하는 소리와 함께 진분이 갑판 위로 주저앉으며 온몸에서 땀을 비 오듯 흘렸다. 좌우의 친병이 그를 부축해 일으키려는데, 진분이 혼자서 벌떡 일어나 서주군 둔장의 목을 베고 미친 듯이 소리를 질러댔다.

"또다시 간적 놈의 계략에 떨어졌단 말인가! 우리 대오를 몽땅 소호로 유인한 다음 쇠사슬을 연결해 퇴로를 봉쇄하고 이곳에서 몰살시킬 작정이로구나!"

장영이 다급한 목소리로 말했다.

"대도독, 빨리 철수해야 합니다. 도응이 유수수의 항로를 모두 틀어막는 날에는 아군은 끝장나고 맙니다!"

"당장 깃발을 올려 철수 명령을 내려라! 빨리 철수한다, 빨리!"

진분의 울부짖음은 간절하기 이를 데 없었지만 이미 때는 늦고 말았다.

서주군의 수책은 거의 완성돼 보강 공사를 진행 중이었고, 대형 전선 40여 척은 이미 소호를 빠져나가 전속력으로 유수수로 내려가고 있었다. 또 창두 제방에서는 조조를 본떠 쇠사슬로 선체를 연결해 배다리를 만들고 유수수 항로를 철저히 봉쇄해 버렸다. 이어 유수수 양안에 포진해 있던 서주 전선은 함성을 지르고 벽력거를 쏘아대며 상류의 원술군 선단을 향해 곧장 진격했다.

진분은 선단을 한곳에 집결한 뒤 즉각 철수 명령을 내렸다. 이어 휘하의 맹장 동습(董襲)에게 대군이 유수수로 철수할 수 있도록 쾌선을 거느리고 먼저 출발해 서주 수군의 항로 봉쇄를 교란하라고 일렀다.

진분의 대오가 퇴각하는 것을 본 노숙은 대장기를 다시 세우라고 명하고 횃불을 들어 흩어진 전선을 소집해 곧 있을 전투에 대비했다.

진분의 대오는 속히 유수수로 철수한 후 물을 따라 남하해 반 시진 만에 칠보산 부근에 이르렀다. 그런데 수로가 좁은 이곳에 서주 수군의 매복이 없자 진분과 장영 등은 기이하게 여기면서도 한편으로는 안도의 한숨을 내쉬었다.

설례는 아예 가슴을 두드리며 하늘을 향해 웃음을 터뜨렸다.

"하하, 도웅이 수전을 몰라 얼마나 다행인가! 만약 이곳에 매복을 설치했다면 아군은 절대 험지를 빠져나가지 못했을 것이다!"

그렇다고 아직 마음을 놓기는 일렀기에 진분의 대오는 쉬지 않고 전속력으로 남하했다. 또한 진분은 장영의 건의를 받아들여 진무에게 선봉에 서서 혹시 모를 서주 수군의 공격에 대비하며 주력군의 철수 항로를 보호하라고 명했다.

한편 주력군보다 앞서 출발한 동습의 대오는 세 시진 가까이 내달린 끝에 마침내 창두 제방 일대에 이르렀다. 그런데 앞에서는 서주 수군이 한창 쇠사슬로 배를 연결하는 작업에 몰두하고 있지 않은가?

이를 본 동습은 그나마 다행이라고 여기고 대오를 향해 즉각 소리쳤다.

"돌격하라! 무슨 일이 있어도 적선의 저지를 반드시 뚫어야 한다!"

깃발이 올라가자 50여 척의 쾌선은 바람을 가르며 한창 작업 중인 서주 선단을 향해 달려들었다. 그러나 이때 하늘에서 갑자기 거대한 물체가 슝 하는 파열음을 내며 동습의 선단 가운데로 떨어졌다.

예상치 못했던 서주군의 벽력거 공격에 원술군 전선 수 척이 여기저기 부서지고 깨져 참혹한 몰골로 물속에 가라앉았다.

동습의 기함 앞에도 무시무시한 석탄이 떨어져 거대한 물보라를 일으켰지만 동습은 이것저것 돌아볼 겨를이 없었다. 어떻게든 적의 저지를 뚫고 전황을 알려야 했기에 강건한 모습으로 병사들에게 돌파를 재촉했다.

석탄이 비 오듯 쏟아지는 가운데 마침내 쾌선 한 척이 칠흑 같은 어둠 속에서 서주군이 완전히 봉쇄하지 못한 틈을 뚫고 넓은 수면으로 나아갔다.

동습이 한숨을 돌리고서 남은 배를 이끌고 그의 뒤를 따라 가는데, 갑자기 앞에서 쾅 하는 소리가 들려왔다. 서주군의 방어를 돌파한 원술군 쾌선은 마치 형체 없는 거대한 손에 가로막힌 듯 그 자리에서 움직이지 못했다. 관성에 의해 앞으로 넘어진 원술군 사병은 미친 듯이 소리를 질러댔다.

"물밑에 뭔가 있다! 물밑에 이상한 물체가 전진을 가로막고 있다!"

그 말이 끝나기 무섭게 쾅쾅쾅 소리가 연달아 나며, 동습이 탄 기함을 포함해 원술군 쾌선은 하나하나 서주군이 설치한 수책에 막히고 말았다.

동습이 얼굴이 창백해져 다급히 수하에게 물 밑 상황을 알아보라고 명할 때, 이번에는 유수수 양쪽 기슭 어두운 곳에서 무수한 우전과 석탄이 하늘을 뒤덮듯 동습의 선단을 향해 쏟아졌다. 동습의 군사들은 화살에 맞아 잇달아 쓰러지고, 배들은 벽력거에 한 척 한 척 격침돼 물로 가라앉았다.

이들이 혼란에 빠진 사이에 서주군은 마침내 배들을 쇠사슬로 연결하고 항로를 봉쇄해 버렸다.

일렬로 연결된 40여 척의 전선은 수책에 가로막힌 동습의 부대를 서서히 압박해 들어갔다. 동습이 군사들을 독려해 결사전에 나섰지만 수전에 능한 단양병의 맹렬한 공세와 수적 열세를 당해내기에는 역부족이었다.

동습의 쾌선은 차례차례 서주군에게 접수되었고, 병사들도 적의 칼에 찔려 죽거나 물에 빠져 불귀의 객이 되고 말았다. 동습은 홀로 고군분투했으나 애석하게도 난군 중에 목숨을 잃었다. 쇠사슬로 연결된 서주 선단은 마침내 적선을 모두 침몰시키고 수책과 함께 새로운 방어막을 형성했다.

전투가 끝이 날 무렵, 진무의 선단도 창두 제방 수면에 다다랐다.

대량의 서주군은 평지와 다름없어진 전선 위에 올라 강궁으로 진무의 선단을 맞이했고, 급히 설치한 60여 대의 벽력거에서는 거대한 석탄이 끊임없이 뿜어져 나왔다.

원술군 전선은 하나하나 석탄에 맞아 부서지고 침몰했으며, 강 위에서는 살려달라는 원술군의 비명이 천지를 진동했다.

서주군의 공격을 당해내기 어려워지자 몸에 이미 화살을 두 방이나 맞은 진무는 즉각 퇴각 명령을 내렸다. 하지만 폭이 좁은 강에서 배를 돌리기란 말처럼 쉽지 않았다. 그사이 계속된 벽력거 공격에 결국 더 많은 배들이 침몰하고 겨우 6척의 배만

이 전장을 빠져나와 상류의 주력 선단과 회합할 수 있었다.

*   *   *

날이 어슴푸레 밝아올 무렵, 진분이 거느린 원술군 주력 선단도 마침내 창두 제방에 이르렀다. 하지만 이들은 눈앞에 펼쳐진 광경에 그만 얼굴이 흙빛으로 변하고 말았다.

서주 전선 수십 척이 일렬로 '凸'자 대형을 이루고 있고, 그 뒤로는 수책이 설치돼 있을 뿐 아니라 쇠사슬로 연결된 말뚝이 빽빽하게 늘어서 있는 것이 아닌가.

작은 배도 통과하기 쉽지 않아 보이는데, 무기와 군사를 가득 실은 대형 전선은 말해 무엇 하랴.

날이 점점 밝아오면서 좌우 기슭을 살피던 진분과 장영 등은 눈이 동그래져 아예 할 말을 잃고 말았다. 그곳에는 이미 대량의 서주군이 전투태세를 갖추고 있는데, 강동에서는 보기 드문 철기군이 다수 포진해 있었다. 또한 지세가 높은 곳에서는 수를 헤아리기 어려울 정도로 많은 벽력거가 명이 떨어지면 바로 석탄을 날릴 준비를 하고 있었다.

도웅의 대장기가 동쪽 기슭에서 바람을 타고 펄럭이는 가운데, 병사 하나가 급히 달려와 보고했다.

"대도독, 도웅이 사람을 보내 투항을 권유하고 있습니다!"

"화살을 날려 당장 돌려보내라!"

진분은 단호히 투항을 거부한 후 잠시 생각에 잠기더니 쾌선 50척을 준비하라고 명했다. 그는 결사대를 조직해 기름을 잔뜩 먹인 장작과 마른풀을 가득 싣고 적진으로 돌격해 서주 선단에 불을 놓아 도망갈 길을 열 요량이었다.

진분의 돌파 작전은 정확한 대응이었지만 두 가지 요인으로 인해 성공이 불가능했다. 하나는 풍향이었다. 초여름의 동남풍은 서북쪽에 위치한 진분의 화선에 크게 불리하게 작용했다. 또 하나는 바로 벽력거였다. 무시무시한 위력의 석탄 세례를 뚫고 서주 선단으로 다가갈 수 있는 배가 얼마나 되겠는가.

쾌선이 출발하자마자 굉음을 내며 석탄이 비 오듯 쏟아져 원술군 화선은 채 얼마 가지도 못해 대부분 산산조각이 나버렸다. 동시에 양쪽 기슭에 포진한 서주군이 연신 강궁을 날려대자 화살에 맞아 죽거나 물에 뛰어든 자가 부지기수였다.

겨우 화선 한 척이 석탄 세례를 용케 피해 서주 선단을 향해 돌격했지만 선단에서 날아온 화살에 원술군 모두 목숨을 잃고 말았다. 화선 역시 물에 뛰어든 서주 수군 몇 명이 선단과 충돌하기 전 쇠갈고리로 이를 연결해 기슭 쪽으로 끌고 가 부숴 버렸다.

상류에서 이 광경을 지켜보던 진분은 절망감에 한숨을 내쉬고, 곧장 장영, 설례, 진무를 불러 서주군의 봉쇄를 어찌 돌파할

지 논의했다.

두려워 벌벌 떨던 설례가 배를 버리고 육지로 도망치자고 했지만 기병까지 포진한 서주 대오를 뚫기란 거의 불가능했기에 이 의견은 그 자리에서 묵살되었다.

이어 진무가 건의했다.

"도독, 한 번 더 화선을 준비시키십시오. 다만 이번에는 쾌선이 아니라 튼튼한 누선을 보내 서주군 선단 앞에서 불을 놓아 동귀어진한다면 길을 열 수 있습니다."

진분이 주저하며 결정을 내리지 못하자 장영이 입을 열었다.

"위력이 엄청난 벽력거 때문에 의미 없이 전선을 잃을까 염려되신다면 밤중에 거사를 치르십시오. 칠흑 같은 어둠 속에서는 벽력거도 정확도가 떨어질 것입니다."

진분이 천천히 고개를 끄덕이며 결정을 내리려는데, 설례가 다급히 소리쳤다.

"적군의 전선에 불을 놓는다 해도 소용없습니다. 적선 뒤의 말뚝과 수책은 어찌 돌파한단 말입니까? 이를 돌파하지 못한다면 우리 수군은 적의 저지를 뚫을 수 없습니다!"

이 말에 장영과 진무는 아무 대꾸도 하지 못했고, 진분도 얼굴이 파랗게 질려 수책을 돌파할 방법을 찾지 못했다.

이때 후군 쪽에서 쾌선이 달려와 소호 수군이 전열을 정비하고 남쪽으로 곧장 내려오다가 칠보산 부근에서 전진을 멈춘 채 요해지를 틀어막고 있다고 보고했다.

이 소식을 듣더니 진분은 이를 악물고 분노의 일갈을 터뜨렸다.

"도응 놈은 분명 우리가 전력으로 저지를 돌파할 때를 기다렸다가 노숙과 함께 앞뒤로 협공하려는 심산이다!"

장영이 재빨리 간했다.

"속히 결정을 내리셔야 합니다. 서주군에게는 평려택의 수군도 있습니다. 여기서 시간을 끌다가 평려택의 수군이 유수구로 출동해 길목을 틀어막는 날에는 돌파를 뚫을 희망이 완전히 사라지고 맙니다."

그러자 설례가 몸을 벌벌 떨며 입을 열었다.

"대도독, 현재 적을 돌파할 방법이 전혀 없는 데다 아군에게는 원군마저 기대하기 어렵습니다. 빠져나갈 길이 완전히 막혔으니 차라리 도응에게 투항하십시오! 듣자니 도 사군은 투항한 적을 후대한다고 합니다. 아군이 항복한다면 도 사군은 우리를 섭섭지 않게 대우할 뿐 아니라……."

이 말이 채 끝나기도 전에 설례의 옛 동료인 장영은 눈이 뒤집혀졌고, 진분도 이마에 핏대가 돋아 펄쩍펄쩍 뛰더니 허리에 찬 보검을 뽑아 단칼에 설례의 가슴을 찔러 버렸다.

설례는 손쓸 틈도 없이 장검에 가슴을 꿰뚫려 그 자리에서 숨을 거두었다. 진분은 피가 뚝뚝 떨어지는 보검을 높이 들고 큰소리로 외쳤다.

"이 반역자의 시신을 물에 던져 군사들에게 본보기로 보이고, 최대한 휴식을 취한 후 밤에 적진을 돌파한다고 전하라!"

이어 진분은 애장 진무에게 선봉에 서서 누선 60척을 이끌고 적선을 돌파해 길을 열게 하고, 또 정예 수군에게는 도끼와 톱, 망치 등을 준비해 놓고 서주 선단에 불이 붙으면 곧장 물을 따라 내려가 수책 등을 파괴하라고 명했다.

상류에 자리한 원술 수군까지 모든 행동을 멈추고 휴식을 취하며 마지막 결전에 대비했다.

원술군 수군이 갑자기 아무런 움직임도 보이지 않자 도응과 가후 등은 야음을 틈타 행동을 개시하려는 적의 의도를 알아챘다.

그렇다고 당장 무게가 많이 나가는 벽력거를 옮겨 공격에 나서기가 용이치 않았고, 또 상류 먼 곳에 자리한 노숙에게 공격을 가하라고 명할 시간적 여유도 부족했다. 이에 도응은 즉각 군사들에게 서주 선단 백 보 밖에 부교를 세운 후 부교 앞에 임시 수책을 설치하라고 명했다.

원술군 척후병이 멀리서 이를 보고 진분에게 이 상황을 보고했다. 하지만 진분은 서주군의 벽력거 공격이 두려워 감히 이를 방해하라는 명령을 내리지 못한 채, 야간에 수책을 허물 군사들만 대기시켜 놓았다.

쌍방이 시간을 쪼개 힘을 축적하는 사이, 어느덧 낮이 금세 지나고 날이 어두워지는 초경이 되었다.

준비를 모두 마친 진분은 마침내 돌파 작전에 돌입했다. 누선 60척은 전후 양 부대로 나눠 인화물을 가득 싣고 적진을 향해 나아갔다. 또한 작은 배에 나눠 탄 원술군 정에 수군은 서주군 의 임시 수책을 부수기 위해 한발 앞서 적진으로 돌격했다.

전투는 시작하자마자 백열화되었다.

희미한 달빛과 강기슭 사병의 불빛에 의지해 서주군의 벽력 거는 전진하는 원술군 화선 대오 위로 쉬지 않고 석탄을 토해 냈다.

서주군 사병도 장창을 들고 부교에 올라 수책을 훼손하려는 적을 마구 찔렀고, 원술군 수군도 이에 지지 않고 도끼를 휘두 르며 반격을 가했다. 동시에 서주군 사병이 인화물을 가득 실 은 원술군 누선에 불화살을 발사하니, 강 위에서는 짙은 연기가 자욱하고 거센 불길이 활활 타올라 비명 소리와 고함 소리가 한데 뒤섞여 하늘까지 울려 퍼졌다.

전투는 비록 치열하게 전개됐지만 만반의 준비를 갖춘 서주 군에게 인화물을 가득 실어 행동이 굼뜬 원술군 누선은 이동 하는 표적과 다름없었다.

진무의 화선 대오가 이미 목숨을 버릴 각오로 돌진했으나 집중된 불화살 공격에 배가 차례차례 불탔고, 거대한 석탄에 또다시 차례차례 부서져 버렸다. 이에 한 척도 서주 전선과 동귀어진하지 못한 채 전부 완파돼 서서히 물속으로 가라앉고 말았다.

진무는 혼전 중에 날아온 화살에 얼굴을 정통으로 맞고 안타깝게도 기함과 함께 생을 마감했다.

수상에서 격전이 펼쳐지는 동안, 유요에게서 귀순한 장영도 친히 6백 용사를 이끌고 적의 투석 진지를 깨뜨리기 위해 육지로 돌진했다.

그러나 그들을 맞이한 건 방금 전 전장에 당도한 기주 정예 선등영과 천 명을 헤아리는 철기군이었다. 곧이어 한바탕 혈전이 벌어졌지만 장영과 그의 6백 전사는 한 사람도 선단으로 돌아가지 못한 채 그 자리에서 전멸하고 말았다.

삼경에 이르러 진무가 거느린 누선 60척이 모두 서주군에게 격침되자 진분은 예비 화선의 출격을 명했다. 그러나 나머지 장령들은 헛되이 목숨을 잃기 싫어 노해 소리치는 진분의 명에도 누구 하나 꿈쩍하지 않았다.

진분이 대로해 검을 뽑아 두 장수를 찔러 죽이고서야 장수들은 마지못해 선단을 이끌고 남하했지만, 전장 근처에 가자마자 즉각 뱃머리를 돌려 강기슭의 서주군에게 투항해 버렸다.

도응은 이를 보고 크게 기뻐 항장들에게 중상을 내린 후 그 배를 이끌고 선두에 서서 적의 공격을 막아내라고 명하니 이를 본 원술군 사병들은 사기가 크게 떨어져 배에서 뛰어내려 투항하는 자가 부지기수였다.

심지어 장수들까지 배를 몰아 투항에 가담하자 진분은 이를 막을 길이 없어 하는 수 없어 군대를 거두고 수비 태세를 취했다.

적의 군심이 이미 붕괴한 것을 본 도응은 불꽃을 터뜨려 상류의 노숙에게 신호를 보냈다.

날이 완전히 밝아 노숙의 소호 수군이 전장에 당도했을 때, 원술군도 이미 조종(弔鐘)을 고했다.

싸울 마음을 잃은 원술 수군은 적의 돌격에 아무런 저항도 하지 못했다.

전방에서는 서주군이 비화창을 쏘며 달려들고, 강기슭에서는 서주 보기가 불화살을 날리며 협격을 가하자 막다른 길목에 몰린 진분의 대오는 철저히 붕괴돼 무기를 버리고 잇달아 서주군에게 투항했다.

진분은 이미 대세가 기운 것을 보고 남쪽을 향해 통곡한 후 그 자리에서 목을 찔러 자결했다. 대장의 죽음에 나머지 대오가 모두 투항하면서 한때 장강 하류를 제패했던 원술군 수군은 마침내 종막을 알렸다.

수군이 몰살됐다는 소식이 춘곡에 전해지자 원술은 그 자리에서 선혈을 토하고 혼절해 버렸다.

좌우의 부축을 받아 가까스로 깨어난 원술은 울먹이는 목소리로 크게 외쳤다.

"당장 도웅에게 사람을 보내 화친을 청하라! 도웅이 정전에 응하기만 한다면 무슨 요구라도 다 들어준다고 일러라! 어쨌든 그는 내 조카사위이니 발붙일 땅 한 조각 남겨주지 않겠느냐?"

*   *   *

화친을 구하러 온 원술의 사자 서소가 창두 제방에 위치한 서주군 대영에 당도했을 때, 도웅은 모사들과 상의도 하지 않은 채 원술의 정전 제의를 단칼에 거절하고 말했다.

"정전을 원한다면 딱 한 가지 조건이 있소. 원술이 스스로를 포박해 아군에게 항복한 연후 내 악부께 가 처분을 받는 것이오. 그것 외에는 어떤 정전 조건도 받아들일 수 없소!"

"네?"

전혀 예상치 못한 도웅의 대답에 서소의 입에서는 쉿소리가 새어 나왔다.

"사군, 뭔가 오해가 있으신 모양입니다. 우리 주공은 최대한 성의를 보이겠다는 말이지, 아무 요구나 들어주겠다는 뜻이 아닙니다. 사군이 정전에 응낙한다면 토지나 성지는 충분히 협상 가능하지만 원소 공에게 죄를 청하라는 요구는 절대 들어줄 수 없습니다."

"그럼 중응 선생은 당장 돌아가시지요."

도응은 단호하게 축객령을 내리고 또박또박 설명했다.

"번거롭겠지만 원 공에게 꼭 전해주시오. 도응은 사위 된 몸으로 절대 악부 대인을 모독한 자를 좌시할 수 없어 이번 정전에 응낙할 수 없다고 말이오. 그리고 속히 개전 준비도 하라고 이르시오. 아군은 며칠 후 강을 건너 진공해 원술을 꼭 사로잡아 악부 대인에 바칠 것이오!"

"사군, 그러면 북쪽 전선은……."

서소는 핑계거리를 대 도응의 마음을 돌리려고 했으나 도응은 단호히 그의 말을 끊고 사람을 시켜 당장 쫓아내라고 명했다.

서소는 망연자실한 표정을 짓고 어쩔 수 없이 서주군 대영을 나와 부리나케 춘곡으로 돌아가 이 사실을 알렸다.

서소가 돌아간 후 유엽과 순심 등은 도응에게 원술의 화친 요청을 단호히 거절한 이유를 물었다.

도응은 입가에 미소를 짓고 차분히 설명했다.

"나도 처음에는 우리의 전략 중심지가 북쪽 전선인 데다 강동을 전면 공격할 준비가 되어 있지 않아 원술의 요청을 받아들일까 했소. 그런데 곰곰이 생각해 보니 여기서 원술을 놓아 주었다간 차후에 세력을 키워 또다시 남방에서 말썽을 일으킬 것이 분명하더구려. 만약 아군이 원소나 조조와 건곤일척의 승부를 벌이고 있을 때 원술이 남방을 교란한다면 여간 신경 쓰이는 일이 아니잖소?"

도웅은 잠시 숨을 고른 후 계속 말을 이었다.

"하여 지금 원술을 공격하기로 마음먹었소. 그리고 여기에는 여러 가지 이점이 있소. 먼저 원술이 동산재기할 기회를 원천봉쇄할 수 있을 뿐 아니라 이 기회에 유요와 엄백호를 독려해 원술에게 마음 놓고 반기를 들게 한다면 강동은 더욱 혼란에 빠질 것이오. 게다가 아직 실전 경험이 부족한 남방 군사를 단련할 좋은 기회도 되고 말이오."

도웅의 조리 있는 설명에 다들 고개를 끄덕이며 주공의 심모원려는 당할 자가 없다고 치켜세웠다.

물론 가후만은 이미 알고 있었다는 듯 미동도 하지 않은 채 자리에 가만히 앉아 있었다.

4월 열여드렛날, 약 4만 명의 서주 보기는 방어 시설이 비교적 허술한 우저를 건너기 위해 다시 역양으로 동진했다.

소호 수군도 물길을 따라 내려가 이미 유수구에 당도해 있던 주태의 평려택 수군과 합류한 후, 다시 장강을 따라 내려가 도응이 친히 거느린 주력군과 역양에서 회합했다.

유수구 정남쪽에 주둔한 원술 주력군은 서주군의 움직임을 포착하고 곧장 우저로 달려가 결전에 대비했다. 수군이 전멸해 남은 배라곤 민간 어선 수십 척이 다인지라 육상에서 최대한 서주군의 남하를 저지하는 길밖에 없었다.

한편 원술은 우저로 군사를 이동하기 전에 수군 전멸에 대한 화풀이로 친히 손권의 목을 베고, 손오의 가솔 수십 명을 모두 참형에 처했다.

이로써 역사에서는 황제의 자리까지 올랐던 손권은 열아홉 나이에 비운의 생을 마감하고 말았다.

4월 스무엿새날, 모든 준비를 마친 서주군은 본격적으로 도강 작전에 돌입했다.

위연이 거느린 단양병은 선봉에 서서 노숙의 전선 2백여 척에 나눠 타고 위풍당당하게 역양 나루를 출발했다. 우저 나루에 이르자 노숙의 수군은 강궁으로 도하를 방해하는 수비군을 제압하고, 이 틈을 타 단양병을 실은 배가 강가에 닿았다.

4천여 단양병이 백사장으로 속속 모습을 드러내자 원술군은 필사적으로 방어에 나섰다. 단양병은 멀리서 날아오는 원술군의 화살 공격을 방패로 막아내며 한 발짝씩 뚜벅뚜벅 앞으로 다가갔다.

마침내 양군의 거리가 지척으로 가까워졌을 때, 서주군의 우세한 전투력은 유감없이 발휘되었다.

원술군이 비록 목숨을 걸고 저항하고 원술도 전장에 나가 친히 전투를 독려했지만 압도적인 서주군의 군사력 앞에 잇달아 패퇴하며 다수의 방어 거점을 서주군에게 빼앗겼다. 이로 인해 진영이 큰 혼란에 빠져 병사들이 사방으로 달아나자 대로한 원술은 직접 도망병의 목을 베고 계속 독전에 나섰다.

이때 허저가 거느린 제2 부대도 순조롭게 육지에 올랐다. 형세가 다급해지자 원술군 대장 유훈은 친히 3천 정예병을 거느리고 허저의 부대를 막아섰다. 하지만 시간이 지날수록 서주군의 우세는 극명하게 드러났다.

결국 원술군 진영이 순식간에 무너지고 유훈마저 허저의 칼에 목이 달아나면서 우저 나루는 서주군 손에 완전히 들어가고 말았다.

군사들이 방어 진지를 버리고 잇달아 남쪽으로 달아나자 원술도 겁에 질려 패잔병을 이끌고 전장에서 철수했다. 서주군은 급박하게 적군의 뒤를 쫓지 않고 나루 진지를 지키며 군사들의 도강을 마무리했다.

이 싸움에서 원술군은 상당한 손실을 입었다.

우저 요해지를 잃은 것은 물론 전몰한 군사와 실종된 군사가 4천 명이 넘었다. 반면 서주군은 사망자 수가 채 3백 명이 되지 않았고 대량의 원술군 포로로 이를 충당했다.

양군의 현격한 실력 차이를 확인한 원술은 서주군의 추격이 두려워 지척 거리에 있는 석성을 감히 지키지 못하고, 곧장 석성 동남쪽의 단양으로 달아나 성문을 굳게 걸어 잠갔다.

놀란 가슴이 진정되지 않은 원술은 자꾸만 불안한 생각이 들어 계속 달아나고 싶은 마음이 간절했다.

때마침 염상이 원술에게 건의했다.

"주공, 단양은 백성이 적고 양식이 부족하며 성지가 허술해 오래 지키기 어렵습니다. 그러니 차라리 단양성을 버리고 강동 중진(重鎭)으로 가 험준한 지세에 의지해 지키는 것이 낫습니다. 그런 다음 화친을 구할 방법을 찾거나 도응의 북쪽 전선에 변고가 생기길 기다렸다가 반격을 도모하십시오."

"그대의 말이 내 뜻과 꼭 부합한다."

원술은 기다렸다는 듯 염상의 말에 찬동한 후 물었다.

"그럼 곡아로 가 모산(茅山) 험지를 지키는 것이 어떠한가?"

이 말에 염상은 대경실색해 다급히 소리쳤다.

"절대 곡아로 철수해서는 안 됩니다! 모산 험지가 있다 하나 곡아로 가면 삼면으로 적의 공격을 받게 됩니다. 도응의 회남군은 물론 장강과 가까워 광릉 대오에게 협공을 받을 뿐 아니라, 뒤쪽의 유요, 엄백호까지 반격에 나설 것입니다. 따라서 지금은 완릉으로 철수하는 것이 상책입니다. 그곳은 장강과 거리가 멀고 험요한 지세에 의지해 지키기 쉬울뿐더러 예장 대오의 지원까지 받을 수 있습니다."

하지만 원술은 선뜻 염상의 의견에 찬동하지 못했다.

"그래도 곡아에는 전량이 풍족한 데다 성이 높고 참호가 깊은데……."

염상은 차분하게 원술을 설득했다.

"아군이 곡아를 버리고 완릉으로 철수하면 도웅은 필시 곡아 부근의 요지를 차지하기 위해 달려들 것입니다. 그리 된다면 유요군과 충돌이 불가피해 아군은 압력을 덜 수 있습니다."

원술은 깊은 고민에 잠겼다가 한참 후에야 이를 악물고 책상을 치며 소리쳤다.

"좋다, 완릉으로 철수한다! 곡아 일대의 요지는 도웅과 유요 놈이 싸우도록 내버려 둔다!"

"주공, 영명하신 결정입니다. 아군에게도 재기의 희망이 있습니다."

원술이 혹시 작은 이익을 탐할까 걱정됐던 염상은 한숨을 내쉬고 다시 간했다.

"아군이 완릉으로 가기로 결정한 이상 곡아는 조만간 함락될 것입니다. 그래서 말인데, 도웅에게 이곳을 빼앗길 것이라면 허울뿐인 인정을 베푸는 것도 좋은 방법입니다. 즉 유요와 엄백호에게 사신을 보내 모산 동쪽의 토지를 떼어주는 대가로 반도웅

동맹을 결성하십시오. 그리하여 강동 제후를 이번 전쟁에 끌어들인다면 아군의 부담을 크게 줄일 수 있습니다."

토지를 떼어주자는 말에 원술의 표정은 심히 일그러졌다.

원술이 한참 동안 주저하자 염상은 거듭 때를 놓쳐서는 안 된다고 간했다. 일단 서주군이 모산에 이르면 손을 쓸 겨를이 없다는 말에 원술도 아까운 마음을 접고 명했다.

"좋다. 염상의 계책에 따라 속히 서소를 오군에 보내 유요, 엄백호와 연락을 취하고 함께 도응에 맞서자고 일러라!"

도응은 원술의 주력군이 곡아가 아니라 완릉으로 향했다는 얘기를 듣고 전혀 의외라는 듯 혀를 내둘렀다.

"강동에서 가장 부유한 곡아를 버릴 줄 알다니, 내가 원술을 너무 얕봤구려. 번화한 땅이 아까워 동쪽으로 철수했다면 거의 끝장났을 터인데……. 완릉으로 갔으니 원술도 그나마 목숨을 부지할 희망은 남은 셈이오."

순심도 고개를 끄덕여 도응의 말에 동의를 표한 후 물었다.

"원술의 이번 조치는 유요를 전장으로 끌어들이려는 의도로 보입니다. 곡아를 빼앗으려 안달 난 유요와 아군의 충돌을 유도하려는 듯한데, 주공은 어찌 생각하십니까?"

도응은 냉소를 지으며 대꾸했다.

"아군에게 무참히 깨진 원술도 이기지 못한 놈이 무에 두렵겠소? 너무 걱정하지 마시오. 곧장 동쪽으로 진격해 곡아와 단도를 손에 넣고 광릉 대오에게 길을 터준다면 장강 이남에서 확실히 입지를 굳힐 수 있을 것이오."

그러자 유엽이 간했다.

"주공, 그래도 조심하는 것이 상책입니다. 유요가 족히 두려워할 바는 못 되나 아군은 막 장강을 건너 아직 발을 온전히 붙이지 못한 데다 민심도 귀순하지 않았습니다. 이때 오로지 강공만 고집한다면 사방으로 적을 만들고 민망(民望)을 잃을 수 있습니다. 수년 동안 전화로 고통받은 강동 백성에게 반감을 산다면 강동을 취하려는 대계에 불리하게 작용합니다."

도옹이 즉각 자신의 경솔함을 사과하고 대응책을 묻자 유엽이 대답했다.

"투항을 권유해 보는 것이 어떨까 합니다. 조조가 전에 조정에 표를 올려 주공을 서주목 겸 양주목에 봉하고, 주공의 형장을 양주자사에 봉했습니다. 따라서 유요는 양주자사직에서 해임된 바나 다름없으니 이를 명분으로 유요에게 투항을 권하십시오. 만약 항복한다면 가장 좋고 투항을 거부한다면 반란을 획책한 것이 되니, 이때 그에게 찬역(簒逆)의 죄명을 씌우고 또 부세와 요역 경감을 구호로 내세운다면 강동 백성은 유요를 버리고 아군에게 마음이 향할 것입니다."

도옹이 이를 시행할 만하다고 여겨 막 명을 내리려는데, 줄

곧 침묵을 지키던 가후가 불쑥 입을 열었다.

"유요에게 사신을 보낼 때, 조정에 표를 올려 유요를 오군태수에 봉하겠다고 말하는 것도 괜찮습니다."

도응은 가후의 말뜻을 알아채고 큰소리로 웃음을 터뜨리며 말했다.

"하하, 그것 참 묘계구려. 엄백호의 근거지가 오군의 오정(烏程)이니 아예 오정후(侯)까지 더해주어야겠소. 그리고 나서 허공과 엄백호가 그를 어찌 괴롭히는지 두고 봅시다!"

*   *   *

서주군이 석성 일대에서 병마를 정돈하며 동침을 준비하고 있을 때, 서주 사자는 그 길로 유요와 연락을 취하러 오군으로 달려갔다. 그런데 공교롭게도 서주 사자와 원술의 사자가 같은 날 동시에 유요군 주둔지 비릉(毗陵)에 당도했다.

이들이 연이어 유요를 만나 자신들이 찾아온 이유를 설명하자 유요는 양단간에 결정을 내리지 못했다. 이에 유요는 허소, 시의, 번능, 우미 등 휘하 문무 중신들을 불러 대책을 논의했다.

원술의 동맹 요청 편지와 도응의 투항 권유 서신을 모두 본후, 번능과 우미 양원 대장은 서주군에게 투항하는 데 결연히 반대했다.

먼저 번능이 말했다.

"주공은 한실 종친에 조정에서 책봉한 양주자사인데 도응에게 귀순하면 고작 오군태수라니요? 이리 심한 모욕이 어디 있습니까? 도응이 이처럼 무례하니 먼저 그의 사자를 참하고 군대를 일으켜 도응을 토벌해야 합니다."

우미도 번능의 말을 거들었다.

"번 장군의 말이 옳습니다. 일군의 태수직을 수락하느니 원술과 동맹을 맺고 곡아의 근거지를 되찾은 다음 양책(良策)을 도모해야 합니다."

유요도 당연히 도응의 말도 안 되는 제안을 수락할 마음이 없었다. 그러나 서주군의 위세가 너무 대단해 달걀로 바위 치는 격이 되지 않을까 두려웠다. 이에 쉽사리 결정을 내리지 못하고 시선을 허소 쪽으로 돌려 물었다.

"자장(子將)의 생각은 어떠하오?"

자장은 허소의 자다. 허소가 공수하고 대답했다.

"이는 주공께서 결정하실 사안이라 제가 함부로 왈가왈부하기 어렵습니다. 다만 도응의 투항 권유에는 성의가 전혀 없을뿐더러 못된 꿍꿍이까지 숨겨져 있습니다."

유요가 눈이 동그래져 그 이유를 묻자 허소가 차분하게 설명했다.

"정말 아군에게 투항을 권유할 마음이 있었다면 전장에서 아군을 대파하거나 또는 아군을 궁지로 몰아넣은 다음 투항을 권유하는 것이 올바른 선택입니다. 그래야 성공 가능성이 더 높습니다. 그런데 아군과 대적하기도 전에 급하게 사신을 보냈다는 건 도웅에게 투항 권유의 성의가 전혀 없음을 증명합니다. 이는 단지 강동의 민심을 사고 전화의 책임을 아군에게 전가하기 위함일 뿐입니다."

이 말에 유요가 버럭 화를 내는 사이, 허소가 계속 말을 이었다.

"도웅의 간사함은 여기서 그치지 않습니다. 주공을 오군태수와 오성후에 책봉하겠다는 제의는 주공과 허공, 엄백호 사이를 이간하려는 흉계입니다. 허공은 현임 오군태수이고, 엄백호는 오정을 기반으로 하고 있습니다. 우리가 도웅의 제안을 수락한다면 저들은 필시 발연대로하여 아군에게 적의를 품을 터라 도웅의 다음 작전이 훨씬 수월해집니다."

유요는 연신 욕을 퍼붓더니 책상을 내려치며 노호했다.

"이 죽일 놈이 아군에게 덤터기를 씌우는 것도 모자라 맹우 사이까지 이간하려 든단 말이냐! 당장 서주 사신의 목을 베고, 그의 수급을 허공과 엄백호에게 보내 도웅의 파렴치한 의도를 알리도록 하라!"

이때 시의가 다급히 앞으로 나와 만류했다.

"주공, 불가합니다! 아무리 전쟁 중이라도 사신을 죽이는 법은 없습니다!"

허소도 이에 반대했다.

"도웅이 투항을 권유하는 진짜 의도는 인심을 사기 위함인데, 만약 그의 사신을 참한다면 강동 백성은 아군이 의도적으로 전란을 야기했다고 여기게 됩니다."

모사들의 간언에 유요는 잠시 화를 가라앉히고 명을 거두었다. 이어 허소의 건의에 따라 서주 사신을 억류해 시간을 버는 동시에 원술의 결맹 요청을 받아들이고 서주군보다 앞서 곡아를 접수하기로 결정했다.

또한 곡아를 지키는 원술군 수장 뇌박에게 서주 수군과 광릉 대오를 막아달라고 요구하고, 유요군은 모산 험지에 의지해 서주군의 침범에 대비하기로 했다.

이밖에 유요는 오군과 오정에 사신을 보내 허공과 엄백호에게도 함께 도웅에 대항하자고 권유했다.

유요의 서신을 받은 이들은 자신들의 기반을 속수무책으로 잃고 싶지 않아 유요의 요구에 응했지만, 즉시 출병해 유요를 돕지 않고 후방에서 싸움을 부추기기만 했다.

서주군은 장강을 건넌 후 백성을 무마하고 지형을 이해하고 대오를 재편하고 주변 성지를 접수하는 등 번잡한 문제가 많아 속히 동쪽으로 진출하기 어려웠다.

게다가 원술군 말릉 수장 전유(全柔)가 완강히 저항한 탓에 며칠을 허비하고서야 겨우 말릉을 공파할 수 있었다. 전유를 생포한 도응은 민심을 사기 위해 짐짓 투항을 거부하는 전유의 죄를 용서하고, 그와 그의 가솔들을 고향인 전당(錢塘)으로 돌려보내라고 명했다.

전유는 이에 크게 감격해 이제 갓 두 살 된 전종(全琮)을 데리고 도응에게 귀순했다.

이렇게 시간을 지체하는 사이에 유요군은 순조롭게 곡아를 인계받았고, 곡아를 지키던 뇌박은 만여 군사를 거느리고 단도로 이동해 유요와 기각시세를 이루었다. 이 소식이 서주군 진영에 전해지자 유엽이 먼저 입을 열었다.

"유요가 대장 번능을 신정령(神亭嶺)에 주둔시켰다고 합니다. 이는 강력한 수성 의지를 보인 것이나 다름없습니다. 저들을 잠시 내버려 둘까요, 아니면 당장 공격에 나서겠습니까?"

도응은 유요가 자신의 제의를 거부한 데 대해 크게 노해 1만 5천이 넘는 정예병을 이끌고 곧장 모산의 요해지 신정령으로 진격했다.

이 소식을 들은 유요도 변경 밖에서 적을 저지하라는 허소의 건의에 따라 친히 만여 군사를 거느리고 신정령으로 달려갔다. 도합 1만 5천 군사가 모산 요로를 막아서니, 그 위세가 원술에 비해 전혀 손색이 없었다.

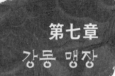

第七章
강동 맹장

　5월 초닷새 단오절, 서주 대군이 신정령에 이르렀다. 이곳은 지세가 상당히 험요해 산령(山嶺)으로 통하는 길이 단 하나밖에 없었다.

　유요군은 당연히 요충지에 영채를 차리고 굳게 지키고 있어서 서주군이 공격에 나서기는 매우 어려웠다. 이에 도응은 현지 군사 몇 명을 불러 신정령의 구체적인 상황을 물었다.

　모산 현지 병사가 대답했다.

　"실은 신정령으로 통하는 소로가 하나 더 있습니다. 다만 길이 험해 오르기 쉽지 않고, 너무 좁아서 한 번에 많은 병사를 이동시키기 어렵습니다."

"만약 유요가 이 길에 복병을 설치하지 않았다면 기습을 감행하기 딱 좋겠어."

순심은 혼잣말로 중얼거린 후 도응에게 건의했다.

"주공, 먼저 이곳에 정탐병을 보내십시오. 만약 복병이 없는 것으로 확인되면 일지 정예병을 몰래 침투시켜 유요군 영채를 협공할 수 있습니다."

그러자 유엽이 이 계책에 반대했다.

"그건 너무 위험합니다. 유요는 곡아에서 수년간 주둔하며 원술과 여러 차례 대적한 터라 이 일대 지형에 대해서는 훤히 꿰고 있을 게 분명합니다. 경솔하게 출격했다간 성공하기 어려울 뿐더러 유요의 계략에 떨어질 수도 있습니다."

순심과 유엽이 각기 다른 주장을 펼치자 도응도 어떤 견해를 택해야 할지 몰라 고심하고 있었다. 이때 장막 밖에서 군사 하나가 홀연히 달려와 유요군 3천 명이 현재 서주 대영으로 급히 쳐들어오고 있다고 보고했다. 도응은 이 말을 듣고 크게 웃으며 소리쳤다.

"유요의 대오가 제 발로 죽으러 올지는 몰랐구려. 유요의 호의를 저버려서는 안 되니 속히 병마를 집결하고 내가 진두에 서서 적을 맞이하겠소."

그러자 가후가 도응을 일깨웠다.

"적군이 자발적으로 싸움을 걸어온 것으로 보아 아군의 허실을 탐지하려는 목적 외에 유인책일 가능성이 다분합니다. 신정령 일대는 지형이 복잡하고 초목이 무성하니 적의 복병에 대비해 절대 깊이 추격하지 마십시오."

도응은 웃으며 고개를 끄덕인 후, 5천 보기를 거느리고 영채를 나가 먼저 진세를 펼쳤다. 잠시 뒤 유요군이 서주군 영채 앞에 당도해 서둘러 전열을 정비할 때, 도응은 주변 지세가 넓고 평탄한 것을 보고 좌우의 허저와 조운의 어깨를 두드리며 말했다.

"중강, 자룡은 각기 3백 철기를 이끌고 유요군 진영으로 짓쳐 들어가 처음부터 본때를 좀 보여주고 오시오."

허저와 조운은 명을 받자마자 각각 3백 철기를 이끌고 좌우에서 유요군 진영을 시살해 들어갔다. 서주군의 기습을 전혀 예상하지 못했던 유요군은 갑작스런 허저와 조운의 돌격에 큰 혼란에 빠졌다. 이에 유요군 대장 진횡(陳橫)은 큰소리로 욕을 퍼부으며 서둘러 적군을 포위해 퇴로를 끊으라고 명했다.

하지만 진횡의 명령은 역전의 용사인 서주 철기군 앞에서 무용지물이나 다름없었다. 이들은 적군이 포위망을 채 갖추기 전에 종횡무진 적진을 헤집고 다니며 닥치는 대로 적을 찌르고 벴다.

돌격한 지 반각여가 지났을 때, 허저와 조운은 적이 진세를 갖춘 것을 보고 군사를 거두어 본진으로 돌아갔다.

사방에 시체가 널리고 신음 소리가 터져 나오며 유요군 모두 망연자실한 표정을 짓고 있을 때였다.

"필부는 달아나지 마라!"

조운과 허저의 대오가 진중으로 철수하는 도중에 갑자기 유요군 대오에서 군사 하나가 단기필마로 달려 나오며 벽력같은 노호성을 내질렀다.

"올 때는 마음대로 왔을지 모르지만 갈 때는 마음대로 가지 못한다!"

애송이의 출현에 광소를 터뜨린 허저는 휘하 사병들에게 먼저 귀대하라고 이른 후 홀로 말 머리를 돌려 유요군 하급 장령을 맞이했다. 그 유요군 장령도 전혀 두려운 빛 없이 허저를 향해 곧장 달려들었다.

유요군 아장이 허저와 조운이 거느린 기병에게 돌진해 오자, 본진에서 전투를 지켜보던 도웅과 서주 뭇 장수들의 얼굴에는 가소롭다는 표정이 역력했다.

허저가 거드름을 피우며 휘하 사병들을 모두 돌려보내고 단기로 그 유요군 아장을 맞이했지만 누구 하나 허저가 거만하다고 여기지 않았다. 오히려 다수로 소수를 괴롭히지 않고 오로지 무예와 힘으로 적을 제압하려는 허저의 군자지풍(君子之風)에 칭찬을 보냈다.

하지만 이들의 얼굴에서 웃음이 사라지는 데는 그리 오랜 시간이 걸리지 않았다. 허저와 그 유요군 아장이 서로 격돌할 때, 괴력을 지닌 허저는 칼을 휘둘러 상대의 창을 쳐내고 무방비 상태의 적을 난도질할 생각이었다.

그런데 그 아장은 창으로 허저의 칼과 맞부딪치지 않고 요령 있게 칼을 피한 후 되레 허저의 가슴을 찔러갔다. 속도가 어찌나 빨랐는지 허저는 이를 막아낼 방법이 없어 몸을 거의 뒤로 눕다시피 해 그 예봉을 피했다.

그의 공격은 거기서 끝나지 않았다. 두 말이 서로 교차해 지나갈 때, 그 아장은 갑자기 말고삐를 잡아당겨 구십도로 방향을 전환해 허저의 전마와 일자를 이루었다. 그러더니 순간적으로 몸을 돌려 허저를 향해 곧장 창을 뻗었다.

고도의 기술이 요구되는 회마창(回馬槍)을 시전하며 다시 허저를 찔러가자, 몸을 반쯤 일으키던 허저는 갑작스런 공격에 깜짝 놀라 몸을 억지로 옆으로 트는 동시에 오른팔을 들어 겨드랑이 옆으로 그 아장의 창을 살짝 흘려보냈다.

자칫하면 치명상이 될 수도 있었던 공격을 가까스로 피해낸 허저는 말을 뒤로 몰아 잠시 그 아장과의 거리를 벌렸다.

단 두 합 만에 서주군 최고의 장수 허저가 완전히 열세에 처하자 도응과 서주군은 놀라서 입을 쩍 벌리고 눈만 멀뚱멀뚱 뜨고 있었다. 허저 역시 경적의 마음을 거두고 다시 말 머리를 돌려 칼을 비껴들고 소리쳤다.

"애송이가 제법이구나! 하지만 이제 조심해라. 이번에는 내 칼을 몇 합이나 받아내는지 두고 보리다!"

"필부 놈아, 오너라!"

그 아장도 전혀 두려운 빛 없이 큰소리로 외쳤다. 양 마가 동시에 달려들어 칼과 창을 부딪치니, 허저가 휘두르는 칼은 산과 돌을 깨뜨릴 만큼 힘이 넘쳤고 그 아장이 찌르는 창은 철갑을 찢을 정도로 날카로웠다.

둘은 한바탕 격전을 치르며 30여 합을 겨뤘지만 좀처럼 승부가 나지 않았다.

넋이 나가 놀란 눈으로 이 장면을 지켜보던 도응은 머릿속에 한 가지 기억이 스쳐 지나가며 재빨리 정신을 차렸다. 도응은 마찬가지로 어리둥절한 표정을 짓고 있는 곁의 조운을 툭 치고 명했다.

"자룡은 당장 달려가 중강과 교전하는 그 장수에게 혹시 동래(東萊)의 태사자(太史慈)가 아닌지 물어보시오. 그리고 절대 교전에 개입하지는 마시오."

조운이 명을 받고 급히 말을 몰아 다시 출진하자, 허저는 그가 자신을 도우러 오는 줄 알고 잠시 교전을 멈춘 후 큰소리로 외쳤다.

"자룡은 멈추시오. 저놈은 나 혼자 상대할 것이오!"

"오냐, 두 놈이 함께 덤벼라. 내 두려워할 줄 아느냐!"

그 유요군 아장도 창을 비껴든 채 지지 않고 외쳤다.

조운이 자신이 온 뜻을 채 설명하기도 전에, 마찬가지로 그가 허저를 도우러 왔다고 여긴 유요 군중에서 돌연 일기가 뛰쳐나왔다.

말 위의 기사는 일반 사병 복장을 입고 있었고, 손에는 단단한 목재로 만든 장창을 쥐고서 미친 듯이 달려 나오며 외쳤다.

"태사 장군, 저 백포 도적놈은 제가 상대할 테니 마음 놓고 싸우십시오!"

그러고는 그 유요군 일반 사병은 창을 곧추들고 조운에게 곧장 달려갔다.

"태사 장군이라고? 정말 태사자였단 말인가?"

도응은 크게 기뻐 혼잣말을 한 뒤 조운에게 달려드는 유요군 병사를 유심히 바라보았다. 나이는 겨우 열 몇 살 정도에, 용모는 그리 출중해 보이지 않았다. 도응은 저도 모르게 마음속으로 냉소를 지으며 중얼거렸다.

"저자는 또 누구란 말이냐? 일개 소졸이 감히 조자룡과 교전을 벌이겠다고?"

그런데 도응의 예상과 달리 그 일반 기병은 비범한 용기와 무예를 과시했다. 그는 조금도 두려워하는 빛 없이 단단한 목재로 만든 장창으로 우박이 내리듯 조운을 연이어 찔러갔다.

조운이 비록 열세에 놓이지는 않았지만 바로 고꾸라뜨리기도 어려워 혼전을 벌이며 좀처럼 승부를 가리지 못했다. 태사자 역시 허저를 향해 돌진해 다시 한 번 불꽃 튀기는 접전을 벌였다.

서주 병사들은 서주군 내에서도 내로라하는 맹장인 허저와 조운이 일개 유요군 아장과 일반 기병에게 고전을 면치 못하자 하나같이 믿을 수 없다는 표정을 지었다.

도응도 눈을 동그랗게 뜨고 멍하니 이들의 대결을 바라볼 뿐이었다.

이때 전장에 변고가 발생했다. 태사자가 찔러간 창을 채 거두기 전에 허저가 왼손으로 창대를 잡고 있는 힘껏 잡아당겼다. 태사자는 허저의 괴력을 당해낼 수 없자 아예 창을 손에서 놓고 두 손을 교차해 등 뒤의 쌍극을 뽑은 뒤 허저를 어지럽게 찔러갔다. 허저도 재빨리 칼을 들고 태사자를 향해 마구 칼을 휘둘렀다.

도응이 허저와 태사자에게 혹시 실수가 있을까 걱정돼 막 징을 치라고 명할 때였다. 다른 쪽의 조운도 악전 끝에 유요군 기병의 손에 든 창을 멀리 쳐냈다. 이에 그 기병이 말 머리를 돌려 달아나자 조운은 그를 생포할 마음에 나는 듯이 뒤를 쫓았다.

그런데 미친 듯이 달아나던 그 기병이 갑자기 몸을 돌려 조운에게 화살을 날리는 것이 아닌가?

조운이 황망히 고개를 숙여 화살을 피한 덕에 살촉은 조운의 투구 끝 술에 명중하는 데 그쳤다. 조운은 순간적으로 놀라 식은땀을 흘렸다.

안도의 마음은 금세 분노로 바뀌어 조운도 활을 꺼내 그 기병을 향해 겨누었다. 이때 이미 서주군 진영에서 징소리가 크게 울리자 조운은 하는 수 없이 잔뜩 매긴 활을 거두고 본진으로 돌아왔다.

허저 역시 마지못해 전장을 떠나면서 태사자에게 크게 소리쳤다.

"필부 놈아, 우리 주공의 징소리가 널 살렸구나! 나는 초현의 허중강이다. 다음에 네 수급을 취할 사람이니 내 이름을 똑똑히 기억해라!"

태사자 역시 지지 않고 오연히 대답했다.

"그대의 이름은 익히 들어 알고 있소. 내 끝까지 상대해 줄 터이니 자신 있으면 언제든지 오시오!"

조운과 허저가 모두 본진으로 돌아오자 도응은 즉각 전군에 퇴각 명령을 내렸다. 이 틈을 타 진횡이 추살을 명했지만 서주군이 강궁을 날리며 질서정연하게 물러가는 바람에 감히 더 이상 뒤를 쫓지 못하고 진횡 역시 군대를 거두어 돌아갔다.

허저는 대영으로 철수한 뒤에도 직성이 풀리지 않았는지 씩씩거리며 도응에게 달려가 불만을 표출했다.

"주공, 이제 곧 태사자의 수급을 베어 공을 청하려고 했는데 왜 이유 없이 징을 쳐 군대를 거두었습니까?"

도응은 큰소리로 웃음을 터뜨린 후 허저의 물음에 대꾸하지 않고 외려 물었다.

"중강, 그 태사 장군의 무예는 그대와 비교해 어떠했소?"

"물론 저에게는 미치지 못합지요. 하지만 아군 가운데 그를 상대할 만한 장수는 몇 되지 않습니다."

조운이 이어서 말했다.

"유요 군중에 이런 인재들이 숨어 있을 줄은 미처 몰랐습니다. 무예로 논한다면 말장이 상대한 그 유요군 기병도 아군 중에 족히 열 손가락 안에 들 실력이었습니다. 특히 그의 사예(射藝)는 절대 말장의 아래에 있지 않았습니다. 하지만 이런 인재들이 말단 병졸로 있는 것으로 보아 유요는 사람을 알아보는 안목이 없는 것이 확실합니다."

도응 역시 그 무명소졸이 대체 누구일까 궁금해 미칠 지경이었다. 조운과의 정면대결에서 거의 박빙의 승부를 펼쳤고, 또 하마터면 조운의 목숨을 앗아갈 뻔했던 궁술을 가졌다면 이름이 세상에 알려지지 않은 무리는 아닐 텐데…….

답답한 마음에 도응은 머리를 쥐어짜 봤지만 강동 땅에 누가 있었는지 도무지 떠오르지 않았다.

가슴 가득 의문을 가진 도웅은 일단 조운과 허저에게 군사들을 위로하고 막사로 돌아가 휴식을 취하라고 명했다. 이어 후속 대책을 논의하기 위해 가후와 유엽, 순심을 대영으로 불렀다.

잠시 후 이들이 도웅을 찾아왔을 때, 이미 전쟁 상황을 들은 유엽이 웃으면서 말했다.

"허중강과 그 태사 장군이 60여 합을 겨뤘지만 승부가 나지 않았다고 하더군요. 그런데도 주공께서 징을 쳐 군대를 거둔 건 인재를 아끼는 마음에 그 태사 장군을 중용하려는 뜻이 아닙니까?"

도웅도 웃음을 짓고 고개를 끄덕여 동의한 후 설명했다.

"태사자는 자가 자의(子義)요, 청주 동래 사람으로 유요와는 동향이오. 일찍이 공융이 황건적 관해(管亥)에게 포위됐을 때, 유비에게 구원을 요청해 북해의 포위를 푸는 공을 세웠소. 이후 곡아로 가 유요 휘하에서 충성을 다했지만 시종 중용되지 못했소. 내가 아는 바는 여기까지요. 여러분들이 나를 도와 태사자를 귀순시킬 방법을 좀 논의해 줘야겠소."

유엽과 순심이 고개를 갸웃거리며 방법을 찾고 있을 때 가후가 공수하고 말했다.

"주공, 조금만 더 기다려 주십시오. 제가 이미 척후병에게 철수하는 적군의 뒤를 따라가 보라고 일렀습니다. 만약 일이 예상대로 진행된다면 태사자 장군을 쉽게 귀순시킬 수 있습니다."

도응은 이를 드러내고 웃으며 말했다.

"문화 선생도 나와 같은 생각을 하고 있었구려. 나도 철수하
는 적의 뒤를 쫓으라고 이미 사람을 보냈소. 어쨌든 태사자뿐
아니라 조운과 30여 합을 겨룬 그 유요군 기병도 내 사람으로
만들고 싶으니 좋은 계책을 알려주시오."

가후는 고개를 끄덕이며 대답했다.

"물론입지요. 유요가 비록 황친이라 하나 안목이 부족해 이
토록 훌륭한 인재들을 겨우 아장과 사졸에 기용했으니, 여러
해 동안 아무런 업적도 이루지 못하고 결국 원술의 손에 패한
건 지극히 당연합니다. 하지만 이는 아군에게는 잘된 일입니다.
대장의 재목들이 이런 냉대를 받고 있다면 아무리 유요에게 충
심이 있다 해도 마음속으로 필시 불만을 가지게 마련이어서 그
들을 쉽게 우리 편으로 끌어들일 수 있습니다."

막사에서 인내심을 가지고 기다린 지 한 시진여가 지났을 때,
도응과 가후가 각기 파견한 척후병이 잇따라 돌아와 보고했다.

진횡의 대오가 유요군 대영으로 철수한 후, 초목이 무성한 신
정령 서쪽 산기슭 일대에서 정말로 유요군 복병이 발견됐다는
것이다.

이 소식을 듣자 가후는 도응에게 공수하고 미소를 띠며 말했
다.

"축하드립니다, 주공. 곧 있으면 일이 성사될 것입니다. 주공께서는 속히 태사자에게 줄 서신 한 통만 써주십시오. 편지의 내용은… 그런 다음……."

도응은 가후의 계책을 모두 듣고 손뼉을 치며 기뻐했다. 그러고는 즉시 그의 말에 따라 행동에 들어갔다.

진횡의 대오가 대영으로 철수한 후, 태사자에게 공을 빼앗길까 두려웠던 진횡은 오히려 유요 앞에서 태사자와 그 무명소졸을 무고했다.

"주공, 태사자가 자신의 능력을 과시하고 공을 독차지하기 위해 명령 없이 함부로 뛰쳐나가 적장과 일기토를 벌였습니다. 그 바람에 아군의 위세에 놀란 서주군이 감히 우리 뒤를 쫓지 않아 적을 산기슭으로 유인하려던 계획이 물거품으로 돌아가고 말았습니다."

진횡의 보고를 들은 유요가 발연대로하자 시의가 앞으로 나와 태사자를 위해 해명했다.

"주공, 자의 장군에게 중상을 내려야 마땅합니다. 적군 철기의 기습으로 아군의 군심이 동요할 때, 자의 장군이 단기로 달려 나가 적장과 대적하고 도응군을 퇴각시켜 아군의 사기를 북돋았습니다. 큰 공을 세운 그에게 상을 내린다면 사졸들도 목숨을 걸고 적과 싸울 것입니다."

하지만 유요는 여전히 불만이 많았다.

"태사자가 멋대로 잘난 척하는 바람에 적을 유인하려던 내 대계를 망쳤잖소!"

시의도 지지 않고 기탄없이 말했다.

"주공의 매복 작전이 절묘하긴 하지만 도웅에게는 효과를 보기 어렵습니다. 도웅은 기묘한 계략을 즐겨 사용하면서도 모험을 극히 꺼려 확신이 없는 싸움은 절대 하지 않습니다. 설사 자의 장군의 일이 없었다 해도 초목이 무성한 곳까지 아군을 추격하지는 않았을 것입니다."

심사숙고해 마련한 계책이 시의에게 무시당하자 유요의 낯빛은 심하게 일그러지고, 시의를 미워하는 마음도 더욱 커졌다.

이때 시종 태사자가 마음에 걸렸던 진횡이 갑자기 옛날이야기를 꺼냈다.

"주공, 예전 역양의 모임을 기억하십니까? 주공께서 말장 등을 데리고 도웅에게 가 협상하던 날, 연회에서 도웅과 가후가 태사자를 언급하지 않았습니까?"

유요는 얼굴색이 변하며 기억 속에 묻혀 있던 지난 일이 문득 떠올랐다. 이는 태사자가 시종 중용되지 못한 원인 중 하나이기도 했다.

시의는 당시 모임에 참석하지 않았던 관계로 무슨 말을 하는지 몰라 허소에게 슬며시 그 일을 물었지만 허소는 아무런 대답도 하지 않았다.

그 시각, 유요군 군중에서는 태사자와 그 무명소졸은 언제쯤 유요가 자신들을 발탁하고 상을 내릴지 내심 기대하는 중이었다.

무료하게 기다리는 사이에 태사자가 그 무명소졸에게 다가가 어깨를 툭툭 치며 말을 꺼냈다.

"자네 참 대단하더군. 그 백포 적장의 무예가 절대 나와 상대한 허저의 아래에 있지 않고, 또 전마, 무기, 회갑 모두 그자만 못했는데도 30여 합을 겨뤘다니. 게다가 마지막에는 그의 투구술까지 맞혔고 말일세. 정말 장해. 대단허이!"

앳된 그 병사는 수줍은 듯 부끄럽게 대답했다.

"과찬이십니다. 그래도 장군이 더 굉장했습니다. 듣자니 그 허저라는 자는 도응 휘하의 최고 장수로 그의 손에 죽은 장수만도 부지기수라던데, 장군은 오히려 그와 승부를 가리지 못할 정도로 접전을 펼쳤잖습니까?"

"승부를 가리지 못한 것이 아니다. 도응이 징만 치지 않았어도 10여 합 만에 허저 놈의 수급을 베었을 것이다."

태사자는 오연히 가슴을 친 후 그 젊은 병사에게 물었다.

"아 참, 내 자네의 이름을 물어보지 않았구먼. 그리고 무예는 어디서 배웠나?"

그 젊은 기병은 공손하게 대답했다.

"소인의 성은 마(馬)요, 이름은 충(忠)입니다. 사냥꾼 집 출신이어서 자는 없습니다. 소인은 원래 산속에서 사냥을 업으로 삼았고, 무예는 부친에게서 전수받았습니다. 작년에 부친이 돌아가신 후 산을 내려와 주공의 대오에 투신했습죠. 소인의 궁술과 재주가 그럭저럭 쓸 만해 정월에 기병 대오로 편제되었습니다."

"자네는 나보다 운이 좋구먼. 군대에 들어온 지 몇 달 안 돼 기병으로 차출되고. 이번에 대공을 세웠으니 틀림없이 중용될 걸세."

마충은 수줍은 듯 웃음을 지었지만 그 역시 상과 관직을 크게 기대하고 있었다. 바로 그때 진횡이 건들거리며 영채로 돌아왔다.

태사자는 당연히 그가 유요에게 자신의 공을 알렸으리라 여겨 마충을 끌고 진횡 앞으로 달려갔다. 그런데 뜻밖에 진횡은 노한 목소리로 소리쳤다.

"태사자, 그리고 네놈이 무슨 일로 날 찾아왔느냐? 얼른 제자리로 돌아가지 못할까!"

태사자는 당황한 빛이 역력해 물었다.

"장군, 주공께서 아무 말씀도 없었습니까?"

"지금 무슨 소리를 하는 것이냐? 여기서 얼씬거리지 말고 당장 네놈들 자리로 돌아가라!"

진횡은 이 말을 던진 후 거들먹거리며 훌쩍 자리를 떴다.

한동안 멍하니 자리에 서 있던 태사자는 크게 고함을 지르더니 갑자기 등 뒤의 극을 뽑아 바닥에 힘껏 던졌다. 길이가 두 자에 가까운 극은 거의 땅속에 박힌 채 손잡이만 쉬지 않고 떨리고 있었다. 한편 마충은 힘없이 고개를 떨어뜨렸다. 앳된 그의 얼굴에는 낙담한 표정이 역력히 드러났다.

*   *   *

한밤중에 유요의 막사에서는 십장 하나가 가져온 경천동지할 서신 때문에 일대 소동이 벌어졌다. 사건의 전말은 이러했다.

유요군 십장이 부하들을 이끌고 정찰을 나갔다가 뜻밖에 숲 속에서 서주군 20여 명과 마주쳤다. 그런데 서주군은 이들을 공격하지 않았을 뿐 아니라 오히려 자신의 편이라고 여겼다.

그 십장이 원래 다한증이 있어서 땀을 닦기 편하도록 목에 항상 수건을 걸고 다녔는데, 서주군이 이를 접선의 표식으로 오해했던 것이다. 이어 서주군은 그 십장에게 태사자에게 줄 서신을 건네고, 오늘 유요군의 매복 상황을 알려줘 고맙다는 말을 전하라고 한 후 사라져 버렸다.

유요는 십장의 보고를 모두 들은 후 벽력같이 노해 당장 편지를 뜯어보았다. 편지의 내용은 대략 이러했다.

　—오늘 전장에서 자의 장군의 암호가 아니었다면 우리는 십중
팔구 유요의 궤계에 떨어질 뻔했소. 아군 장사의 목숨을 보전한
건 모두 장군의 공이오. 이번 대공과 지난번 수차례 세운 공을 모
두 기록해 두었다가 장군이 개선하는 날, 응이 꼭 중상으로 보답
하겠소. 그리고 광무제(光武帝)의 사당에서 유요를 매복 습격하자
는 장군의 계책을 내 받아들이기로 결정했소. 내일 일전을 벌여
꼭 유요를 사로잡읍시다.

　참, 오늘 장군과 함께 출전한 자는 혹시 날 위해 장군이 몰래
끌어들인 자가 아니오? 맞는다면 응이 이미 그의 용모를 기억하고
있으니, 지난번 불행히 익사한 장군의 심복을 대신해 내게 밀사로
보내도 상관없소.

　편지를 다 읽은 유요는 끓어오르는 분노를 참을 길이 없어
미친 듯이 날뛰며 포효했다.

　"태사자, 이놈! 오늘 매복에 실패한 건 정말로 네놈 때문이었
구나! 이 배은망덕한 놈을 내 반드시 죽이고 말리다! 여봐라, 당
장 영채로 가 태사자를……"

　"주공, 잠시만 멈추십시오."

　허소가 다급히 유요의 말을 끊은 후 공수하고 말했다.

"아무래도 서신을 전달하는 과정이 석연치가 않습니다. 도옹처럼 간사하고 교활한 자가 아군 순라병을 첩자로 오인하는 말도 안 되는 실수를 범했을 리가 없습니다."

그러자 그 십장은 자신의 목을 가리키며 설명했다.

"모든 건 소장의 이 수건 때문입니다. 소장은 땀을 많이 흘려 평소 수건을 목에 걸고 다니는데, 그들의 암호가 바로 이것이라 소장을 태사자의 첩자로 오인한 것입니다."

번능도 허소가 너무 민감하다는 반응을 보였다.

"자장 선생, 도옹이 간사하기로 유명한 건 사실이나 그의 수하들까지 실수를 범하지 말란 법은 없잖소? 옛날에 원술이 사공(司空) 장온(張溫)과 동탁을 토벌하자는 서신을 주고받다가 사신이 실수로 여포의 부중에 서신을 보내는 바람에 장온 일가가 몰살당한 일도 있었소."

그래도 허소가 의심의 빛을 거두지 못하자 번능이 다시 말했다.

"또 하나, 이 일이 만약 도옹이 고심해서 짜낸 계략이라면 고작 태사자 같은 아장을 언급했겠소? 정말 아군의 군심을 어지럽히고 아군을 큰 혼란에 빠뜨릴 마음이었다면 최소한 진횡 같은 고위급 장령을 언급해야 맞지 않소?"

허소가 아무런 대꾸도 못하자 유요는 더욱 크게 노해 재차 무사들을 다그쳤다.

"얼른 가서 태사자를 잡아 오지 않고 뭣들 꾸물거리고 있는 게냐? 그리고 오늘 태사자를 따라 출전한 소졸도 함께 잡아 와라. 이놈도 태사자와 함께 도웅과 내통했는지 내 직접 문초해야겠다!"

허소가 다시 한 번 간했다.

"주공, 일단 노여움부터 잠시 가라앉히십시오. 저는 여전히 도웅 같은 자가 이런 실수를 범했다고는 믿어지지 않습니다. 자우가 식견이 뛰어나고 모략이 깊으니 그를 불러 상의해 보심이 어떨까 합니다."

이 말에 유요는 펄쩍펄쩍 뛰었다.

"시의는 뭣 하러 부르려는 거요? 도웅에게 투항하라고까지 권했던 자의 입에서 무슨 좋은 말이 나오겠소?"

허소는 꺼림칙한 기분을 지울 길이 없었지만 유요를 설득할 방법이 도무지 떠오르지 않자 그저 간곡하게 청했다.

"주공, 어쨌든 태사자는 아군 군중에 있으니 사람을 보내 몰래 그를 주시하고, 또 한편으로는 광무제의 사당 일대 감시를 강화하십시오. 내일 도웅이 정말로 광무제의 사당에 복병을 설치하고 태사자도 그에 따라 행동을 취한다면 그때 그를 잡아들여 참형에 처해도 늦지 않을 것입니다."

번능은 이에 단호히 반대했다. 유요도 허소의 말을 따르고 싶지 않았지만 자신이 가장 신임하는 수하가 일이 너무 공교롭다고 재삼 간청하는 통에 마음이 조금씩 흔들리기 시작했다.

유요는 억지로 고개를 끄덕이며 명했다.

"좋소. 그럼 이렇게 합시다. 번능은 광무제 사당에 사람을 보내 적병이 나타나는지 주시하고, 또 믿을 만한 자를 보내 몰래 태사자를 감시하다가 조금이라도 수상한 움직임이 있으면 즉각 그를 잡아들이시오. 참, 그 기병 역시 잘 감시하고."

허소는 그제야 안도의 한숨을 내쉬었다. 번능은 언짢은 표정으로 마지못해 명을 집행하기 위해 즉시 막사를 나갔다.

허소는 그래도 마음이 놓이지 않았는지 유요의 막사에서 물러나와 곧장 시의를 찾아갔다. 이어 방금 전 벌어진 일을 시의에게 빠짐없이 알린 후 가르침을 청했다.

시의는 미동도 하지 않고 허소의 얘기를 듣더니 말했다.

"4년 전 주공이 역양에서 도응을 만났을 때, 도응과 가후가 태사자를 언급한 일에 대해 소상히 말해주시오. 그러면 나도 그대에게 조언을 해주리다."

"사실 별것 없었소. 그저 한두 마디 언급한 것이 다요."

허소는 기억을 더듬어 당시 있었던 일을 아는 대로 얘기했다. 시의는 한참 동안 침묵하더니 천천히 입을 열었다.

"자장, 당시 도응과 가후의 언급이 없었다면 태사자가 주공에게 중용될 수 있었겠소? 장영이나 번능, 우미의 지위에 올랐을 것이라고 보시오?"

허소는 이 상황에서 왜 이런 쓸데없는 질문을 하는지 몰라 인상을 찌푸렸다. 그러면서도 자신의 생각을 가감 없이 밝혔다.

"그럴 리는 없었을 거요. 주공은 황친의 신분이라 사람을 기용할 때 늘 문벌을 가장 중시했소. 번능이나 다른 장수들을 봐도 대부분 명문가의 후예 아니면 호족의 자제가 아니오? 따라서 그때 일이 없었다 해도 태사자는 기껏해야 이들 장수의 부장쯤이 최고 지위가 아니었을까 생각되오."

이 말에 시의는 연신 고개만 끄덕일 뿐 아무 대꾸도 하지 않았다. 이에 허소가 짜증 섞인 목소리로 말했다.

"자우, 내 오늘밤 주공의 질책까지 무릅쓰고 찾아왔는데 어째서 한마디도 하지 않는 것이오?"

시의는 미안한 듯 겸연쩍은 웃음을 짓고 종내 입을 열었다.

"나 역시 좋은 방도가 떠오르지 않아 주저했던 것뿐이오. 하지만 자장이 주공에게 올린 건의는 아주 훌륭했소. 내일 광무제 사당 쪽 상황을 보면 태사자가 정말로 도응과 몰래 결탁했는지 가려낼 수 있을 것이오. 편지가 사실이라면 태사자는 분명 수상한 움직임이 있을 테고, 편지가 거짓이라면 어떤 움직임도 없을 터이니 이 고비만 넘기면 태사자에 대한 주공의 의심도 어느 정도는 해소될 것이오."

시의의 원론적인 대답에 허소는 고개를 끄덕인 뒤 다시 물었다.

"그런데 그 편지 전달 과정이 너무 수상쩍고 공교롭다는 생각이 들지 않소?"

"세상에는 이보다 더 공교로운 일이 많소이다. 따라서 번능의 말도 일리가 있소. 이것이 정말 도응이 꾸민 계략이라면 번능이나 우미, 손소 같은 대장을 끌어들여야 정상이지 태사자가 무슨 의미가 있겠소? 주공이 설사 태사자를 죽인다고 도응이 얻는 이익이 뭐겠소?"

시의의 대답에 허소는 한참 동안 생각에 잠겨 있더니 작별 인사를 하고 자리를 떴다.

시의는 막사 밖까지 허소를 전송했다. 허소의 그림자가 사라질 때쯤, 시의는 혼잣말로 중얼거렸다.

"자장, 도응은 4년 전부터 이미 태사자를 자기 사람으로 만들려는 마음을 품고 있었소. 하지만 도응이 일개 아장에 불과한 태사자를 수단을 가리지 않고 주공 휘하에서 내쫓게 해 중용하려 한다고 내가 말한다면 주공이 과연 믿어주겠소? 주공은 아마 터무니없는 소리 말라며 날 장중에서 내쫓았겠지……."

가만히 한숨을 내쉰 시의는 고개를 들어 하늘의 뭇 별을 바라보고 탄식했다.

"도응은 오직 재주와 능력으로만 사람을 중용해 태사자 같은 평민 출신 무인도 이토록 중시하는구나. 그렇다면 과연 나는 어떠할까……."

         *   *   *

광무제 사당은 신정령 산군(山群) 깊숙한 곳에 자리하고 있는데, 위치가 비교적 편벽하고 지형도 아주 협소해 병력을 전개하기에 불리했다.

전에 강동 현지 병사가 도응에게 일러준, 유요군 대영 배후로 돌아갈 수 있는 험한 소로로 가려면 반드시 이곳을 지나야만 했다. 따라서 교전을 펼치기에는 적합지 않았지만 척후병이 매복하기에는 안성맞춤인 곳이었다.

그 망할 놈의 편지 때문에 유요는 척후병을 배나 더 파견해 광무제 사당 주변 감시를 강화했다. 그런데 하룻밤이 꼬박 지나도록 서주군은 그림자조차 보이지 않는 것이 아닌가.

이에 유요와 허소 등은 안도의 한숨을 내쉬면서도 긴장을 늦추지 않고 소식을 기다렸다.

날이 완전히 밝았을 무렵, 한 척후병이 나는 듯이 중군 막사로 뛰어 들어와 초조하게 기다리던 유요에게 급보를 전했다.

동이 텄을 때쯤 약 2천 명의 서주 보병이 갑자기 광무제 사당 일대에 나타나더니 신속하게 주변 초목이 무성한 곳에 매복해 있다는 것이었다!

"드디어 올 것이 왔구나!"

유요는 책상을 치며 대로하고, 허소와 번능에게 곧장 물었다.

"도응이 정말로 광무제 사당에 매복을 펼쳤구려. 이제 어찌하는 게 좋겠소?"

허소가 건의했다.

"일단 타초경사하지 말고 척후병에게 계속 복병의 동정을 감시하게 하며 상황 변화를 조용히 지켜보십시오. 도응이 이미 광무제 사당에 매복을 설치했으니 분명 아군의 출병을 유도할 미끼를 던질 것입니다. 우리는 그저 인내심 있게 기다리다가 도응이 미끼를 던지면 그때 결정을 내려도 늦지 않습니다."

유요는 고개를 끄덕인 후 척후병을 불러 서주군에게 절대 들키지 말고 저들을 잘 감시하라고 명했다.

얼마간 기다리자 또다시 척후병 하나가 달려와 보고했다.

서주군이 신정령으로 곧장 통하는 산길 연도에 사병을 매복한 것으로 보아, 아무래도 중요한 인물이 신정령 정상에 오르려는 듯하다는 것이었다. 유요가 이 소식을 받고 허소에게 계책을 구하자 허소가 대답했다.

"계속 관망하셔도 됩니다. 그리고 서주 중신이 신정령에 올라 아군을 유인하는 걸 확인한 척후병이 영채로 돌아와 보고할 때, 일부러 큰소리로 떠들어 아군 장사 모두 적정을 알게 하십시오."

유요는 다시 허소의 건의를 받아들여 척후병에게 명을 내린 뒤 이를 갈며 말했다.

"그 편지가 모두 사실로 확인됐으니 당장 태사자를 잡아들여 자백을 받아내고 목을 베어야겠소."

그러자 허소가 미소를 띠며 대답했다.

"주공, 너무 서두르지 마십시오. 태사자는 독 안에 든 쥐나 다름없습니다. 우리가 먼저 그 편지를 입수한 덕에 태사자는 아직 도응이 자신의 계책을 받아들였다는 사실을 모르고 있습니다. 그래서 방금 전 일부러 이 사실을 모두에게 알리라고 한 것입니다."

허소는 잠시 숨을 고른 뒤 계속 말을 이었다.

"서주군이 광무제 사당에 매복해 있다는 사실을 들으면 태사자는 필시 도응이 자신의 계책을 수용했다고 여겨 상응하는 조치를 취할 것입니다. 이때 그 편지를 장사들 앞에서 보이고 태사자를 추궁한다면 어디도 빠져나갈 구멍이 없어집니다. 고로 반적을 처분하는 명분이 설 뿐 아니라 군심을 하나로 모으는 데도 효과가 있습니다."

곰곰이 생각에 잠겨 있던 유요는 허소의 말을 옳다 여기고 자신들을 유인하는 데 과연 누구를 보냈을까 짐작해 보았다.

그리고 마침내 미끼가 된 인물이 드러났을 때, 유요는 물론 허소, 번능도 깜짝 놀라고 말았다.

"도응이 신정령 위에 나타났습니다! 도응이 신정령 정상으로 직접 왔습니다!"

오시가 막 됐을 때 적의 얼굴을 확인한 척후병은 유요의 명에 따라 영문 안으로 들어오며 일부러 크게 소리를 질렀다. 이는 영중에 있는 장사들의 이목을 끌어 도응이 친히 신정령에 올랐다는 소식이 전군에 퍼졌다.

유요는 도무지 믿기지 않는다는 표정으로 계속 척후병을 다그쳤지만 척후병은 도응이 허저, 조운과 함께 기병 열두세 명만 이끌고 신정령으로 올라간 것이 확실하다고 대답했다.

허소도 고개를 가로저으며 말했다.

"도응이 아닐지도 모릅니다. 전에 말씀드렸듯 도응은 함부로 위험을 무릅쓰는 자가 아닙니다. 어쩌면 일반 병사를 위장시켜 산으로 보냈을 가능성이 큽니다."

유요가 잠시 생각해 보고 고개를 끄덕이는 사이, 소식을 들은 유요군 장수들이 이미 중군 막사로 떼로 몰려와 뵙기를 청했다. 유요는 친히 허소와 번능을 대동하고 막사를 나와 뭇 장수들과 마주했다. 그러고는 재빨리 무리 속에서 태사자가 어디에 있는지부터 찾았다.

"주공, 도응이 신정령 정상에 나타났다는 말이 사실입니까?"

유요군 장수들이 잇달아 묻자 허소가 대신 대답했다.

"척후병이 도응으로 보이는 서주 장령이 십여 기를 이끌고 신정령으로 올라가는 걸 발견했으나 도응 본인인지는 아직 확인되지 않았소이다."

"도응이 분명합니다. 신정령 정상에 오르면 아군 대영 전체를 정탐할 수 있습니다. 도응 외에 누가 아군 대영에 이토록 관심이 있겠습니까?"

여기저기서 유요군 장수들이 웅성거릴 때, 누가 갑자기 고함을 질러댔다.

"주공, 출병 명령을 내려주십시오. 이는 도응을 사로잡을 절호의 기회입니다. 말장이 일지 병마를 이끌고 가 도응을 꼭 생포해 오겠습니다!"

모든 이의 시선을 사로잡은 이는 다름 아닌 태사자였다.

'드디어 걸려들었구나!'

유요는 속으로 쾌재를 부르며 짐짓 이렇게 말했다.

"자장이 이미 말했듯 도응이 아닐 수도 있다. 게다가 설사 도응이라 해도 아군을 유인하려는 계략이 숨겨져 있을 것이다."

그러고 나서 유요는 태사자의 얼굴을 뚫어져라 바라보며 그의 다음 반응을 기다렸다. 이제 한마디만 더 하면 당장 품에 있는 편지를 꺼내 저놈의 죄상을 낱낱이 밝힐 일만 남았다고 여겼다.

그런데 이 중차대한 순간에 엉뚱하게도 태사자 곁에 있던 진횡이 크게 소리쳤다.

"주공, 도웅이든 아니든 고작 십여 기니 먼저 잡은 다음 얘기하시지요. 말장이 정병 천 명을 이끌고 가 전부 생포하겠습니다!"

진횡이 갑자기 튀어나와 다 된 밥에 재를 뿌리자, 유요는 당장이라도 그를 잡아먹을 듯 노려보더니 호통을 쳤다.

"입 닥쳐라! 이는 필시 도웅의 유인책이라고 내 이미 말하지 않았느냐? 다시 한 번 싸우자고 말하는 자가 있다면 그 자리에서 목을 벨 것이다!"

홧김에 불호령을 내린 유요는 순간적으로 자신이 말실수를 했음을 깨달았다.

아나나 다를까, 유요의 추상같은 명이 떨어지자 태사자를 비롯한 장중의 장수들은 누구 하나 감히 입을 열지 못했다.

허소와 번능은 원망스런 눈빛으로 유요를 바라보았다. 태사자가 정말 도웅과 결탁했다면 계속 출전을 권했을 터인데…….

유요는 어쩔 수 없이 노기등등해 허소, 번능과 함께 막사로 들어갔고, 장수들도 연이어 자리를 떠났다.

그런데 유요 등이 자리에 앉아 대책을 논의하려 할 때, 또 한 번 놀랄 만한 보고가 들어왔다. 뜻밖에 태사자가 도웅을 잡겠다며 기병 하나를 데리고 대영을 뛰쳐나가 신정령으로 향했다는 것이다!

번능은 펄쩍펄쩍 뛰며 호들갑을 떨었다.

"태사자는 주공께서 계략에 쉽게 떨어지지 않는 것을 보고 도응을 사로잡겠다는 구실로 산 위로 올라가 직접 도응과 연락을 취해 아군을 모해할 계략을 논의하려는 것이 분명합니다. 그렇지 않다면 단둘이어서 사지나 다름없는 신정령으로 올라갔겠습니까?"

게다가 태사자를 따라간 기병이 어제 멋대로 출진했던 그 무명소졸이라는 보고에 번능은 확신에 찬 어조로 말했다.

"그래서 서주군 적장이 고의로 이놈에게 져 준 것이군! 주공, 상황은 이제 명약관화해졌습니다. 마충이라는 그 소졸도 태사자와 한패가 분명합니다."

유요는 책상을 치며 노호성을 터뜨린 뒤 번능에게 명했다.

"3천 군사를 이끌고 속히 산 위로 올라가 두 반적 놈을 잡아 오시오! 만약 저항한다면 죽여도 좋소!"

같은 시각, 신정령 남쪽 산길을 달리던 태사자는 도응을 잡으러 유일하게 자신을 따라나선 마충을 보고 탄식했다.

"곡아 대군이 1만 5천이 넘거늘, 진정한 남아는 우리 둘뿐이네그려."

마충은 부끄러운 듯 겸손하게 대답했다.

"과찬이십니다. 장군이야말로 진정한 남아요, 영웅입니다. 저는 그저 장군의 기개를 경모해 한 팔의 힘이라도 보태려는 것에 불과합니다."

태사자는 큰소리로 웃음을 터뜨린 뒤 말했다.

"너무 겸손해할 것 없네. 어쨌든 우리 둘이 산 위로 올라가 도응을 사로잡는다면 주공도 틀림없이 우리의 충심을 알아주고 중용할 거네. 자, 얼른 출발하세!"

태사자와 마충은 말을 짓쳐 곧장 산 위로 올라갔다.

한편 신정령 정상에서 도응은 기병 둘이 산 위로 올라오는 것을 지켜보고 있었다. 거리가 너무 멀어 얼굴을 확인하기 어려웠지만 도응은 이들이 태사자와 마충임을 확신하고 얼굴에 미소를 드러내며 말했다.

"드디어 걸려들었구나. 우리는 이제 광무제 사당으로 돌아간다."

곁에 있던 허저가 놀란 표정으로 물었다.

"걸려들었다고요? 저 두 기병 말입니까? 주공께서 위험을 감수하고 친히 산 위로 올라온 건 저 두 적군을 유인하기 위해서였단 말입니까?"

도응은 여전히 웃는 낯으로 대꾸했다.

"그렇소. 내 눈에는 유요 놈의 1만 5천 전군보다 저 두 장수가 훨씬 더 가치가 있소."

도응이 수하들을 이끌고 말 머리를 돌려 온 길을 따라 돌아갈 때, 허저 등은 여전히 무슨 영문인지 몰라 고개를 갸우뚱거렸다. 다들 고분고분 도응의 뒤를 따를 때 조운이 말했다.

"주공, 주의 깊게 보셨는지 모르겠지만 유요군은 산을 의지해 영채를 세웠을 뿐, 산상에는 영채를 차리지 않았습니다. 따라서 아군이 산꼭대기를 선점한다면……."

도응은 이를 드러내고 웃으며 대답했다.

"이런 요지를 내 어찌 그냥 지나칠 수 있겠소? 그 얘기는 돌아가서 다시 합시다. 이번에 우리에겐 더욱 중요한 일이 있소."

단숨에 광무제 사당으로 돌아온 도응은 수행하는 기병들에게 사당 밖 넓은 곳에 포진하라고 명한 후, 사방의 복병에게는 자신의 명이 없으면 절대 나오지 말라고 신신당부했다.

무리들은 일제히 도응의 명에 응했지만 기병 둘이 과연 여기까지 쫓아올지에 대해서는 의문을 표했다. 그럼에도 도응은 확신에 차 말했다.

"장담컨대, 저들은 분명히 올 것이오. 만약 오지 않는다면 태사자와 그 곡아 소장이 절대 아니오!"

잠시 후, 많은 사람들의 예상을 뒤엎고 태사자와 마충은 정말로 산꼭대기까지 올라갔다가 주저 없이 신정령을 내려와 일렬로 늘어선 서주군 대오 앞까지 내달렸다. 태사자는 전마를 세우기도 전에 앞을 향해 큰소리로 외쳤다.

"누가 도응이냐? 나는 동래 태사자다. 이번에 특별히 네놈을 사로잡으러 왔다!"

허저와 조운 등이 앞으로 나서 경비를 강화하는 사이, 도응은 말 위에서 침착하게 공수하고 미소를 지으며 말했다.

"오늘에야 드디어 태사자의 장군을 만나게 되었구려. 내가 바로 도응이오. 장군이 날 잡으러 온 것을 알고 있소만 손을 쓰기 전에 잠시 내 말을 좀 들어주시겠소?"

도응이 이토록 태연자약한 모습을 보이자 태사자도 살짝 놀랐다. 그는 도응 주위의 장수들을 경계의 눈빛으로 바라보며 말했다.

"좋소. 무슨 얘긴지 한 번 들어나 봅시다."

"사실 6년 전에 내 이미 장군의 위명을 들었소이다. 그때 황건적 관해가 북해를 포위하자 장군은 겹겹의 포위망을 뚫고 공문거를 만난 후, 장군의 모친을 후대한 공융의 은정에 보답하기 위해 다시 포위를 뚫고 평원의 유현덕에게 구원을 요청해 북해의 포위를 풀었소. 당시 서주성 안에서 글을 읽고 있던 나는 장군의 영웅적 기개를 듣고 장군을 몹시 경앙해 언젠가는 꼭 만날 수 있길 바랐소."

이어 도응은 탄식을 내쉰 뒤 안타깝다는 듯 말을 이었다.

"그런데 하늘의 농간인지 장군과는 시종 인연이 닿지 않더구려. 장군이 남하해 유요에게 투신했을 때는 조조가 서주성을 포위 공격할 때였고, 내 유요와 결맹하고 역양에서 회합했을 때는 장군이 마침 우저를 지키는 바람에 또 한 차례 만날 기회를 놓쳤소. 유요와 여러 차례 교류하면서도 장군과 단 한 번 만나지 못하다가 어제야 비로소 처음으로 만나게 되었소이다."

그러고는 다시 깊은 탄식을 내뱉었다.

"하지만 장군과의 첫 만남이 뜻밖에 생사를 겨루는 전장이 될지 꿈에도 몰랐소이다. 장군과 술잔을 기울이며 담소를 나누기는커녕 부득불 맹장을 보내 싸워야 하는 현실에 한숨만 절로 나오더이다!"

태사자는 도웅이 무슨 말을 하는지 몰라 고개를 갸웃하더니 노한 목소리로 말했다.

"우리가 전장에서 대면한 건 그대의 탐욕이 끝이 없어 강동 땅을 침범했기 때문이 아니오?"

도웅은 웃음을 짓고 태연하게 대꾸했다.

"자의 장군, 유요가 아무런 말도 하지 않은 것이 분명하구려. 사실 4년 전인 건안 2년에 조정에서 이미 날 서주목 겸 양주목에 봉하고, 내 형장을 양주자사에 봉해 우리 형제에게 두 주를 관할하게 했소. 따라서 강동 6군은 실제로 내가 다스리는 땅이요, 유요야말로 불법적으로 강동을 점거하고 있는 것이오."

이 사실을 처음 듣는 태사자는 깜짝 놀라 반문했다.

"정말 그런 일이 있었소?"

"우리 주공이 네놈 따위에게 거짓을 말하겠느냐? 이번에 우리 주공을 잡으러 왔다면 얼른 오너라. 내 앞에서 과연 그런 말이 나오는지 두고 보겠다!"

허저가 크게 노해 칼을 휘두르며 달려 나가려 하자 도응이 급히 허저를 만류했다. 이어 태사자 곁에 있는 마충을 향해 웃음을 짓고 물었다.

"어제 그대와 교전했던 장군이 누군지 아시오?"

마충은 도응 곁의 조운을 알아보았지만 그가 누군지는 몰라 고개를 가로저었다. 그러자 도응이 말했다.

"내 소개하리다. 이 장군의 성은 조요, 이름은 운, 자는 자룡이오. 원소군과 전해군이 싸운 저현 대전에서 원소 대군 진영을 세 번이나 드나들며 장수 26명을 죽이고, 단기필마로 겹겹이 쌓인 포위를 뚫고 전해 장군을 구해낸 장본인이오. 이 싸움으로 천하에 명성을 얻은 조 장군과 30여 합을 겨뤘을 뿐 아니라 마지막에는 화살로 그의 투구 술까지 맞춘 그대의 무용은 실로 대단했소."

이 말에 마충은 깜짝 놀라면서도 크게 흥분이 돼 거듭 겸손의 뜻을 표했다. 이어 도응이 이름을 묻자 마충이 대답했다.

"제 이름은 마충이고 자는 없습니다."

잠시 생각에 잠겼던 도응이 자기도 모르게 갑자기 소리를 질렀다.

"마충이라고? 관우를 잡은 그 마충?"

"제 이름이 마충은 맞습니다만 무슨 말인지……."

도응은 손을 절레절레 흔들며 아무것도 아니라고 대답한 후, 관우와 관평을 사로잡은 명성이 절대 허명이 아니라고 속으로 중얼거렸다.

이어 도응은 따뜻한 미소를 드러내며 말했다.

"자의 장군, 마충 장군, 지금까지 내가 왜 구구절절 얘기를 늘어놓았는지 알아들었으리라 믿소. 유요는 사람을 알아보는 능력이 없어 그대들 같은 용장을 아장과 사졸로 기용했으니, 그야말로 인재를 낭비한 것이나 다름없소. 두 분 장군이 배암투명(背暗投明)하고 나를 위해 힘을 다한다면 내 반드시 그대들을 중용하리다!"

태사자와 마충은 하나같이 놀라 몸이 얼어붙었다. 도응은 웃음을 거두고 정중하게 말했다.

"이 말은 절대 허언이 아니오. 내 진심으로 두 장군의 기개에 탄복해 중용하려는 것이오. 두 분이 기꺼이 귀순한다면 자의 장군은 찬군교위(贊軍校尉)에 봉해 일부 병마를 독자적으로 맡기겠소. 마충 장군은 두 가지 선택이 있소. 기병 1천 기를 통솔하는 아장이나 내 친병 대장 중 택하시오."

도응이 제시한 투항 조건을 듣고 태사자와 마충은 어안이 벙벙해져 서로 얼굴만 바라볼 뿐이었다. 한참 동안 침묵을 지키던 태사자가 갑자기 고개를 들고 웃음을 터뜨렸다.

"도 사군이 이 태사자를 이토록 중시하고 아끼신다니 영광스럽기 그지없소이다. 그러나 적에게 항복하고 반란을 도모하는 건 소인배나 하는 짓거리요. 내 세상에 대장부로 태어나 어찌 그런 짓을 할 수 있겠소?"

이어 태사자는 마충에게 고개를 돌려 의견을 물었다.

"마충, 너는 어쩔 셈이냐?"

"충이 비록 출신은 미천하나 대장부가 해야 할 일과 하지 말아야 할 일을 알고 있습니다. 전투에 임해 적에게 투항하는 소인배의 짓거리는 일고의 가치도 없습니다."

하지만 도응은 담담한 표정으로 말했다.

"두 분 장군은 과연 진정한 영웅이자 호걸이오. 고관과 후록으로 그대들의 마음을 사려 한 내 행동이 그저 부끄러울 따름이오. 오늘은 그대들을 사로잡지 않을 테니 이만 돌아가시오."

태사자는 홍 하고 코웃음을 친 뒤 말했다.

"내 오늘 그대를 잡으러 왔는데, 그냥 돌아가라고?"

"자의 장군, 오늘 사로잡히는 쪽은 내가 아니라 바로 그대요. 두 가지 이유가 있소. 첫째는 그대들이 허저와 조운 장군의 상대가 될 수 없기 때문이오. 어제 허저는 적진을 돌파하느라 체력을 많이 소모한 데다 맨몸으로 방패를 부딪치다가 오른쪽 옆구리에 가벼운 부상까지 입어 온전히 힘을 발휘할 수 없는 상태였소. 그렇지 않았다면 그대가 그렇게 오래 버티지 못했을 거요."

이어 도옹은 마충에게 고개를 돌려 말했다.

"마충 장군도 마찬가지요. 어제 자룡은 내 명을 받고 태사 장군의 이름을 물어보려 출진했다가 갑자기 그대의 도전을 받은 터라 전력을 다하지 않았소."

태사자와 마충은 낯빛이 변해 도옹을 빤히 바라보았다. 그의 표정은 조금도 거짓처럼 느껴지지 않았다. 이에 태사자의 얼굴에 긴장된 표정이 드러나자, 이들의 안색을 살피던 도옹이 다시 말을 이었다.

"두 번째 이유는 말하지 않겠소. 어쨌든 오늘은 그대들을 핍박하지 않을 테니 얼른 돌아가시오. 그리고 유요 같은 겁약한 자를 따르다가 헛된 죽음을 맞을지 아니면 나와 함께 대업을 이룰지 곰곰이 생각해 보시오."

태사자는 잠시 주저하다가 이내 말 머리를 돌려 왔던 길로 돌아갔고, 마충도 도옹에게 공수한 후 급히 태사자를 따라나섰다. 허저는 다급한 마음에 도옹에게 물었다.

"주공, 고생해서 기다린 보람도 없이 이대로 저들을 놓아주면 어찌합니까?"

도옹은 야릇한 미소를 짓더니 알 듯 모를 듯하게 대답했다.

"서둘지 마시오. 아직 다 끝나지 않았으니. 조금만 기다리면 저들은 다시 돌아올 것이오."

　　　　＊　　　　　　＊　　　　　　＊

　태사자와 마충이 심란한 마음으로 길을 되돌아갈 때, 산 저
편에서 사람들이 웅성거리는 소리와 발자국 소리가 희미하게
들려왔다. 이들이 신정령 정상에 올라가 보니 과연 대량의 유요
군이 좁은 산길을 따라 산 위로 올라오고 있었다.

　선봉대가 상대적으로 평탄한 정상에 다다르자, 태사자는 말
에서 내려 동료에게 말을 걸려고 했다. 그런데 선봉대를 이끄는
유요군 아장은 뜻밖에 크게 소리를 질러 수하에게 명을 내렸다.

　이에 유요군 병사들은 즉각 창을 곧추들고 태사자와 마충을
겨누었고, 일부 궁노수도 화살을 매겨 이들을 조준하며 전투태
세를 취했다.

　태사자는 깜짝 놀라 고함을 질렀다.

　"자네, 미쳤나? 나 태사자라고. 지금 뭐하는 짓인가?"

　그 동료는 무표정한 얼굴로 대꾸했다.

　"미안하네만 나도 명을 따르는 것뿐이네. 번 장군이 자네와
자네 옆의 저놈을 보면 즉시 체포하고 저항하면 죽여도 좋다고
명했네. 그간의 정을 생각해 얼른 무기를 버리고 포박을 받게.
난처한 일은 만들지 말게나."

　태사자는 잠시 멍하니 있더니 버럭 화를 냈다.

　"번능이 왜 날 잡으라고 명한 겐가? 내가 무슨 잘못을 했다고!"

그 동료도 번능이 왜 이런 명을 내렸는지 몰라 그저 태사자에게 빨리 투항하라고 다그칠 뿐이었다. 태사자가 다시 이유를 물으려 할 때, 번능이 마침 산 정상에 올라 태사자와 마충 앞으로 말을 달려왔다. 태사자가 다급히 물었다.

"번 장군, 왜 절 잡으라고 명했습니까?"

번능은 채찍으로 태사자와 마충을 가리키며 소리쳤다.

"그 이유는 네가 가장 잘 알 터인데. 너희들은 당장 무릎을 꿇고 포박을 받아라. 그렇지 않으면 그 자리에서 고슴도치 신세를 면치 못할 것이다!"

이어 번능이 채찍을 휘젓자 더 많은 유요군 병사가 성큼성큼 앞으로 다가가 창으로 태사자와 마충을 겨누었다. 태사자는 답답하고 노한 마음에 말고삐를 당겨 몇 걸음 뒤로 물러난 뒤 항변했다.

"내가 대체 무슨 잘못을 했단 말입니까? 멋대로 영채를 나와 도응을 잡으러 갔다고 이럴 필요까지는 없지 않습니까?"

"뭐? 도응을 잡으러 갔다고? 말은 참 잘하는구나. 그럼 도응은 어디 있는 게냐?"

"그의 수행 무장들이 실로 대단해 잡지 못했습니다."

이 말에 번능이 코웃음을 치며 물었다.

"흥, 방금 전 광무제 사당까지 도응을 쫓아갔다가 왜 교전을 벌이지 않고 그냥 돌아왔느냐? 또 광무제 사당 부근에서 한참 동안 도웅과 무슨 얘기를 나눈 것이냐?"

태사자가 대경실색해 이를 어찌 알았느냐고 묻자 번능이 득의양양하게 대꾸했다.

"당연히 이를 목격한 사람이 있다. 기왕 이렇게 된 것 내 사실대로 말해주마. 실은 아군 척후병이 진작부터 광무제 사당 일대를 비밀리에 감시하고 있었다. 그래서 네가 도웅 놈과 거기서 뭔 짓을 했는지 척후병에게 이미 다 보고가 들어왔다."

번능의 얘기를 듣자마자 태사자와 마충의 얼굴은 사색이 되었다. 태사자는 더 이상 숨길 수가 없다고 여겨 이실직고했다.

"제가 도웅과 광무제 사당 근처에서 만난 것은 사실입니다. 그러나 저와 마충은 도웅의 회유를 단호히 거절했습니다. 우리가 아무리 일개 아장과 기졸이라 하나 도웅의 부귀영화를 탐할 만큼……."

그러자 갑자기 번능이 광소를 터뜨리고 말했다.

"하하하! 태사자야, 뻔뻔하게 흰소리를 칠 정도로 네놈이 간사했단 말이냐! 뭐? 도웅이 널 직접 회유하고, 또 네가 일언지하에 이를 거절했다고?"

태사자는 어리둥절한 표정으로 대답했다.

"그게 무슨 웃을 일입니까? 절 못 믿겠다면 지금이라도 당장 도웅을 쫓아가 그의 수하들과 삼백 합을 겨뤄 주공에 대한 충심을 증명해 보이겠습니다."

"드디어 꼬리를 드러내는구나. 그런 서투른 핑계로 도응을 쫓게 해 적군이 매복한 광무제 사당으로 아군을 유인할 심산이었던 게냐!"

태사자는 또다시 영문을 알 수 없는 말에 화가 치밀어 북쪽 산 아래의 광무제 사당 방향을 가리키며 소리쳤다.

"그럼 사람을 보내 확인해 보십시오. 광무제 사당에……"

태사자는 채 말을 끝내기도 전에 눈이 휘둥그레지고 말았다. 광무제 사당 주변으로 마치 땅에서 솟은 듯 대량의 서주군이 모습을 드러냈기 때문이다. 이 광경을 본 태사자와 마충은 악연히 놀라 소리쳤다.

"정말 복병이 있었다니! 방금 전 광무제 사당에 있을 때, 왜 이를 못 본 거지?"

'설마 이것이 도응이 말한 두 번째 이유인가?'

태사자는 문득 이런 생각이 들며 도응이 왜 자신과 마충을 순순히 놓아주었는지 깨달았다.

"연극은 이제 집어치워라!"

번능은 더 이상 못 들어주겠다는 듯 소리친 후, 다시 태사자와 마충을 가리키며 외쳤다.

"네놈들에게 마지막으로 주는 기회다. 당장 무릎을 꿇고 포박을 받아라. 그렇지 않으면 고슴도치 신세를 면치 못할 것이다!"

동료 병사들이 자신들에게 화살을 쏘려는 자세를 취하자, 태사자와 마충은 화가 나고 답답한 마음에 큰소리로 억울함을 호소했다. 그러나 번능은 전혀 주저하지 않고 사격 명령을 내렸다.

유요군 병사들이 일제히 화살을 발사했지만 태사자와 마충이 다행히 준비가 있었던 덕에 신속히 대응에 나설 수 있었다.

태사자는 창을 휘둘러 어지럽게 날아오는 화살을 막아냈고, 마충은 몸을 뒤집어 말 배 안으로 몸을 감추었다.

신정령 정상이 그다지 넓지 않은 관계로 궁노수를 많이 배치하기 어려워 한 번에 날아온 화살은 20여 발 정도에 불과했기에 태사자와 마충이 피하지 못할 정도는 아니었다. 그러나 연이은 공격에 전마 두 필은 고통스런 비명을 질러댔고, 태사자도 몸에 화살을 연달아 두 방이나 맞았다.

태사자는 크게 노해 벽력같이 소리를 질렀다.

"번능, 네놈이 우리에게 감히 이럴 수 있느냐!"

번능이 눈 하나 깜짝하지 않고 채찍을 다시 휘두르자, 미리 대기하고 있던 유요군 병사들은 칼과 창을 쥐고 앞으로 달려 나가 태사자와 마충을 어지럽게 찔러댔다.

태사자는 사태가 심상치 않음을 알고 이미 화살에 맞은 전마에서 뛰어내려 창으로 적의 전진을 저지했다. 마충 역시 말 배에서 뛰쳐나와 창을 들고 태사자를 도왔다. 이를 본 번능이 큰소리로 명을 내렸다.

"빨리 화살을 쏴라! 계속 화살을 날려 저 두 놈을 고슴도치로 만들어라!"

"장군, 일단 숲 속으로 몸을 피합시다!"

냉정하게 지세를 살피던 마충은 대갈일성을 지른 후 앞장서서 남쪽 길옆의 숲으로 뛰어들었다. 태사자도 화살 공격을 피하기 어렵다고 여겨 즉각 그 뒤를 따랐다. 뒤쪽의 유요군 병사들은 일제히 함성을 지르며 태사자와 마충의 뒤를 바짝 추격했다.

지형이 복잡한 숲 속에서도 유요군의 공격은 쉼 없이 이어졌다. 마충은 부상당한 태사자를 엄호하다가 오른팔에 화살을 맞자 하는 수 없이 장창을 버리고 태사자에게 단극을 빌려 왼손에 쥐고 적의 공격을 막아냈다.

태사자와 마충은 벌 떼처럼 달려드는 유요군의 공격을 당해내지 못하고 결국 숲 속 깊숙한 곳으로 도망쳤다.

유요군이 추격의 고삐를 늦추지 않는 그때, 산 아래에서 천지를 진동하는 함성소리가 울려 퍼지며 서주군이 산 위로 쇄도해 들어왔다.

번능은 고지를 점령한 우위를 바탕으로 군사들에게 적의 돌격을 막아내라고 재촉했다.

양군의 근접전이 개시되자 서주군과 유요군의 전투력 차이는 극명하게 드러났다.

유요군은 고지를 선점했음에도 전혀 힘을 발휘하지 못했다. 기세등등하게 몰아치는 서주군의 공격에 밀려 진영이 크게 어지러워지고 산 정상 쪽으로 점점 패퇴하더니 급기야는 서주군 에게 고지마저 내주고 말았다.

번능은 더 이상 버티기는 무리라고 보고 태사자와 마충은 돌아볼 틈도 없이 즉각 철수 명령을 내렸다.

도응이 말한 바대로 태사자와 마충은 달아난 지 채 한 시진도 안 돼 다시 도응 앞으로 돌아왔다. 이번에는 부상까지 입고서 말이다.

도응은 자신의 호의를 냉정하게 거절한 이들의 행동에 전혀 개의치 않고 예로써 이들을 맞이했을 뿐 아니라 직접 약을 발라주고 상처를 싸매주었다.

도응의 지극한 예우에 태사자와 마충은 크게 감격해 도응 앞에 머리를 조아리며 죄를 청하고, 은혜를 베풀어 자신들을 거두어달라고 요청했다.

도응은 뛸 듯이 기뻐 번능의 대오를 추살하는 것도 잊은 채 직접 징을 쳐 군사를 철수시켰다. 이어 태사자와 마충을 이끌고 기쁨에 겨워 대영으로 돌아왔다.

그날 밤, 도응은 중군 대영에서 주연을 크게 베풀고 문무 중신들을 모두 불러 태사자와 마충을 위해 성대한 환영회를 열어주었다.

태사자와 마충은 감격스럽기 그지없었다.

허벅지에 관통상을 입은 태사자는 상처도 돌보지 않고 유요군 대영을 공파하는 데 선봉에 나서겠다고 자청했다. 도응은 이를 보고 껄껄 웃으며 말했다.

"유요쯤이야 입에 올릴 거리도 못 되니 자의는 맘 편안히 상처나 치료하시오. 유요에게 설사 십만 대군이 있다 해도 모두 꿔다놓은 보릿자루에 불과해 손가락만 한 번 튕기면 무너뜨릴 수 있소. 자의에게는 이후 더 큰 공을 세울 기회가 올 것이니 너무 조급해하지 마시오."

그러자 태사자가 조금은 걱정스런 투로 말했다.

"유요가 험한 지세에 의지해 굳게 지키는 터라 공격이 말처럼 쉽지는 않습니다."

도응도 고개를 끄덕거렸다.

"유요의 영채가 견고하긴 하오. 그런데 한 가지 이상한 점을 발견했소. 오늘 신정령 정상에 올라가 유요군 영채를 살펴보니, 배산임수에 따라 영채를 세워 정면과 측면으로는 하천이 흐르고, 뒤로는 산으로 둘러싸여 있더구려. 그런데 유요군 영채 전체를 굽어볼 수 있는 산 위에는 왜 군대를 주둔시켜 방어하지 않은 것이오?"

"취수와 전량 운반이 불편하기 때문입니다."

아무 생각 없이 대답한 태사자는 순간 뭔가를 깨달은 듯 큰 소리로 대답했다.

"앗, 그곳이 요충지로군요. 군사를 보내 이 산을 점령하고 높은 곳에서 화살을 퍼붓는다면 유요군 영채는 필시 혼란에 빠질 것입니다!"

도응은 생긋 웃음을 짓고 태사자에게 잔을 권하며 말했다.

"자자, 오늘은 친우와 회포를 푸는 자리이니 군무는 이제 그만 접고 술이나 마십시다."

태사자는 도응의 말뜻을 알아채고 급히 잔을 들어 벌컥벌컥 들이켰다.

도응이 군무를 꺼내지 말라고 단단히 이른 탓에 서주에서 날아온 긴급한 군사 정보는 도응 앞에 바로 올라오지 못했다.

이경이 돼서야 술자리를 파하고 무장들은 모두 자기 막사로 돌아갔다. 그제야 유엽은 서주에서 보내온 급보를 도응의 손에 바치며 아뢰었다.

"진원룡이 보낸 전령이 당도했습니다. 4월 열두째 날, 원소가 친히 20만 대군을 거느리고 다시 조조 정벌에 나섰다고 합니다. 지난번 관도에서 호되게 당한 탓인지, 이번에는 백마와 연진으로 출전하지 않고 창정으로 진격해 관도(館陶)에 주둔 중인 원희의 대오와 회합한다고 합니다."

유엽은 서신을 읽고 있는 도응에게 한마디 더 덧붙였다.

"진원룡이 편지에서 밝혔듯, 원소는 이번 전쟁에서 먼저 동아와 범현, 동평 등지를 취해 연주의 아군과 긴밀하게 연계를 맺은 후 허도 서진을 도모할 것으로 보인다고 합니다. 엽 역시 같은 생각입니다. 관도 대전에서 원기를 크게 상한 원소로서는 후방 지원과 양초 걱정이 없는 이 방법을 택할 가능성이 가장 높습니다."

도웅은 고개를 끄덕여 동의를 표한 후 편지를 계속 읽으며 물었다.

"그럼 조조 쪽 동향은 어떠하오?"

유엽이 계속 대답했다.

"서신을 보낼 당시에 조조는 친히 군사를 이끌고 창정으로 급히 달려갔다고 합니다. 상황으로 봤을 때, 조조는 감히 모험을 감행하지 못하고 영토를 지키며 창정 일대에서 결전을 준비하는 듯합니다. 그런데 또 다른 세작의 보고에 따르면, 조조가 동아에 대량의 양초를 쌓아놓았을 뿐 아니라 창정 일대에 많은 전선을 배치시켰다더군요. 이에 진원룡은 혹시 조조가 먼저 황하를 건너 원소와 결전을 벌이려는 건 아닌지 의심하고 있습니다."

순심이 의아한 표정을 지으며 말했다.

"그럴 리가요? 조조가 관도에서 대승을 거뒀다고 하나 기주 병마가 여전히 수적으로 우위에 있을 뿐 아니라 얼마 전 조조는 아군에게 대패하기까지 했습니다. 그런데 감히 먼저 강을 건널 수 있을까요?"

가만히 얘기를 경청하던 가후가 침착하게 입을 열었다.

"우약, 내가 보기에 조조의 이 전술은 아주 정확한 대응이오. 조조군은 정예로워 속전속결에 유리한 반면, 원소는 군사가 많고 양초가 풍족해 지구전에 이롭소. 조맹덕이 황하를 점거하고 지키기만 하다간 그에게 가장 불리한 소모전에 빠질 수가 있소. 게다가 황하는 장강과 달리 강폭이 좁아 어디로든 쉽게 건널 수 있어서 조조가 원소의 분병 도하를 막아내기에는 역부족이오. 따라서 먼저 강을 건너 북상해 결전 기회를 찾는 것이 상책이오."

"하지만 조조의 배수진이 만일 실패로 돌아간다면 달아날 곳이 없지 않소?"

순심이 강하게 반론을 제기하자 가후가 웃으면서 대답했다.

"조조군의 정예로움으로 배수진을 치고 전투에 임한다면 일당십, 아니 그 이상도 가능하오. 게다가 조조군은 군기가 엄정하고 응집력이 아주 강해 이런 파부침주(破斧沈舟)의 결사전이 더 어울리오."

순심은 말문이 막혀 아무 대꾸도 하지 못했다. 도응도 가후의 말을 옳다 여긴 후, 진등의 서신을 들고 물었다.

"또 한 가지가 더 있소. 원소가 서주에 사신을 보내 내가 곧장 북상할 필요는 없고, 태산이나 임성의 군대로 동평을 공격하라고 요구해 왔소. 여러분의 고견은 어떠하오?"

유엽이 대답했다.

"수락하시는 것이 마땅합니다. 아군은 원소와 동맹을 맺고 조조를 멸하기로 했으니 어떻게든 행동을 취해야 합니다. 아예 청주의 일부 병마를 차출해 동평을 공격해도 괜찮습니다."

도응은 고개를 끄덕여 유엽의 견해에 찬동하고 말했다.

"그리고 군사를 파견해 형식적으로 돕는 것 외에 아군 주력부대도 상황에 따라 이번 대전에 개입했으면 좋겠는데 말이오."

가후가 건의했다.

"주공께서 속히 서주로 돌아가 대국을 주관하는 것이 옳을 듯합니다. 보시다시피 강동은 땅은 넓고 사람은 적은 데다 민생이 저조하고 농지가 모두 버려져 힘을 쏟아 부을 값어치가 떨어집니다. 따라서 노자경에게 강동에 주둔하며 원술의 힘을 약화시키게만 해도 그만입니다. 주공은 속히 유요를 격파하고 서주로 돌아가 북쪽 전선의 변고에 대비하십시오."

도응은 고개를 끄덕인 후 책상을 치며 외쳤다.

"문화 선생의 말이 내 뜻과 꼭 부합하오. 사흘이오! 사흘 안에 내 반드시 유요를 공파하리다!"

도응은 모사들과 함께 유요를 신속히 공파할 계책을 확정지었다.

다음 날 정오, 만반의 준비를 마친 서주군은 유요군 영채 공격에 돌입했다. 유요도 친히 군사를 이끌고 영채 앞으로 나와 서주군을 맞이했다. 도응은 일부러 유요군 일반 기병과 수십 합을 겨룬 조운을 출진시켜 싸움을 돋우게 했다. 유요군 장수들은 조운을 만만히 보고 잇달아 달려들었다가 결국 네 장수의 목이 달아나고 말았다. 이를 본 유요군 장사들은 간담이 서늘해져 급히 영채로 도망친 후 영문을 굳게 걸어 잠갔다.

도응은 군사를 휘몰아 계속 영채를 공격하는 한편, 날이 어두워질 무렵 위연에게 길을 돌아 유요군 영채 뒤쪽의 언덕을 취한 다음 야음을 틈타 산꼭대기를 점령하라고 명했다.

유요는 아침에 일어나자마자 산꼭대기에 서주군 깃발이 빽빽이 꽂혀 있는 것을 보고 즉각 군대를 보내 적군을 쫓아내려 했다. 하지만 고지를 점령한 위연은 손쉽게 유요군의 공격을 격퇴하고, 유요군 영채에 불화살을 어지럽게 쏘아댔다.

유요군 진영이 순식간에 혼란에 빠지자 허저와 고순이 거느린 서주 보병은 이 틈을 타 정면에서 맹공을 퍼부었다. 대세가 이미 기운 것을 본 유요와 번능은 어쩔 수 없이 패잔병을 이끌고 곡아로 도망쳤다. 도응은 이들의 뒤를 쫓지 않고 유요군 영지만 모두 불사른 후 곧장 석성으로 회군해 북상 준비를 서둘렀다.

*   *   *

도응이 회군 준비로 한창 바쁠 때, 강동 명사인 행군사마(行

軍司馬) 전유가 도응을 찾아왔다. 후방 지원 업무를 맡은 전유가 포로 영채를 순시하고 있었는데, 유생 차림의 자칭 시의라는 중년 문사가 도응을 한 번만 만나게 해달라고 간청하는 통에 아침부터 막사로 찾아온 것이었다. 도응은 혹시 강동의 이름난 문사가 만남을 청하는 건 아닐까 싶어 전유에게 물었다.

"이 시의라는 자는 어떤 사람이오? 선생은 강동에 오래 기거했으니 잘 알 것 아니오?"

전유가 대답했다.

"제가 아는 바는 이 시의가 유요군의 전량을 책임졌고, 유요의 신임을 그다지 받지 못했으며, 강동 현지 사람은 아니라는 것입니다. 그 외에는 저도 자세히는 모릅니다."

전유의 설명에 도응은 시의를 출신 성분을 믿고 어떻게 관직이나 구해보려는 자로 여겨 청을 물리치려고 했다. 하지만 일부러 찾아온 전유의 성의를 무시하기 어려워 하는 수 없이 고개를 끄덕이고 그를 만나보기로 했다.

이때 마침 가후와 유엽 등은 회군 준비로 군영에 나가 있었기 때문에 자리에 참석하지 못했다. 전유 역시 공무로 인해 시의만 막사로 안내하고 곧바로 자리를 떴다. 이로써 도응과 시의 단둘의 만남이 이루어졌다.

시의는 대략 마흔 정도의 나이로 용모에서 기품이 넘쳤다.

신정령 전투에서 포로로 잡힐 때 입던 옷을 며칠째 입고 있어서 몰골은 말이 아니었으나 행동거지는 예의에 부합했다. 하지만 도응은 겉멋만 든 문사가 한자리 차지할까 싶어 자신을 찾아왔다고 여겨 심드렁한 표정을 지었다.

"휘하의 장사들이 선생을 알아보지 못해 일반 포로와 함께 가두었나 봅니다. 고생이 많으셨겠소이다."

시의는 도응에게 공수하고 차분한 어조로 대답했다.

"아닙니다. 다른 강동 제후와 달리 귀군은 포로들에게 성심성의로 대하더군요. 종군을 원하는 자는 군대에 계속 남게 하고, 원하지 않는 자에게는 건량과 여비를 주어 집으로 돌려보내 곡아 장사들 모두 사군의 어짊을 칭송해 마지않고 있습니다."

도응은 마지못해 손을 절레절레 흔들고 손가락으로 말석을 가리키며 말했다.

"어서 앉아서 차나 한잔 드시지요."

하지만 시의는 자리에 앉지 않고 정중히 예의를 갖추고서 말했다.

"의가 잠시 직언을 올릴까 합니다. 사군께서 포로를 인의로 대하고는 있으나 실정에는 조금 맞지 않는 점이 있습니다."

"그게 무슨 말이오?"

도응의 의혹에 시의는 태연히 대답했다.

"강동은 해마다 전화가 끊이지 않아 마을이 초토화되고 땅이 황폐화된 지 오랩니다. 하여 사군께서 포로들에게 여비를 주고 집으로 돌려보낸다지만 많은 이들이 돌아갈 집이 없습니다."

"그럼 선생이 보기에 이를 해결할 방법이 있소이까?"

"바로 둔전입니다. 전쟁 포로를 군중에 남겨두지 말고 석성과 단양 일대에 기거하며 농사를 짓게 하십시오. 또한 일정 정도의 연한(年限)을 두고 토지를 그들에게 귀속시켜 주겠다고 약속한다면 일 년도 못 돼 이들의 의식을 걱정할 필요가 없어지고, 삼 년도 안 돼 이곳은 사군의 전량 생산지로 변해 대업에 큰 도움이 될 것입니다."

시의의 이 건의는 아직 실행에 옮기지 않았을 뿐, 도응과 노숙이 이미 논의를 마치고 착수에 준비 중인 일이었다. 이에 도응은 전혀 놀라는 표정을 짓지 않고 고개를 끄덕이며 말했다.

"좋은 방법을 일러주어 고맙소. 일단 앉아서 차나 한잔하시오."

시의는 공수하고 답례하면서도 여전히 자리에 앉지 않고 말했다.

"사군께 한 가지 더 여쭐 말씀이 있습니다. 신정령에서 대승을 거둔 후 승세를 타고 곡아, 단도를 공격하지 않은 건 북방에 변고가 발생했기 때문 아닙니까?"

이 말에 도응은 속으로 뜨끔하며 이자가 보통내기가 아님을 직감했다. 하지만 짐짓 여유로운 표정을 지으며 되물었다.

"글쎄요. 북방에 무슨 변고가 났다는 말인지 모르겠소."

"사군께서 이토록 침착하게 철군하는 것으로 보아 조조나 원소가 사군의 영토를 침범했을 리는 절대 없습니다. 제 짐작에는 원소가 관도 대패의 복수를 위해 다시 군대를 거느리고 남하함에 따라 사군께서 서주로 철수해 직접 북방의 변국(變局)을 주관하려는 것으로 보입니다."

시의의 정확한 분석에 도응은 다시 한 번 깜짝 놀랐다. 하지만 겉으로는 이를 드러내지 않고 태연한 척 어색한 웃음을 짓고 말했다.

"선생의 말은 너무 독단적이구려. 아군이 원소와 유요의 협공을 받는 상황에서 조조가 서주를 침범했다고 서둘러 회군하면 저들의 반격을 초래할 수 있지 않겠소? 따라서 아군이 조용히 회군하는 것이 어찌 조조나 원소가 서주를 침범하지 않은 증거가 될 수 있겠소?"

시의는 도응을 향해 공수하고 대답했다.

"사군의 북쪽 전선이 정말 위험에 빠졌다면 사군은 여기서 절대 철수하지 않았을 겁니다. 지금까지의 사군의 용병술로 봤을 때, 만약 이런 상황이 발생했다면 사군은 필시 소수의 정예병만 이끌고 서주로 돌아가고, 대군은 강동에 그대로 남겨두어 유요와 원술의 반격에 대비하게 했을 것입니다."

시의는 잠시 숨을 고른 후 말을 이었다.

"그것도 아니라면 아예 석성 등지를 버리고 강남에서 전군이 철수했겠죠. 원술과 유요의 수군을 모두 멸하고 사군의 수군이 장강을 제패한지라 마음만 먹으면 언제든지 강을 건널 수 있습니다. 이런 상황이라면 굳이 전화로 폐허가 된 강동에서 엄청난 인력과 물자를 낭비할 필요가 없습니다. 게다가 사군의 군대가 철수하면 원술과 유요의 사이가 다시 벌어지는 효과까지 거둘 수 있지 않습니까?"

이어 시의는 도웅을 바로 응시하며 묘한 미소를 지었다.

"그런데 지금 사군은 이 두 방법을 취하지 않았습니다. 단지 유요를 공파해 강동 제후들에게 강력한 경고를 보낸 후 조용히 철군하는 건 사군의 북쪽 전선에 아무 위험도 발생하지 않았다는 증거가 아니겠습니까?"

시의의 분석을 가만히 듣고만 있던 도웅은 한참 동안 아무 말도 없다가 갑자기 시의에게 공수하고 왼편의 상석을 가리키며 공손하게 말했다.

"자우 선생, 어서 이리 와 앉으십시오."

시의는 그제야 미소를 띠고 답례한 후 도웅이 지정한 상석으로 발걸음을 옮겼다. 시의가 자리에 앉자 도웅은 웃음을 짓고 말했다.

"선생의 말이 모두 옳소이다. 아군의 북쪽 전선은 태산처럼 안전합니다. 다만 원소가 관도의 치욕을 씻기 위해 친히 20만 대군을 거느리고 조조 정벌에 나서는 바람에, 그 점이 걱정돼 회군하기로 결정한 것입니다."

이어 도응은 원소와 조조가 창정에서 결전을 벌이려 하는 상황을 대략적으로 설명하고 물었다.

"선생이 보기에 이번 전쟁에서 누가 더 승산이 높겠소?"

"조조와 원소 누구도 이번 전쟁의 승부를 결정할 수 없습니다. 주제넘은 말씀이지만 이번 전쟁의 승부를 결정지을 수 있는 사람은 천하에 오직 사군 한 분뿐입니다. 사군께서 조조가 승리하길 원한다면 조조가 반드시 승리하고, 조조가 패하길 원한다면 원소가 관도의 치욕을 씻을 수 있습니다."

"그럼 내가 조조의 승리를 도와야 하오 아니면 원소가 치욕을 씻도록 도와야겠소?"

도응의 물음에 시의는 단도직입적으로 대답했다.

"원소를 도와 조조를 물리치십시오. 사군은 마땅히 원소가 창정 전투에서 승리하도록 도와 원소와의 관계를 완화하고, 군사력이 급팽창하는 조조의 세력을 약화시켜야 합니다. 그리하여 창정 전투 후 조조가 요행히 목숨을 건진다면 필시 허도로 퇴각해 병마를 재정돈하고 복수할 날만 노릴 것입니다. 조조는 여남, 진류, 관중 등지에 여전히 병마가 많습니다. 창정에서 참패한다 해도 일전을 치를 힘이 남아 있어서 계속 원소를 견제하는 역할을 할 수 있을 뿐 아니라 사군의 도움을 절대적으로 필요로 하는 상황에 처하게 됩니다."

시의는 목소리가 점점 높아져 흥분 상태에 이르렀다.

"만약 조조가 죽는다 해도 상관없습니다. 조조가 죽으면 남은 무리들은 원소를 뼛속 깊이 증오할 것이므로 저들을 회유하기는 손바닥 뒤집듯 쉽습니다. 이 틈을 타 조조가 관장하던 영토를 모두 병탄한다면 대량의 인력과 토지, 군대를 얻어 빠른 시간 안에 실력을 더욱 강대하게 만들 수 있습니다!"

도응은 시의의 얘기를 눈 하나 깜빡하지 않고 듣고 있다가 물었다.

"그런데 원소가 조조를 격파한 후에는 나 홀로 원소 대군의 위협을 막아내야 하는 상황에 처하게 되오. 그때는 어찌한단 말이오?"

시의는 미소를 드러내며 오히려 반문했다.

"군대는 정예로움이 중요하지 수가 많은 것은 중요하지 않습니다. 감히 묻겠습니다. 싸움에서 승리한 조조 병마의 위협을 홀로 감당해 내시겠습니까 아니면 내부 분열이 심각하고 군사는 많지만 정예롭지 못한 원소와 겨루길 원하십니까?"

도응은 한참 동안 아무 말도 없다가 갑자기 몸을 일으켜 시의 앞으로 성큼성큼 다가가더니 허리를 깊이 숙이고 정중하게 예를 갖추고 말했다.

"선생의 말씀으로 답답하던 제 가슴이 시원하게 뻥 뚫렸습니다. 선생을 늦게 만난 것이 그저 한스러울 따름입니다. 청컨대

군중에 머물며 웅을 위해 계책을 세워주십시오. 웅이 마땅히
국사(國士)의 예로 선생을 대우하겠습니다."

시의 역시 자리에서 일어나 예를 올리고 진솔하게 대답했다.

"의가 유요에게 투신했으나 유요는 성격이 강퍅하여 충언을
채납하지 않아 일찌감치 그를 버릴 마음을 품었습니다. 사군께
서 포로의 몸인 저의 졸견을 경청하시고, 게다가 넓은 아량을
베푸시어 저를 비루하다 여기지 않는다면 기꺼이 주공을 위해
견마지로를 다하겠습니다."

도응은 기쁜 마음에 시의의 두 손을 꼭 잡고 웃음을 터뜨렸
다. 이어 큰소리로 명을 내렸다.

"여봐라, 속히 주연을 준비하라. 내 오늘 자우 선생과 못 다한
회포를 풀어야겠다. 그리고 문화 선생과 자경, 유엽, 순심도 대
영으로 청하라. 그들에게 아군의 신임 양주장사 겸 정의교위(正
議校尉)인 시의 선생을 소개시킬 참이다!"

도응의 말이 떨어지자마자 유요 군중에서 무려 5년간이나 홀
대받던 시의는 감정이 북받쳐 연신 도응에게 감사의 예를 올렸
다. 도응도 이런 시의의 손을 꼭 쥐고 대업을 이루는 데 동참해
주어 고맙다는 말로 위로했다.

가후 등을 기다리는 동안 도응은 원소에게 쾌마로 동시에 편
지 두 통을 보냈다. 한 통은 연주 길을 따라 곧장 창정 전장으

로 보냈고, 또 한 통은 비교적 안전한 태산군 쪽으로 길을 돌아 역시나 창정 전장으로 보냈다. 하지만 두 통의 편지 내용은 토씨 하나 틀리지 않고 똑같았다.

도응이 효심을 표하기 위해 즉각 서주로 철병을 결정하고, 이어 친히 군사를 이끌고 북상해 창읍과 동평 등지를 공격하여 원소군과 앞뒤로 조조군을 협격하겠다는 것이었다. 또한 도응은 원소에게 절대 급하게 전투에 나서지 말고 서주 주력군이 출격할 때까지 대치하기만 하면 조조의 제삿날도 머지않았다고 말했다.

도응이 시의의 계책에 따라 똑같은 편지를 두 길로 보낸 데는 이유가 있었다. 바로 연주를 통해 원소에게 전달하는 편지를 일부러 조조에게 발각되게 해 조조를 놀라게 하는 효과를 발휘하기 위함이었다.

이날 밤, 도응은 시의를 얻은 기쁜 마음에 모사들과 통쾌하게 술을 마시고 만취한 뒤에야 처소로 돌아왔다.

『전공 삼국지』 12권에 계속…

초대형 24시 만화방

신간 100%, 샤워실, 흡연실, 수면실(침대석), 커플석, 세탁기 완비

▪ 강북 노원역점 ▪

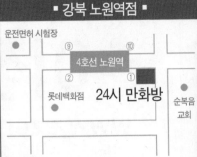

운전면허 시험장

⑨ ⑩

4호선 노원역

롯데백화점　24시 만화방　순복음 교회

서울 노원구 상계동 340-6 노원역 1번 출구 앞 3층
02) 951-8324 (화용빌딩 3층)

▪ 일산 정발산역점 ▪

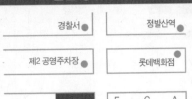

경찰서　정발산역

제2 공영주차장　롯데백화점

24시 만화방

E　C　A
라페스타
F　D　B

라페스타 E동 건너편 먹자골목 내 객잔건물 5층
031) 914-1957

▪ 일산 화정역점 ▪

덕양구청

③ ④

화정역

② ①

세이브존

롯데마트　이마트

24시 만화방　화정중앙공원　화정동 성당

경기도 고양시 덕양구 화정동 984번지 서일빌딩 7층
031) 979-4874 (서일사우나 건물 7층)

▪ 부천 역곡역점 ▪

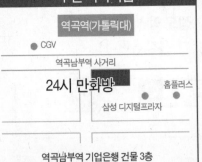

역곡역(가톨릭대)

CGV

역곡남부역 사거리

24시 만화방　홈플러스

삼성 디지털프라자

역곡남부역 기업은행 건물 3층
032) 665-5525

▪ 부평역점 ▪

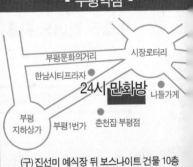

시장로터리

부평문화의거리

한남시티프라자

24시 만화방　나들가게

부평
지하상가　부평1번가　춘천집 부평점

(구) 진선미 예식장 뒤 보스나이트 건물 10층
032) 522-2871

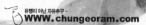

十字星 십자성
전왕의 검

허담 新무협 판타지 소설
FANTASTIC ORIENTAL HEROES

신력을 타고났으나 그것은 축복이 아닌 저주였다.

『십자성 - 전왕의 검』

남과 다르기에 계속된 도망자의 삶.
거듭된 도망의 끝은 북방 이민족의 땅이었다.
야만자의 땅에서 적풍은 마침내 검을 드는데……!

"다시는 숨어 살지 않겠다!"

쫓기지 않고 군림하리라!
절대마지 십자성을 거느린
적풍의 압도적인 무림행이 시작된다!